あなたも名探偵

市川憂人・米澤穂信・東川篤哉・
麻耶雄嵩・法月綸太郎・白井智之

謎を愛し推理を愛する読者の皆様は、ここにある六つの小説の問題編を読んで、真相に辿り着けるでしょうか。事件を解決に導くために必要な手掛かりは、紙上の名探偵たち同様、既に手渡されています。冷静な観察と論理的思考、そしてすこしの想像力を駆使すれば、犯人を、そして小説の向こう側にいる作者をも出し抜くことができるかもしれません。謎を解き明かす愉しさを、どうぞ心ゆくまでご堪能ください。六人の推理作家からの挑戦状は、たった一行――犯人は誰か？豪華作家陣の犯人当て小説アンソロジー。

あなたも名探偵

市川憂人・米澤穂信・東川篤哉・
麻耶雄嵩・法月綸太郎・白井智之

創元推理文庫

WHAT A BRILLIANT DETECTIVE YOU ARE!

by

2021

目次

あなたも名探偵

赤鉛筆は要らない

市川憂人

市川憂人（いちかわ・ゆうと）

1976年神奈川県生まれ。2016年『ジェリーフィッシュは凍らない』で第26回鮎川哲也賞を受賞してデビュー。他の著書に『ブルーローズは眠らない』『ボーンヤードは語らない』『ヴァンプドッグは叫ばない』『神とさざなみの密室』『揺籠のアディポクル』『断罪のネバーモア』『灰かぶりの夕海』『牢獄学舎の殺人　未完図書委員会の事件簿』などがある。

高校時代を思い返すたび、私の脳裏にはひとりの後輩が浮かび上がる。

世間では恐らくありふれた、しかし私にとっては災厄以外の何物でもなかったあの事件と、件《くだん》の後輩の記憶とは固く絡みついていて、いずれか一方だけを都合よく抜き出すなど不可能だ。

だからこの物語は、私の家に決定的な破局が訪れた顛末《てんまつ》であり。

愛すべき——と表現していいのか今はもう解らない——後輩、九条漣《くじょうれん》の断罪の記録だ。

一九七〇年代前半。電卓などの電子機器が一般家庭へ徐々に普及し始め——けれど、個人用の通信端末など夢のまた夢だった時代。遠方とのやりとりは手紙か、一家に一台の黒電話。写真はフィルムから現像し、部屋で音楽を聴く手段はレコードかラジカセだけだった時代。

海の向こうの大国で、気嚢式浮遊艇《ジェリーフィッシュ》が産声を上げようとしていた時代。

そんな、ある冬の物語だ。

1

「ごめんなさいね、本当に」

母が後ろを向き、申し訳なさそうに口を開《ひら》いた。上体をひねる際、傷《いた》む左足に体重をかけてしまったのか、母の眉間に深い皺《しわ》が寄る。「大丈夫？」私は慌てて、左隣から母の身体を支え直した。

「お構いなく。家からさほど遠いわけでもありませんので」

漣が背後から声を返す。親切心を押し付けるでもない、静かな声だった。

右肩には当人の鞄《かばん》。両手にはそれぞれ私の鞄と母のバッグの持ち手が握られている。やや長めに整った黒髪、角長の眼鏡《めがね》。制服を脱がせてスーツを着せたら、優秀な若手弁護士と名乗っても通りそうだ。受験を控えた年上の私より大人びた雰囲気《ふんいき》を漂わせているのが、少し癪《しゃく》に障る。

いや……「大人びた」というより「達観した」と呼ぶべきか。

十年後、あるいは二十年後も、漣の纏《まと》う雰囲気はこのままなのかもしれない。そう考えると、弁護士よりむしろ仙人とでも呼んだ方がふさわしいように思われた。

病院からの帰り道だった。

左足首を負傷した母に付き添い、会計を済ませて病院の玄関を出ようとしたとき、「河野《こうの》先輩？」と声をかけてきたのが、新聞部の後輩の漣だった。

思わぬ場所で思わぬ人物に出会ったものだが、漣の方は、入院中の知人へ挨拶《あいさつ》に行っていたという。私と母を放っておけなかったのか、それとも別の目論見《もくろみ》があったのかは解らない。漣は、帰る方向が同じということで私たちの荷物持ちを申し出た。

最初は私たちも遠慮したが、タクシーがつかまらず、病院前から同じバスに乗ることになり――なし崩し的に今に至る。

腕時計の針は午後三時。空気は冷たい。濃灰色の雲が空を覆い尽くしている。昼過ぎから雪、と天気予報が伝えていたが、どうやら当たりそうだ。この地方には珍しく大雪になる見込みとのことだった。

バス停から歩くこと十分。ようやく私の家が見えてきた。

高い塀で四方を囲まれた、それなりに大きな家だ。平屋ばかりの家並みの中、母屋《おもや》の一階も見えぬほど背高な塀は目立つことこの上ない。近隣からは揶揄《やゆ》を込めて「お屋敷」と呼ばれているらしい。もっとも、内情は没落貴族に近いのだが、家の恥を吹聴して回る趣味は私にはなかった。

三人で門扉《もんぴ》をくぐる。見慣れた、広い――しかし寂れた庭。

昔はツツジや紫陽花《あじさい》が季節ごとに咲き誇っていたと聞くが、今は、空《から》の植木鉢や花壇の跡、そしてわずかに残る植え込みが、かつての面影《おもかげ》を残しているだけだ。二月に入ったこの時期、梅も椿もない庭で、咲き乱れる花々などお目にかかれるはずもなかった。

門扉と母屋との間に石畳が延びているだけの、空虚な庭。その外れ、母屋に向かって左手の奥に、土蔵に似た小屋が建っていた。

塀より一段背の高い、平屋の小屋だ。私の位置からは東側の白い壁と屋根しか見えない。壁の上部の中央、女子としては比較的大柄な私が手を伸ばしてようやく届くほどの高さに、小窓がひとつ。牢屋のような鉄格子が付いている。

何でも、亡き大叔父が相当な悪戯《いたずら》小僧だったらしく、何度も悪さをしてはおしおきとしてあの小屋に閉じ込められていたらしい。だが大叔父もさる者。やがてあの窓から外へ脱け出すようになったため、怒った曾《そう》祖父が鉄格子を取り付けさせたのだそうだ。

門扉に閂《かんぬき》をかけ、母に肩を貸しながら石畳を歩き、母屋に辿り着く。

洋風の二階建てだ。かつては立派な木造のお屋敷だったが、先の曾祖父の代に小屋を残して焼失し、今の形に建て替えられたという。それなりに歴史の刻まれた建物と言えないこともないが、私にとっては古くて居心地の悪い家でしかなかった。

玄関の鍵を開け、「ただいま」と小声で呟《つぶや》きながら扉を開ける——と、見計らったように、父が廊下の陰から姿を現した。

成人男性としてはやや小柄で痩《や》せぎすな背格好。毛玉だらけのセーターの上にジャンパーを羽織っている。薄く染みの付いたズボン。白髪《しらが》の交じった髪は整えられておらず、顎《あご》に無精髭《ぶしょうひげ》が生えている。澱《よど》んだ両眼の下に隈《くま》が浮いている。

世間一般の父親像とかけ離れた——そして、近寄りがたい雰囲気を漂わせた人だった。

「遅かったな」

陰気な声だった。お帰り、の一言もない。母の身体がぴくりと震えた。

「診察が長引いたの」

母の代わりに私が答えた。「タクシーもなくて、バス停から歩くしかなかったから。……だから、いいでしょう」

声に険が帯びるのを抑えられなかった。混雑する土曜午後の診察だったからむしろ早いほどなのに、「遅かったな」はない。父は鼻から息を吐《つ》き、視線を漣へ向けた。

「で、誰だお前は」

「九条漣と申します」

父の無礼な誰何《すいか》に動じた様子もなく、漣は静かに一礼した。「茉莉《まつり》先輩には部活で大変お世話になりました。

失礼ですが、写真家の河野忠波瑠《ただはる》さんでいらっしゃいますか」

父の表情がわずかに動いた。

「そうだ。……娘から聞いたか」

「『赤い夜』、拝見しました。被写体の痛みを読者に刻みつけるような、出色の作品集だと思います。過去の作品にない試みがなされているのも大変興味深く感じました」

下手《へた》をすれば歯が浮くような世辞と思われかねない台詞《せりふ》も、漣の口から発せられると、地に足の着いた賛辞に聞こえるのが不思議だ。「面白い」父の口元が緩んだ。

「せっかくだ、茶でも飲んでいきたまえ。由香莉《ゆかり》、何をしている。早く上がれ」

母の返事も聞かずに背を向ける。「……はい」母が俯《うつむ》いた。

父の消えた方向を、私は睨《にら》みつけ——歪《ゆが》んでいたであろう顔を無理やり笑顔に戻し、上がり框《がまち》へ母を座らせた。私の家は基本的に洋風だが、玄関で靴を脱いで一段上がるところは和風の様式が踏襲されていた。

「九条、あなたも入って。遠慮しないでいいから」

しばしの無言の後、漣は「ではお言葉に甘えて」と一礼し——その肩に、白い粒のようなものがはらりと舞い落ちた。

雪だ。

空から降る氷の結晶は、一片《ひとひら》、また一片と静かに数を増していった。

2

「申し訳ありません。押しかける形になってしまいまして」

「気にしないで。

……というか九条。あなた、最初からそのつもりで私たちについてきたのではないの？　父の顔を見に」

「あわよくば、という考えがあったことは否定しません」

　正直な奴だ。

　一階のリビングだった。レースのカーテンの隙間から窓の外が見える。寂れた庭を、雪が薄く覆いつつあった。

「茶でも飲んでいきたまえ」と言った当の父は、この場にいない。仕事場——一階の一室を改装した現像室——に戻ってしまったようだ。足を怪我《けが》した母にお茶の支度《したく》をさせるわけにはいかなかったが、母は「いいのよ」と言って台所で湯を沸かし、テーブルの上に三人分の湯飲みを並べた。

「でも、珍しいわね」

　母が微笑《ほほえ》んだ。久しぶりに見る柔らかな笑顔だった。「初めてじゃないかしら。茉莉のお友達が家に来るなんて。

　九条さん、学校での茉莉はどう？　部活では迷惑をかけていなかったかしら」

「正直にお答えしてもよろしいですか」

「九条。それはどういう意味？」

　母の笑みが柔らかさを増す。……と、リビングのドアが開き、父が顔を出した。

「由香莉、茶を持って来い」

それだけ言い置いてドアを閉める。私はおろか、自分で招いた漣にすら一瞥《いちべつ》もくれなかった。和《なご》やかな雰囲気が消え、気まずい沈黙が下りた。

「……ごめんなさい」

父の非礼を詫《わ》びる。漣は「お気遣いなく」と首を振った。いつもと変わらない静かな声が耳に痛かった。

「茉莉」

母が口を開いた。「せっかくだから、お父さんの写真を九条さんに見せてあげたら？」

「母さん？　でも」

「あの人の『茶でも飲んでいきたまえ』は、『好きにしてくれて構わない』ということだから。お父さんのお茶は私が用意するわ。足の方は大丈夫。……行ってらっしゃい」

私の父、河野忠波瑠――本名は忠晴というのだが――は、好事家《こうずか》にはそこそこ名の知られた写真家だ。

路地裏や夜の寂れた公園、廃墟ビルといった、陰鬱《いんうつ》な――事件や犯罪の現場に似たきな臭さの漂う写真ばかりを撮り続けている。

半年前に出版された最新の写真集『赤い夜』は、そういった風景の中に、人物――天を見上げる女性や、埃《ほこり》だらけの床に横たわる少女など――を配置した、より異様な雰囲気の作品ばかりを収めた本だった。

私と漣は新聞部だ。新聞が写真や犯罪と無縁であるはずもない。私が河野忠波瑠の娘だという事実は、部内では公然の秘密となっていた。

とはいえ、世間一般での父の知名度はお世辞にも高くない。作品の題材が題材なだけに、写真集の購買層は一部の物好きに限定されているようだ。悪意に満ちた表現をすれば、少数のマニア向けの売れない写真家、というのが、業界における父の立ち位置だった。

幸か不幸か、新聞部の中にもさほど熱烈なファンはいないようで、私は父に関する面倒な質問や穿鑿《せんさく》を受けずに済んできた。

……のだが。

まさか漣が、父の写真集に目を通していたとは思わなかった。

「熱烈なファン、というわけではありませんよ。

こう言ってしまうのは失礼ですが、河野先輩との縁がなければ手に取ることはなかったかもしれません」

「まあ……そうよね」

午後三時十分過ぎ。母の勧めを受け、私と漣は玄関を出て、庭の奥にある小屋へ向かっていた。

広い庭を斜めに横切るように歩く。本当は、母屋の西端にある勝手口から出た方が近いのだが、靴を玄関から持っていくのが面倒だった。

が——失敗したかもしれない。

宙を舞う雪は、明らかに密度を増しつつあった。ローファーの靴底から冷気が染み込む。長い距離を歩くわけではないから、と傘《かさ》は玄関に置いてきたが、小屋の出入口に辿り着いたときには、髪もコートも思いのほか雪にまみれていた。

小屋の屋根は、東西に斜面を向けた切妻型で、端部が四方の壁側にやや突き出ている。軒下《のきした》に入り、口の中で悪態を吐きつつ雪を払う。と、「先輩、これは？」と漣が出入口のドアを指差した。

和風の小屋に似つかわしくない、真新しい洋風のドアだ。ノブの上部に、十数個のボタンと細長い液晶画面——より正確には『数字や＋－の記されたボタン、および液晶画面のついた板《ボード》のようなもの』——が嵌《は》め込まれている。鍵穴はない。

ボードの上に、透明なプラスチックの平たい箱が被《かぶ》さっていた。雨避《あまよ》けだ。上部だけ蝶番《ちょうつがい》でドアに留められている。

「ああ、これ？　小屋の鍵よ」

「……電卓が埋め込まれているようにしか見えませんが」

「そうよ。本物の電卓だもの」

さすがに言葉を失ったらしい後輩を尻目に、私は雨避けを持ち上げ、ボタンを押した。『8900』『＋』『73』——液晶画面に数字と記号が表示されるのを確認し、最後に『＝』ボタンを押す。モーターの駆動音が小さく響く。音が消えたのを合図に、私はノブを回し、ドアを押し開いた。

「父のギャラリーへようこそ、九条」

漣を中へ招き入れ、手探りで電灯のスイッチを入れ、ドアを閉める。三秒後、再びモーターの駆動音が響き、止《や》んだ。

「オートロック、ですか」

ドアを見つめながら漣。その声に珍しく、興味深げな響きが混じっていた。

「父の手製なの。素人《しろうと》仕上げだから見栄えはあまりよくないけれど」

ドアの内側の面、外の電卓ボードのちょうど裏側に当たる位置に、ボードより一回り大きな板がねじ止めされている。板には小さな穴が一箇所開いており、そこから二本のコードが伸びている。

一方のコードは、ドアを横断するように、地面と水平に留め金で固定され、ドアノブの反対側、蝶番のある方の縁のやや手前で緩く垂れ下がっている。コードの先端はプラグになっていて、ドアの近くにあるコンセントに差し込まれていた。

もう一本のコードは、板の穴から斜め上に伸び、上部の蝶番の金具の下に潜り込んでいた。

なるほど、と漣が呟いた。

「答えが特定の数字になるよう、外の電卓ボードに計算式を入力すると、ドアの中に組み込まれたモーターが駆動して、デッドボルトを引っ込めるわけですね。

ドアの開閉状態は、蝶番の曲げ伸ばしによる通電状態の変化で判定し——閉状態になってから一定時間が経過すると、自動的にモーターがデッドボルトを押し出す、と」

「まあ、そういう感じかしら」

驚きを禁じえなかった。父の工作を何日も手伝わされてようやく私が理解した仕組みを、漣は一目で看破《かんぱ》してしまった。

ちなみに、暗証番号の『8973』は、私の誕生日である十月二十八日――1028の補数《ほすう》に1を足したものだ。中から外に出るときは、普通にノブを回せばデッドボルトが連動して引っ込み、ドアが開く仕組みになっている。

「手製と仰《おつしや》いましたね。忠波瑠氏はなぜ、このような仕掛けをご自分で？」

「簡単に言ってしまえば、実益と趣味かしら」

以前は、古い木戸に南京錠《ナンキンじよう》をかけていたのだが、半年前に事情が変わった。家の敷地内に泥棒が侵入したのだ。幸い被害はなかったものの――そもそも盗む価値のある貴重品などないのだが――小屋の南京錠に、こじ開けようとした跡が残っていた。

「そんなわけで、防犯のためにリフォームしたの」

暗証番号も月に一度変えている。父がどうやって設定変更しているかまでは、さすがに知らなかったが。「こういう仕掛けにしたのは……まあ、父の趣味ね。精密機械とか電子機器とか、機械いじりが昔から好きな人だったから」

父が写真家になったのは、機械好きが高じてカメラに手を出すようになったのがきっかけらしい。亡き祖母が生前に話してくれた。

「無駄話はこれくらいにして——一通り案内するわ。そんなに広くないけれど」

小屋の中は、床面積十五畳ほどの空間だった。

ドアから入って左手——鉄格子付きの窓のある側には、天井まで届く棚が二列。物置スペースだ。旧式のカメラに始まり、タイプライター、蓄音機、電卓、ラジオ、テープレコーダー……骨董品《こっとうひん》ともガラクタともつかない機械類が、隅々まで所狭しと並んでいる。

そして、小屋の中央から右手にかけてが、父の作品のギャラリーになっていた。

物置スペースとの間は、背の高い衝立《ついたて》で仕切られている。ごちゃごちゃした物置スペースと比べれば、ギャラリーは床が開けている分、開放感がある。今は『赤い夜』に収められた写真を主として、十枚強の作品が壁や衝立やイーゼルに飾られていた。

父曰《いわ》く、画廊に展示する際のイメージ作り——特に、大判に引き伸ばした際にどう見えるかを確認するために、ギャラリーとして整えたらしい。日光を遮《さえぎ》るため、南と西の窓はベニヤ板で塞がれている。ゆくゆくはここを本物の画廊として整える目論見もあるようだが、実現するかどうかは定かでなかった。

床は打ちっぱなしのコンクリートだ。昔は土が剝《む》き出しになっていたが、父が生まれた頃に改装されたという。かつての大叔父の折檻《せっかん》小屋——本来は物置だが——も、今はすっかり様変わりしていた。

空調はない。真冬の今はひどく底冷えして、冷蔵庫の中にいるようだ。が、漣は寒さなど苦にした様子もなく、父の写真や棚の機械へ順繰りに目を向けていた。

「――楽しませていただきました。ありがとうございます」

一通り見物を終え、漣が礼を述べた。

「退屈じゃなかったかしら。作品だって写真集に載っているものばかりだし」

「本を開くのと大判で間近に観《み》るのとでは違いますよ。それに」

漣は物置スペースへ視線を移した。「思いがけないコレクションも拝見できました」

「え、そっち？」

「今後もきちんと保管されることをお勧めします。素人鑑定ですが、その筋には意外と高値で売れるかもしれません」

「……あまり俗っぽいことを言わないでくれるかしら」

いくつもの意味で、とても父に聞かせられる台詞ではなかった。


小屋にいた時間は二十分にも満たなかったが、その間に雪風は強さを増していた。

ドアから外へ出た瞬間、幾片もの冷たい雪が矢継ぎ早に頬《ほほ》へ当たった。小屋へ向かう際、私たちの刻んだ足跡が、新たな雪に埋もれ始めている。――凄《すさ》まじいとも呼べる光景を目にして、私は思わず息を止めた。

「先輩、どうしました？」

「ああ、ごめんなさい」

自失から覚め、私は漣を振り返った。「雪がひどくなってきたわ。近道しましょう」

ドアの右へ寄り、漣を外へ促す。ドアが自動で施錠されたのを確認し、私は漣と並んで、玄関ではなく勝手口へ向かった。こちらのルートの方が近い。

ほんの数十歩の距離だったが、母屋には軒下と呼べる部分がなく、私は漣ともども、雪風をまともに浴びる羽目になった。

「傘を持ってくればよかった……一生の不覚だわ」

相合傘をしたかった、とも受け取られかねない迂闊《うかつ》な台詞だったが、漣の口から紡《つむ》がれたのは「先輩の一生の不覚はいくつあるのでしょうね」という無礼極まりない返答だった。

勝手口のドアをくぐり、狭い三和土《たたき》の上で、髪やコートについた雪を払う。漣も同じように身体中を叩いている。靴の中に湿り気を感じた。こんなことなら長靴を履くんだった。

一通り雪を落とし、二人で廊下に上がる。私は三和土から自分と漣の靴を拾い上げた。

「少し待っていて。靴、玄関に置いてくるわ」

すみません、と漣は礼を述べた。

後輩を後に残し、廊下を進む。突き当たりを右に進むとL字の曲がり角。そこをさらに曲がって左手が父の仕事場、右手がリビングと空《あ》き部屋だ。今はすべてドアが閉まっている。

足音を立てぬよう、静かに歩を進める。どたばた歩くと仕事中の父が機嫌を損ねるため、こういう歩き方が自然と習慣になってしまった。まるで忍者だ、と自嘲が漏れた。

廊下を直進し、突き当たりの左手が二階への階段。仕事場側の壁際に電話機が置いてある。玄関は右手だった。

玄関の三和土の上に、私と漣の靴を置く。玄関の扉へ向かって左手に、引き戸付きの靴箱が据え付けられている。上には非常用の懐中電灯がひとつ。戸を開けると、二足の黒い長靴が入っていた。

同じデザインのMサイズ。年末のセールで安売りされていたものだ。以前使っていた長靴が穴だらけになっており、大雨の際にまるで使い物にならないということで思い切って買い替えたのだが、父は撮影で家を留守にすることが多く、母は家仕事が中心、私は私でサイズが緩く無骨な長靴を通学に使うのは躊躇《ちゅうちょ》があり——といった具合で、今のところ使う機会がほとんどないまま埃を被っている。

のだが……今日の雪の降り具合ではさすがに出番が来るかもしれない。後で出しておこう。私は靴箱の戸を閉めた。

勝手口へ戻る途中、リビングのドアを開けて中を覗《のぞ》く。

心臓が跳ねた。……母がひどく疲れた表情で椅子に座っている。その左頰に、鞭《むち》で殴られたような細長く赤い腫《は》れが生じていた。

「母さん、大丈夫?」

「……平気よ。足が少し痛むだけだから……心配しないで」

母は視線を逸らし、震え声で答えた。涙をこらえるような微笑みだった。

テーブルの上には、先程一服した際の湯飲みが三つと、恐らく父の分であろう新しい湯飲みが一つ置かれている。父の分は空だ。母のセーターの胸元が湿っていた。リビングの床の一箇所が、薄緑色の液体で濡れている。

どろりとした黒い感情が、胸の奥から湧き上がった。……父だ。

茶が不味《まず》いとでも言って機嫌を損ねたのか。渦巻く憤怒《ふんぬ》を抑え、私は精一杯、優しい声を作った。

「片付けは私がやるわ。だから、少し休んでいて」

ありがとう、と呟く母の姿は、あまりにも弱々しかった。

私は廊下を出て、リビングのドアを閉めた。母のみじめな姿を、少なくとも今は漣に見られたくなかった。


三十分後——午後四時過ぎ。

二階の自室で、私は漣の監視の下《もと》、参考書と格闘を繰り広げていた。

フローリングの八畳間。部屋の中央には花柄のカーペット、その上に脚の短い白塗りの丸テーブル。西側の壁には机と本棚。東側の壁にはベッドとクローゼット。南側の窓には厚めの白いカーテンが引かれている。ベッドの枕元には小さな熊のぬいぐるみ。……自分で評するのも何だが、まあ、一応は女の子らしい部屋だと思う。

唯一無粋《ぶすい》なものといえば、本棚の横に置かれた、無骨な小型のラジカセくらいだ。数ヶ月前の誕生日、父から気まぐれに買い与えられたものだが、これといった音楽の趣味があるわけでもなく、少々持て余している。今はボリュームを絞った状態で、ラジオの音楽番組が流れていた。

男どころか女の友人ひとり入れたことのない部屋だ。日頃から片付けや掃除はしているし、見られて困るものも——少なくとも視界に入る範囲では——置いていないとはいえ、最初は様様な意味で緊張を抑えられなかった。

のだが……今、私が置かれた状況は、色気の欠片《かけら》もない殺伐としたものだった。

「大丈夫ですか、河野先輩」

漣はやれやれと溜息を吐き出した。カーペットに腰を下ろし、答案が書き記されたノートをテーブルに広げ、参考書を横目に赤鉛筆でチェックしている。×印だらけだ。

普段は冷静沈着な漣だが、年がら年中ポーカーフェイスを貫いているわけではない。今は露《ろ》骨《こつ》な呆れ顔だった。

「壊滅的じゃありませんか。受験を目前に控えた時期にこの体《てい》たらくでは、先行き不安と言うしかありませんね」

「余計なお世話よ。これでも模擬試験の成績は悪くなかったんだから」

「古典以外は、ですか」

生意気な奴だ。……とはいえ、苦手科目を後輩から、教わっている時点で、先輩の威厳などあったものではないのだが。

カーペットに横座りした格好で、私はテーブルの上の湯飲みに手を伸ばした。すっかりぬるくなっている。半分ほど飲み終え、湯飲みをテーブルの上に戻しながら、私はさりげなく漣の横顔を見つめた。時計に喩《たと》えると、三時ちょうどの長針と短針。それが、私と漣の位置関係だった。

不思議な奴だ、と改めて思う。

リビングから勝手口へ戻った後、母の様子を見られたくなくて、仕方なく二階の自室へ招き入れたときもそうだ。

上着を脱がせて半ば強引にカーペットへ座らせ、「一歩も動いては駄目よ。クローゼットやベッドに触るのも言語道断。いいわね」と言い置き、一階へ戻って母の代わりにリビングを片付け、コートを脱いで腕まくりでお茶の準備に取り掛かり……たっぷり十数分後、二人分の湯飲みと茶菓子をお盆に載せて自室へ戻ってみると、漣は本当に腰を上げた様子もなく、最初に座らせたのと寸分違《たが》わぬ位置で、自分の鞄から出したと思《おぼ》しき文庫本を読んでいた。

高校生にもなれば、年上の女性の部屋に招かれたら色々興味を持ってもよさそうなものだが、この後輩は入部当初から少々変わったところがあった。基本的には真面目《まじめ》で、部活の仕事も完璧にこなすが、たとえ相手が上級生だろうと平気で痛烈な皮肉を飛ばすし、色恋沙汰《ざた》にはまるで無関心だ——少なくとも、私の観測範囲内では。

湯飲みを差し出したときも、私が苦労して淹《い》れた茶を「出涸《でが》らしのような味ですね」と一刀両断してくれた。……自分で飲んでみて、全くその通りだったので何も言い返せなかったが。

そんなわけで、室内が艶《つや》っぽい雰囲気に包まれることもなく、気付けば私の勉強会が始まっていた。

実際のところ、漣の教え方は解りやすく、受験対策としては実に助けになったのだが……先輩としての矜持《きょうじ》はすっかり失われ、私の心には冬の寒風が吹き抜けていた。

「九条。新聞部の様子はどうかしら」

昨年秋に部活を引退した後も、私は部室に何度か顔を出していたが、受験を控えた年明け以降はさすがにご無沙汰になっている。母の怪我がなければ、有能で小生意気な後輩と顔を合わせることはなかったかもしれない。

「ご心配なく。遠上《とおがみ》が上手《うま》く回しています。

『伝えるべき事実を伝えること。

事実と、事実に基づいた推論と、根拠のない臆測との区別を明確にすること。

根拠なき臆測や虚偽を決して書いてはならない』……先輩の教えもきちんと守っています」

「あなたは部長になる気がなかったの？　推していた三年生もいたのよ」

嘘ではない。実は私もそのひとりだ。性格はさておき、漣の実務能力は部員の中でも群を抜いていた。が、当人は「補佐役の方が性に合っていますので」と苦笑を浮かべるだけだった。


そのようにして、私と漣の時間は過ぎた。

思えばこれが、生家で私が過ごした最後の心穏やかな時だった。

時計が午後五時を指した頃――呼《よ》び鈴《りん》が平穏を打ち破った。

『あらぁ、茉莉ちゃん？　叔母さんよ。遊びに来たわ。開けてもらえるかしら。兄さんはいる？』

夏乃《なつの》叔母の嫌らしい声が、インターホンから響いた。

3

「あの……今日はどういったご用件で……？」

母が消え入るように問いかけた。頬の腫れは、目立たない程度だがまだ薄く残っている。夏乃叔母は玄関の三和土の上で、「あらぁ」と垂れ気味の目を細めた。濃いルージュを引いた唇に笑みが浮かぶ。

「ご用件も何も、呼び出したのは兄さんの方よ」

バッグから封筒を取り出す。父の字で、叔母夫婦の住所と氏名が記されている。見覚えがあった。一週間ほど前、父に言われて私が投函したものだ。「義姉《ねえ》さん、もしかして、何も聞いてない？　兄さんはいるかしら」

間延びしたソプラノが明らかに嫌味を帯びている。夏乃叔母の背丈はそれほど高くないが、今はむしろ、上がり框に立つ母の方が見下ろされている印象だった。

身なりもそうだ。「夫は……その、仕事で……」と俯く母の服装は——お茶で汚れたセーターはさすがに着替えていたが——上下とも明らかに着古しで、色合いも地味そのもの。一方の夏乃叔母は、赤系統の派手なコートを纏っている。隙間から覗くブラウスやスカートは、上質な生地の新品だった。

「まあ夏乃、そう困らせるな」

夏乃叔母の隣で、やはり身なりの整った小太りの中年男性——洋三《ようぞう》叔父がなだめた。「義兄《にい》さんも忙しかったんだろう。

それはそうと、上がらせていただいても構いませんかな」

洋三叔父の太い声に、母は「は……はい」と身体を震わせた。

叔母夫婦が廊下に上がる。門を開けに外へ出ていた私もローファーを脱ぐ。長靴は靴箱にしまったままだ。無骨な長靴姿を叔母たちに見せるのは激しい抵抗感があった。「茉莉ちゃん、一段と大人っぽくなったわねぇ」含みを持たせたような夏乃叔母のお世辞に、私は嫌悪を押し殺しつつ「いえ、そんな」と笑みを形作った。

「ところで、他にどなたか遊びに来ているの？　見慣れない靴があるようだけれど」

心臓が跳ねる。……漣の靴を出しっぱなしだった。どう返したものか迷っていると、

「お邪魔しています」

当の本人が階段を下りてきた。叔母夫婦に向き直り、自然な態度で一礼する。「九条漣と申します。茉莉先輩には部活でお世話になっています。先輩のご親族の方でしょうか」

「え——えぇ」

出鼻をくじかれた様子で、夏乃叔母は私をちらりと見やった。「佐古田《さこた》夏乃。この娘《こ》の叔母よ。今日は少し用があって、こちらに呼ばれたのだけれど」

声に若干の険がこもっている。漣は動じた様子もなく「そうでしたか」と返した。

「失礼しました。ご親族の集まりがあるところへ押しかけてしまいまして。……河野先輩、私はそろそろ」

「——待って、九条」

私は後輩を呼び止めた。「外は大雪よ。暗くなってきたし、バスも電車もきっと乱れているわ。……せっかくだから、今日は泊まっていきなさい」

後から思えば相当に大胆な発言だった。漣の両眼が軽く見開かれる。叔母夫婦の顔も微妙に硬くなった。

「もちろん、叔母さまたちも。……母さんも、いいかしら」

短い沈黙が下りた。洋三叔父が漣を値踏みするように見つめ、「……まあ、私は構わんが」と呟いた。

「夏乃。お前はどうだ」

「そうねぇ……こんな天気だし、茉莉ちゃんの可愛い後輩を私たちのせいで追い返しちゃうのは、ちょっと可哀想かもしれないわねぇ」

可愛い後輩、という言い回しに明らかな毒が含まれていた。

「……茉莉が言うのなら」

母が小声で呟く。漣は「では、お言葉に甘えさせていただきます」と私たちへ一礼した。

母が台所で夕食の準備を進める間、叔母夫婦は王族のように、リビングの椅子に腰を下ろしていた。

私は母に何度も「代わるから」と伝えたが、その度に母は「いいのよ。茉莉は座っていて」と首を振った。

料理に没頭することで心労を忘れようとしているかのようだった。「茉莉、料理はあまり得意じゃないでしょ。叔母さんたちの口に合わなかったら……」母の台詞に私は言葉を失った。叔母たちを追い返すべきだったろうか――激しい罪悪感がこみ上げた。

「義姉さん。左足、どうかしたの」

母が足を引きずっているのに気付いたのか、夏乃叔母が問う。母の身体が一瞬強張《こわば》った。

「……階段で、転んでしまって」

「あらぁ、そうなの？　気を付けなさいね」

使用人に呼びかけるような口ぶりだった。私はテーブルの下で両手を握り締めた。

外は夕闇が落ちていた。カーテンの隙間から窓の外が窺《うかが》える。屋敷を囲む塀の外、正門の前を走る道路から街灯が顔を出し、虚無の庭をぼんやり照らしていた。雪は舞い乱れ、一向に止む気配もなかった。私と漣の足跡は、すっかり埋もれて消えていた。

「ところで、九条君だったかな」

私の隣に座る漣へ洋三叔父が水を向けた。下世話な好奇心が半分、部外者への苛立《いらだ》ちが半分といった声だ。「こんな天気では来るのも大変だっただろう。今日はどんな用事だったのかね」

「部活の件で、河野先輩へ早急に確認したいことがございまして」

漣は涼しい顔で返した。「電話口では説明しづらい内容でしたので、ご迷惑かと思いましたが直接お訪ねした次第です。その礼というわけではありませんが、用件が済んだ後は先輩の勉強を手伝っていました」

手伝いどころかしごきに近かったのだが、私は口を挟まなかった。

「部活の件？」

「学内報とはいえ、新聞記事はスピードが命ですので」

漣はふと気付いたように私へ向き直った。「——そういえば、家への連絡がまだでした。先輩、電話を貸していただけますか」

後輩の視線に無言の指示を読み取った。「解ったわ。ついでに客室にも案内しないと」私は椅子を立ち、叔母夫婦に会釈《えしゃく》すると、漣を連れてリビングを出た。

「——先輩。一点だけ」

階段の下で電話を終え、二階まで上がったところで、漣が問いを投げた。小さな、けれどはぐらかしを許さぬ声だった。

「私に宿泊を勧めたのは、彼らが来たからですか」

私は目を伏せ、「……そうよ」と声を絞り出した。

河野家は、曾祖父の代までは繊維産業を営んでいてそれなりに裕福な一族だったらしい。が、戦争や時代の変化が、栄華を誇った一族に大きな打撃を与えた。祖父が五十代の頃にはもう、事業を切り売りし、蛸《たこ》が自分の腕を食べるように、過去の資産を食い潰しながら生き永らえるだけの有様だったという。その祖父も六十歳を迎える前にこの世を去った。

残された一族に、かつての栄華を取り戻すだけの才覚を持つ者はいなかった。

特に父は、機械いじりの好きな趣味人で、就職に興味も持たず、ひたすら「資産を食い潰す」側に回っていた。

夏乃叔母は、恋人——佐古田洋三と結婚し、河野家に見切りをつけるように出て行った。二十年ほど前の話だ。

父もやや遅れて結婚し、写真家の道を進んだが、凋落《ちょうらく》を食い止めるだけの収入など得られるはずもなかった。母は、「女は家で男を支えるもの」という思想を骨の髄まで叩きこまれた人だったから、自ら外へ働きに出るなど考えることもできなかったようだ。

私はかろうじて高校へ通えたが、卒業後の金銭的援助は望めない。大学受験に失敗すれば——合格できたとしても、奨学金を得られなければ——働き口を探すことになるだろう。

「つまり」

およその事情を察したのか、漣は私の説明の半ばで口を挟んだ。「彼ら佐古田夫妻が、先輩たちご一家へ金銭的援助を行っているのですね」

頷《うなず》いた。……私にその事実を教えてくれたのは母だ。具体的な金額は聞かずじまいだったが、恐らく相当な額に上ることは想像がついた。ごめんなさい、と涙を浮かべる母の姿が哀れだった。

時代に振り落とされて凋落した河野家とは対照的に、洋三叔父は時代の波に乗って財を成した人だ。色々と後ろ暗いことに手を染めたらしい、との噂《うわさ》も聞くが、父や母と違って商才のある人なのは間違いない。……それを見抜いて彼と結婚した夏乃叔母が、ある意味で一番の賢人かもしれないが。

現在の河野家は、佐古田家からの援助なしには立ち行かなくなっている。しかし……洋三叔父にとって、私たち一家はあくまで他人でしかない。特に父など、洋三叔父の目には、せっかく援助した金を食い潰して道楽にふける不義理者にしか見えないだろう。

例えば今日、援助の打ち切りを告げられたとしても。

あるいは借用書を盾《たて》に取り、これまでの援助金の全額返済を求められたとしても。

彼らがこの家でどんな振舞いをしようとも。

私たちに拒絶の権限はない。できることといえばせいぜい、慈悲《じひ》を求めて彼らの脚にすがりつくことだけだ。

本来なら、曲がりなりにも援助してくれている彼らに感謝すべきなのだろう。だが、事あるごとに夏乃叔母にいびられる母を見せられてきた私には、叔母たちを敬い慕うことがどうしてもできなかった。

父は——叔母夫婦が屋敷を訪れるときは大抵、仕事場や小屋にこもるか、外へ雲隠れしてしまう。今も当然ながら、現れる気配は全くなかった。

「解りました。——佐古田夫妻の振舞いが度を過ごさぬよう、牽制役《けんせいやく》になれということですね」

「ごめんなさい。あなたに頼めた義理ではないのだけど」

後輩を巻き込むのは心苦しかったが、部外者の漣がいれば、叔母夫婦も迂闊には動けないはずだ。彼らが河野家を訪れるのは年に一、二度。半年前にも来訪を受けたが、遅い時間に現れたときは一泊するのが常だった。遠出の際、気安く泊まれる無料宿のように考えているのだろうか。

「元部長の命令です。断るわけにはいきません」

表情を変えずに漣が返す。迷惑げな素振《そぶ》りは欠片もなかった。「ともあれ、事情は把握しました。……申し訳ありません、立ち入ったお話をさせてしまいまして」

「いいのよ。あなたの部屋は……そこでいいかしら」

二階の空き室のひとつ、北側の一番階段寄りの部屋を指差す。「先に戻っていて。荷物は私が運んでおくわ。部屋着も準備するから」

ありがとうございます、と漣は一礼し、階段を下りていった。リビングのドアが開く音、短い会話——漣と夏乃叔母のやりとりだろう——が耳に届いた。

時計の針は午後五時半を回っていた。漣の鞄を私の部屋から客室へ移し、ベッドを整え、漣の体格に合いそうな部屋着を他の部屋から見繕《みつくろ》い――それこそ使用人のように二階を動き回っていると、突然、短い悲鳴が階下から響いた。

慌てて一階へ戻り、リビングのドアを開ける。母が蒼白な顔でリビングの一角を凝視している。

母の視線の先で――洋三叔父がゴルフクラブを握り、スイングを繰り返していた。天井の電灯に当たりかねない、乱暴な振り回し方だった。

夏乃叔母はテーブルで漣と向かい合い、素知らぬ顔で湯飲みに口をつけている。牽制役を請け負ったはずの漣は、動く気配がない。身体の震えを辛うじて抑え、私は洋三叔父へ向き直った。

「……何をしていらっしゃるのですか、叔父さま」

「何って、見ての通りよ」

私の詰問《きつもん》に答えたのは夏乃叔母だった。「最近は主人も、コースへ出る暇が全然なくて。こういうときでないと、なかなか練習できないのよねぇ」

「だからといって――」

「そんなに怖い顔しないで、茉莉ちゃん。ここは私の家でもあるんだから。少しくらい構わないでしょ？　いつものことじゃない」

夏乃叔母の顔には笑みすら浮かんでいた。頭に血が上りかけたそのとき、漣が前触れなく口を開いた。

「良いクラブですね。少し年季が入っているようですが。どなたの持ち物ですか」

場違いなほど穏やかな声だった。「あ……ああ」洋三叔父が気を削《そ》がれたようにスイングを止めた。

「こいつは確か、義父――妻の父上のものだったかな」

「あ……ええ、そうだったわねぇ。

私も少しだけ使わせてもらったかしら。形見《かたみ》分けで貰ったけど、夫の家に持っていくのはさすがに忍びなくて、この家に置いてあるの」

洋三叔父の手に握られている忌まわしきゴルフクラブは、トイレの隣の納戸《なんど》にしまわれているものだった。私も幾度となく目にしている。

「持っていくのは忍びない」と夏乃叔母は口にしたが、実際には、古臭いゴルフクラブが性に合わなかっただけだろう。父と母はゴルフに興味がなかったし、私も正直なところ売り飛ばしてしまいたいとすら思っていたが、名目上は夏乃叔母の所有物であり、洋三叔父が来訪の際、先程のように練習と称して振り回すこともあって、小屋にもしまい込めずそのまま母屋の納戸に置いてあった。

そうでしたか、と漣はいかにも興味深げに頷いた。

「お二人ともゴルフがお好きなのですね。失礼ですが、お二人が知り合ったのも――?」

「まあ、な」

洋三叔父が気恥ずかしげに頰を掻《か》いた。「君もゴルフに興味があるかね。私でよければ手ほどきするが」

「申し訳ありません。道具を使うスポーツは苦手でして。

それより、せっかくのご縁です。夕食のお支度が整うまでの間、色々とお話を聞かせていただけませんか」

母が金縛りから解けたように、片足を引きずりながら台所へ戻る。私は慌てて母の後を追った。振り返ると、洋三叔父がしぶしぶといった顔で、ゴルフクラブを手にリビングを出るところだった。

漣は夏乃叔母と会話を交わしている。

この後輩が当初、洋三叔父の振舞いを止めずにいたのは、最も平穏かつ効果的に場を鎮めるタイミングを見計らっていたためらしい。敢《あ》えて私が来るまで待ち、場が熱くなりかけたところで冷水をかける。……まったく、小憎らしいやり方だった。

食事の準備が整い始めても、父の姿はリビングになかった。

午後六時二十分。いつもの夕食の時間には少し早いが、さすがに声をかけに行かないとまずい。

「呼んでまいります」

コーンスープ入りの皿を載せたトレイを母から受け取り、テーブルに置くと、私は叔母夫婦へ一礼した。漣へ小声で囁《ささや》く。「九条——」

「了解しました。これは私が」

漣が席を立ち、トレイに載った五つの皿をテーブルに並べ始める。「ありがとう」私は礼を述べ、リビングを出た。右斜《はす》向《む》かいにドアが見える。父の仕事場だ。ドアをくぐった先が前室。その奥が現像室だ。

ドアをノックし、前室へ入る。電灯は消えていた。念のためスイッチを入れる。暗緑色の光が灯る。誰もいない。同様に現像室の電灯も点けてみたが、前室と同じ暗緑色の室内を薬品臭が漂うばかりで、やはり父の姿はなかった。

私は仕事場を出て、二階へ上がった。

東西方向に廊下が延び、南北両側に部屋が並んでいるだけの単純な造りだ。廊下は東端が階段と繋《つな》がり、西端は窓付きの壁になっている。普段使われている部屋は、南側に並ぶ部屋のうち三つ——父母の寝室、私の部屋、父の書斎——だけ。後は客室という名の空き部屋だ。トイレと洗面所は北側の西端にある。（【図1】）

父の書斎はトイレの真向かい、南西の角部屋だった。陽当たりの加減が良いということで、現像を終えた写真の良し悪しを吟味する場所を兼ね、父はこの部屋を書斎に充てていた。

自分の足音を聞きながら廊下を歩き、書斎の前に立つ。ドアノブの下に鍵穴が見える。普段は施錠されていて、鍵を持っているのは父だけだ。

仕事に集中しているとき、あるいは機嫌を悪くして部屋にこもっているとき、父は声をかけられるのを極端に嫌う。「うるさい、後にしろ」と怒鳴るか無視するかのどちらかだ。私は息を止め、強めにドアをノックした。返ったのは冷たい静寂だった。そっとノブに手をかけたが、ドアは開かなかった。

徒労感が押し寄せた。……何をやっているんだろう、私は。

ただの茶番だった。父の姿を目にすることなく、私は書斎の前を離れた。

結局、私と母と漣、そして叔母夫婦の五人だけで夕食が始まった。午後六時半に差し掛かる頃だった。

父を連れてこられなかったことを私は詫びたが、夏乃叔母は「仕方ないわねぇ。兄さんは没頭すると昔からああだもの」と呆れ気味に返しただけで、特に機嫌を損ねた素振りもなかった。

夕食は――少なくとも表面上は――平穏に過ぎた。

夏乃叔母は時折、母へ心無い言葉を投げたが、夕食前の漣の

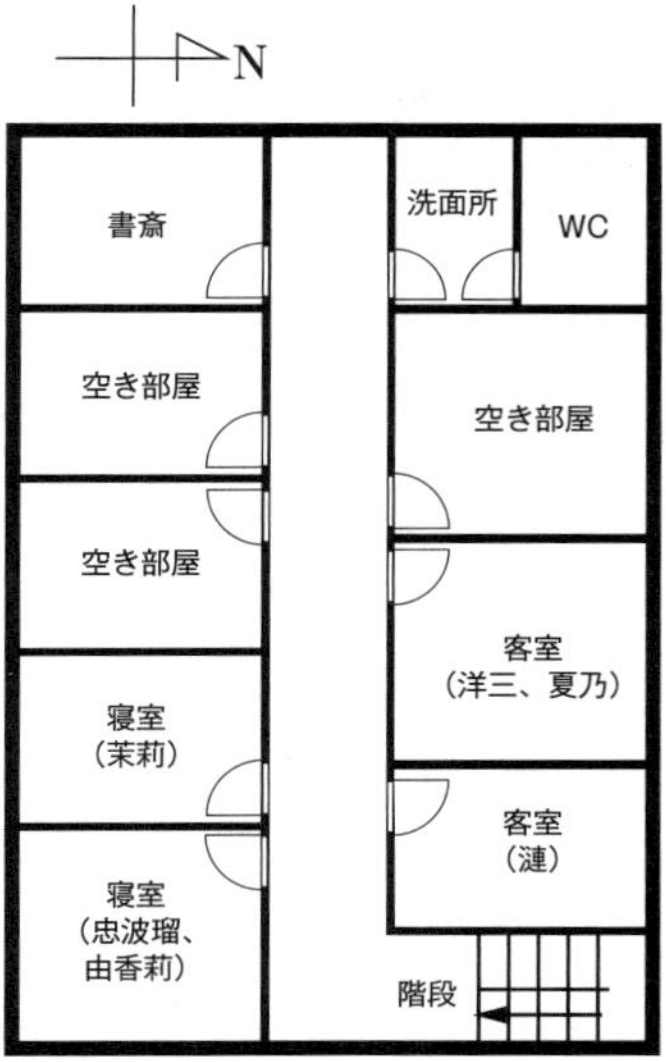

【図１】２階見取り図

牽制が効いたのか、言葉遣いはいつもより棘《とげ》が少なかった。

　漣は、洋三叔父や夏乃叔母と如才なく会話を交わしていた。私は合間に口を挟みながら、そっと母の様子を窺った。母は一歩引いた様子でほとんど何も喋《しゃべ》らず、夏乃叔母から毒混じりの言葉を投げられては、痛みをこらえるように笑っていた。


　食事と片付けが終わり、母が皆に「お風呂……準備できました」と告げたのは午後八時半だった。


「あら。それじゃ、早速いただいちゃおうかしら」

　夏乃叔母は椅子を立ち、洋三叔父へこれ見よがしに艶《なま》めかしい視線を向けた。「あなたも。ほら、行きましょ？」

　ゆったりした声に艶がこもる。洋三叔父は一瞬躊躇を見せたが、威厳を保つように咳払《せきばら》いし、「ああ、そうするか」と腰を上げた。

「茉莉ちゃん。部屋着はある？」

「あ、はい……いつもの部屋に」

　叔母夫婦の寝泊まりする客室は二階の北側、漣に割り当てた部屋の隣だ。どちらもすでに整えてある。

　それにしても、叔母たちが私たちの前で、ここまで露骨に睦まじい様子を見せたことはほとんどない。邪魔な部外者である漣への当てつけだろうか。しかし当人は全く動じた風もなく

「お先にどうぞ」と会釈した。夏乃叔母は一瞬だけ頬を引《ひ》き攣《つ》らせたが、再び妖艶《ようえん》な笑顔に戻り、「それじゃ、お言葉に甘えて」と洋三叔父の手を引いてリビングを出て行った。

「ごめんなさい、九条……その」

「構いませんよ。馬に蹴られて死ぬ趣味はありませんので」

やはりこの後輩はどこかずれている。


叔母夫婦が風呂を出たのはたっぷり一時間後、午後九時半頃だった。

彼らが浴室で何をしていたか、さすがにリビングからは聞こえなかった。が、「お先に失礼するわねぇ」と就寝の挨拶をする夏乃叔母の恍惚《こうこつ》とした表情や、洋三叔父の頬の火照《ほて》り具合は、単なる長風呂だけでない何かを嫌でも想像せずにいられなかった。

「九条。その、お風呂だけど……次は私でいいかしら」

叔母夫婦の足音が遠ざかった後、私は漣に問いかけた。そういう行為があったかもしれない場所へ、直後に客人を行かせるのはさすがに気が引ける。漣は私の心中を察したのか、「解りました、お先にどうぞ」と頷いた。

着替えを取りに二階へ上がり、再び一階へ戻って浴室へ。……夏乃叔母もさすがに分別があったのか、そういう行為の痕跡は、目に見える範囲には残っていなかった。

――三十分後、私は入浴を終え、リビングに戻った。

「ごめんなさいね、遅くなってしまって」

いえ、と漣が首を振った。ずっと母に付き添ってくれていたらしい。

「母さんは、どうする？」

「そうね……今日はやめておくわ」

母は包帯の巻かれた足首へ目を落とした。痛みの滲《にじ》んだ、しかしどこか呆《ほう》けた返事だった。

本当は安静にしなければいけないはずなのに、普段の倍の量の食事を準備したのだ。私が台所へ立ったところで、母の言う通りろくな料理は出せなかっただろう。それでも――何とかして夕食の支度を代わってあげるのだったと、今さらのように後悔が押し寄せた。

父の分の料理は、台所のテーブルに置いてある。夏乃叔母が言及したように、父はひとたび仕事に集中すると、いくら呼んでも食事に現れない。私と母が就寝した後、深夜過ぎに食事をつまむことも稀《まれ》ではなかった。

漣が会釈し、リビングを去る。――と、漣の足音が浴室の方へ消えるのと入れ違いに、夏乃叔母がリビングに顔を出した。

「あらぁ。茉莉ちゃん、もうお風呂に入っちゃったのね」

「はい。……叔母さまは、どうされました？」

「ちょっと喉が渇いちゃって」

と言いつつ台所に入り、持ってきたのはワインボトルとグラスだった。父がいつも飲んでいるものだ。「義姉さん、おつまみある？」

湧き上がる怒りを抑え、私は母の代わりに「……買い置きの乾き物なら」と言い置き、台所へ向かった。

私の居ぬ間にいびり倒すつもりだったのだろうか。母を二階へ避難させるタイミングを逸したまま、私はリビングに留まるしかなかった。

幸いと言うべきか、三十分後、浴室からリビングへ戻ってくる漣の足音が聞こえた。

「いらっしゃぁい。待ってたわ、漣ちゃん」

虫唾《むしず》が走るような夏乃叔母の呼びかけを、漣は「そうですか、それは失礼しました」と表情を変えずに受け流した。

「ところで、洋三さんは」

「……部屋で休んでいるわ。疲れちゃったのかしら？」

艶を含んだ声で思わせぶりな台詞を口にする。それでも表情を崩さない漣を前に、夏乃叔母はかすかに頰を引き攣らせた。

風呂の火を消し、ガスの元栓を閉めた後も、小宴会――呑んでいるのは夏乃叔母ひとりだったが――は洋三叔父抜きでしばらく続いた。

リビングから明かりが消えたのはさらに三十分後。午後十一時を回ろうかという頃だった。

漣の手を借りて母をどうにか二階の寝室へ連れていき、自室のベッドに潜り込んだ後も、私は眠りに落ちることができなかった。

漣がこの家に滞在していること。叔母夫婦への気遣い。そして……精神的な緊張が抜けてくれない。睡魔は一向に訪れなかった。

漣と母は床に就いたはずだ。勝手知ったる夏乃叔母は、さっさと客室へ戻ってしまっていた。叔母夫婦の声が耳元に蘇《よみがえ》った——就寝の挨拶を済ませて自室に戻る直前、客室のドアの奥からかすかに漏れ聞こえた会話。

——あいつめ、どこまで人を虚仮《こけ》に……早く例の……

——焦っちゃ駄目よ。今は……

『……天気予報をお伝えします。※※地方一帯では、山間部を中心に引き続き降雪が続いており……』

ラジカセから、地方局のアナウンサーの声が流れる。

眠れないとき、ラジオのチャンネルを適当に合わせ、音量を絞って聞き流すのが、最近の私の癖になっている。

カセットテープでクラシックを流すより、ラジオでノイズ混じりの喋り声を聴く方が眠気を誘われやすいのは、自分でも意外な発見だった。電源を入れっぱなしのまま寝入ってしまい、起きたら電池が切れていた——といった失敗も一度ならず経験している。

とはいえ、今夜は例外だった。『……現在、※※市内全域に……』ラジオの声がやけに耳障りだった。

カーテンを少し開ける。窓の外は闇に覆われていた。街灯の光も今はなく、ただ、ラジカセの電源ランプが、窓際をかすめる幾多の雪の結晶を、ほのかに赤く照らしているだけだ。庭は完全な暗黒に沈んでいた。

静かだった。部屋の鍵はかけているが、漣が今、客室に泊まっているという事実は覆《くつがえ》せない。要らぬ想像ばかりが頭をよぎり、私の目は冴える一方だった。

……どうしろというのよ、本当に。

結局、雪の止んだ深夜一時過ぎまで、私はベッドの中で暗闇を見つめていた。

4

「――先輩、河野先輩――」

……ノックの音が聞こえる。

沼の底から引きずり出されるように、私はベッドから身を起こした。

いつの間にか寝入っていたようだ。……寒い。窓の外の闇は薄らいでいたが、爽やかな冬晴れには程遠かった。厚い雲が未だ空を覆っている。

目を擦《こす》り、時計を見る。五時五十分。……普段の起床時間よりだいぶ早い。

「河野先輩、起きていますか」

よく聞き知った、そして緊迫感を伴った声とともに、再びノックが響いた。「――九条？」慌てて返事を返す。クローゼットから上着を出して羽織り、鍵を解錠して扉を開けた。一瞬遅れて、暗い廊下に電灯が灯る。いけない、寝起きのひどい顔を見られてしまう――場違いな感情が胸の奥をよぎった。

漣は部屋着の上にコートを羽織っていた。「どうしたの、こんなに早く」私の問いに、後輩は硬い表情で「説明は後です」と返した。

部屋の外へ出る。漣の後ろに母、それと洋三叔父と夏乃叔母が立っている。皆、部屋着に上着を引っかけた格好だ。一様に困惑と緊張の入り交じった表情を浮かべていた。「やっとか」洋三叔父がぼやきを漏らした。

「九条、一体――」

詰問の台詞を飲み込んだ。

い、い、い。

父の姿がない。

私と母、洋三叔父と夏乃叔母、そして漣――それで全員だった。

階段の下り口の脇に、懐中電灯が置かれているのが目に入った。靴箱の上にあったものだ。あれは……しかし漣の言葉が雑念を払った。

「皆さんもついてきてください。詳しい説明はそこでします」

漣に案内されたのは、一階の勝手口だった。

狭い廊下に五人が固まると、さすがに窮屈さを感じる。「どうしたの、こんなところに――」

私の問いは、またも途中で切れた。

勝手口の三和土に、長靴が転がっている。

玄関の靴箱に入れてあった、二足の長靴のうちの一足だ。急いで脱ぎ捨てられたかのように、右足と左足の分がそれぞれでたらめに横倒しになっている。

漣は慎重に長靴をまたぎ越し、勝手口を解錠してドアを開いた。

凍えるような冷気が流れ込み――ドアの外の光景が目に飛び込んだ。


雪の上に足跡が刻まれていた。


『行き』の足跡が二本、『帰り』の足跡が一本――計三本の足跡。外はまだ明るいとは言えなかったが、各々の足跡の向きはどうにか見て取れる。

『行き』の二本はやや重なり、『帰り』の一本は他の二本から少し離れている。どれも深さは同じくらい。足首ほどだ。

私の位置から、各々の足跡のもう一方の端は見えない。が、大体の方向は解った。……父のギャラリーのある、小屋の方向。

漣は簡単に事情を話してくれた。早くに目が覚め、手洗いを済ませて西端の窓を何気なく覗いたところ、雪の上にこれらの足跡が見えたという。

「……これが、どうかしたのかね」

洋三叔父の声がかすかに緊張を帯びていた。

「足跡自体に、一見して異状は見られません。靴底の形も、三和土にある長靴と同じようです。が——皆さんもお察しではありませんか。これらの足跡の意味するところを」

冷気が首筋を撫でた。

……数だ。

誰が何のために、何度、誰を伴って外へ出たとしても、勝手口から出て戻っただけなら、行きと帰りの足跡の本数は同じになるはずだ。

が、実際に刻まれた足跡は、帰りの方が一本少ない。

勝手口から小屋へ向かい、戻っていない人間がいることになる。

母の顔面が蒼白と化した。「……兄さんが？」夏乃叔母の声も掠《かす》れている。

恐らく、と漣が返した。

「忠波瑠氏が小屋の様子を見に行かれただけなら、そろそろ暖を取りに戻って来られてもよさそうなものですが」

小屋には空調がない。外も中も、寒さはほとんど変わらないはずだ。

雪の上には、『行き』の一本の他にもう一往復分の足跡が刻まれている。三和土に転がった長靴。母屋に父の姿はない。

父と、父以外の誰かが小屋へ向かい、父だけが戻っていない——ことになってしまう。

「皆さんの中で、昨夜以降に小屋へ行かれた方は？」

漣の問いに、誰も手を挙げなかった。

漣が視線を空へ向けた。白い結晶が舞い落ちる。また雪が降り始めたらしい。

後から思えば、漣はこのときすでに最悪の事態を思い描いていたのだろう。表情が険しくなった。

「まずいですね。足跡が埋もれてしまう。……先輩、カメラはありませんか。今のうちに写真を」

突然問われ、私は言葉を詰まらせた。頭が上手く働かない。

カメラ――そうだ、父は写真家だ。仕事道具ならいくらでも家にある。前室へ向かおうとして、私は身体を止めた。

父は、仕事道具を鍵付きの戸棚に管理している。鉄製だから破ることもできない。――鍵を持っているのは父だけだ。

私が告げると、漣は無念そうに眉をひそめた。

「仕方ありません。玄関から回りましょう」

写真家の自宅で写真一枚撮れないとは――という皮肉を、さすがの漣も今は口にしなかった。一番の年少者である漣が指示を出していることに、私たちは疑問を挟むゆとりもなかった。

玄関の扉を開くと、庭は足跡ひとつない雪原と化していた。（**【図2】**）

靴箱は空っぽだった。――二足の長靴の、残り一足が見当たらない。

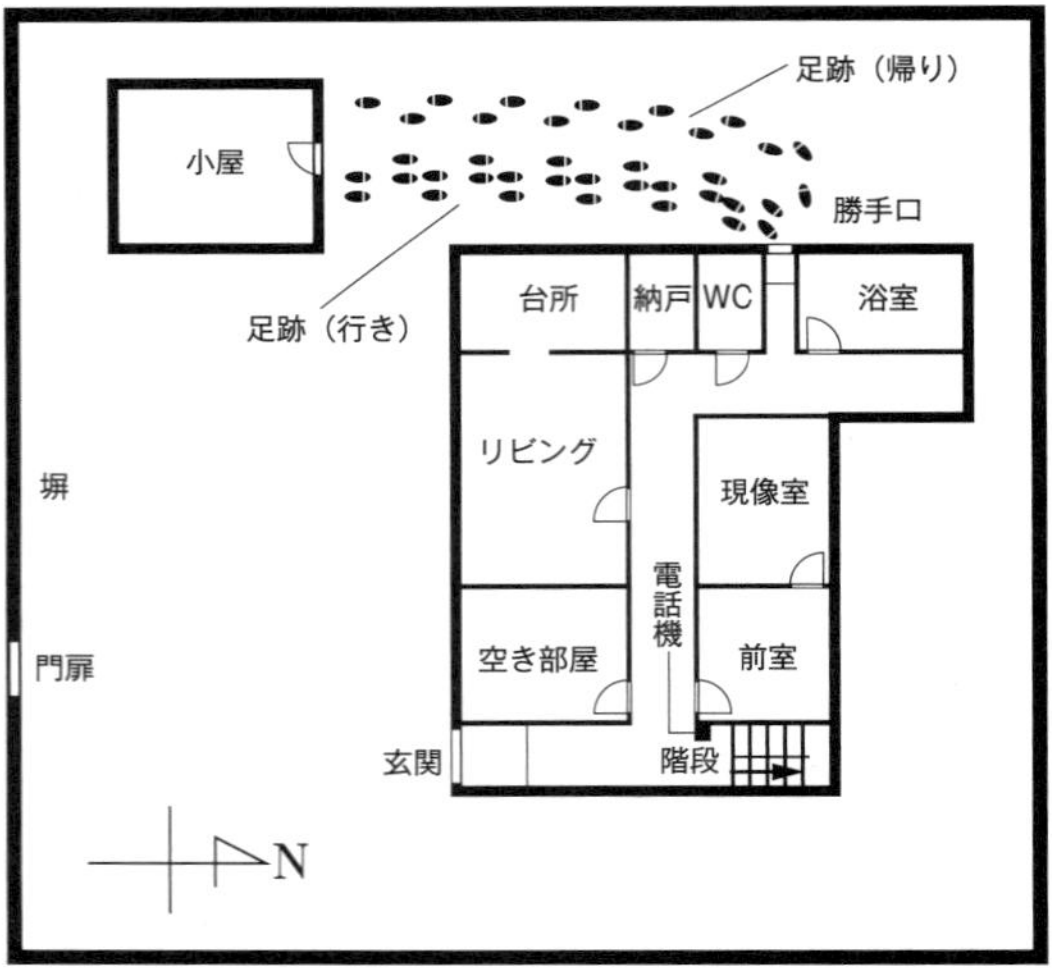

【図２】現場見取り図（敷地全体）

母を玄関に残し、私と漣、洋三叔父と夏乃叔母は、それぞれ自分の靴を履いて雪の中へ踏み出した。寒さや冷たさなど気にしてはいられなかった。

どこまでも白い庭を突っ切り、小屋へ向かう。昨晩は風が荒れていたせいか、軒下にまで雪が入り込んでいる。

周囲を見渡す。先程の三本の足跡の他には、庭にも塀の上にも、母屋や小屋の周囲にも、両者の屋根にも、足跡をはじめとした雪の乱れは確認できなかった。

小屋のドアに辿り着く。足跡の靴底を確認できた。雪は被っていない。……三本とも、勝手口の三和土に転がっていた長靴と同じ形だった。

『行き』のひとつ――東側――の右足の前方を、もうひとつ――西側――の左足の踵がわずかに踏んでいる。爪先の右側に踵の左側を重ねた格好だ。

「皆さん、足跡を踏まないよう気を付けてください。……先輩、ドアを」

震えながら頷き、足跡を慎重に避けながら、私はドアの近くに立った。毛糸の手袋をはめた手で、電卓製の入力盤に、暗証番号の式を入力し、『＝』ボタンを押す。

何の反応もなかった。

――え？

もう一度、答えが『8973』となるよう式を入力し、再度『＝』ボタンを押す。やはりドアは何の音も返さない。ノブを押し回したが、ドアは開かなかった。

……暗証番号が、変わっている⁉

「何をやっているんだ。適当に『1111』とでも入れてみろ」

混乱する私の背後で、洋三叔父の苛立った声が飛ぶ。いい加減なことを、という台詞を寸前で飲み込み、私は半ばやけで『1111』『＋』『0』に続いて『＝』を押した。

モーターの駆動音が響いた。

嘘――

愕然《がくぜん》とする私の横から漣の腕が伸び、ドアを開けた。

父が倒れていた。

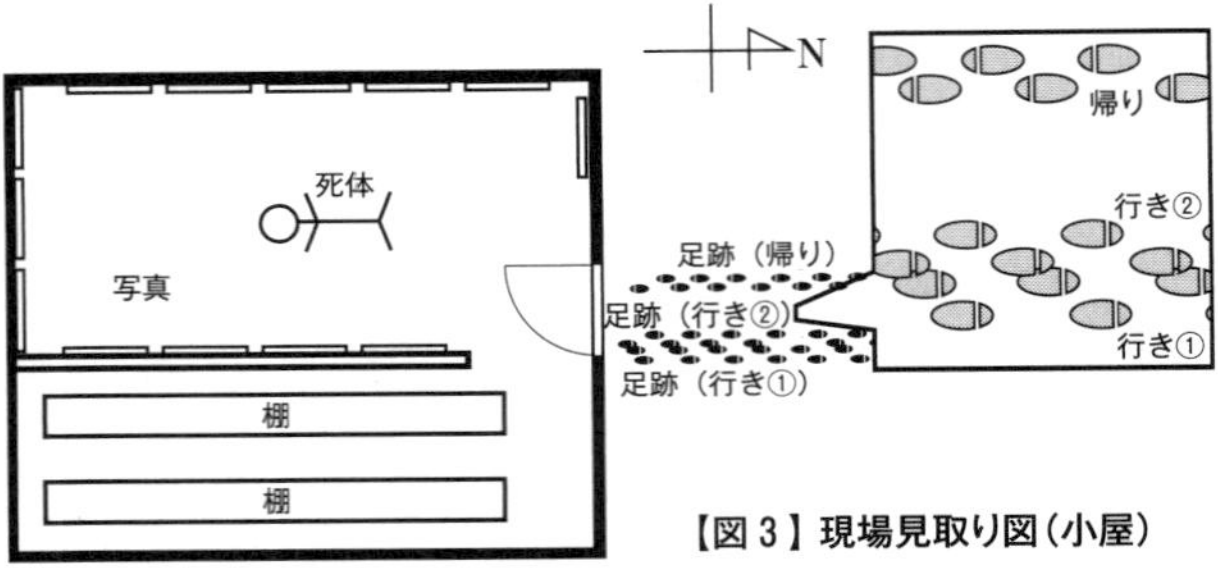

【図３】現場見取り図（小屋）

ドアから入って中央から右手側のギャラリーの、広く空いた床の上。

何枚もの写真に見下ろされながら、私の父、河野忠波瑠が仰向けに倒れている。（【図３】）

ジャンパーに毛玉だらけのセーター姿。昨日と同じ格好だ。両足には、勝手口に転がっていたのと同じデザインの、黒い長靴。

目から光は失せ、肌の色は青白く化し——父は完全に事切れていた。

※

以下はすべて、後で解った話だ。

警察の調べで、父の死は他殺と断定された。

死因は後頭部への一撃。ほぼ即死で、体外への失血は確認されなかった。

検死による死亡推定時刻は、死体発見から五時間以上前

――深夜一時以前。ただ、小屋の中がかなり冷えていたこともあり、正確な時刻は割り出せなかったという。

台所に置いていた父の分の食事は手を付けられておらず、解剖の結果、胃の中も空だった。

父が最期に持っていたのは、書斎の鍵を含んだ鍵束とハンカチだけだった。どちらも父のズボンのポケットに入っていた。


小屋のドアに、後から手を加えられた痕跡はなく、小屋の東側の窓も、内側からクレセント錠がかけられていた。

現場に残された三本の足跡は、漣の危惧通り雪を被ってしまい、正確な検証ができなかった。死体発見の直後から雪の勢いが強まったことと、積雪のために警察の到着が遅れたことが影響した。


凶器はゴルフクラブだった。

父の後頭部に穿《うが》たれた打撲《だぼく》痕を精査したところ、納戸にしまわれていたゴルフクラブのうち一本のヘッドと、形状が一致した。

事件発覚の前日に洋三叔父が振り回していたドライバーだった。

【読者への挑戦】謎を解く手掛かりはすべて揃いました。さて、犯人は誰か？

「状況を確認しておきましょう」

5

午前六時十分。リビングに戻ると、漣は開口一番宣言した。

重い雰囲気が漂っていた。夏乃叔母と洋三叔父の表情は険しい。一方、母は抜け殻と化したように、呆けた顔で椅子に身を沈めていた。

私は――どんな顔をしていただろう。

目に浮かんでいたのは悲しみか、怒りか。それとも……虚無感か。

警察への通報は済んでいた。が、大雪の影響で到着が遅れる見込みだという。父の死体は、発見された状態のまま小屋に放置されていた。警察が来るまで手を付けるべきではない、という漣の判断からだった。

「状況、と言われても」

夏乃叔母が口を開く。「見た通りじゃないの？　兄さんが、誰かと一緒に勝手口から小屋へ入って——殺されて、誰かがひとりで母屋へ戻った。そうとしか思えないけれど」

緊張が走る。

小屋と勝手口を結ぶ三本の足跡の他に、怪しい足跡や痕跡は見つからなかった。犯人は母屋にいた人間……私たち五人の誰かということになる。

「残念ながら、話はそれほど単純ではありません」

漣は首を振った。「雪の止んだ後で忠波瑠氏が小屋へ入った、という状況自体がすでに奇妙なのですよ」

「何がだね。犯人が義兄《あに》を言葉巧みに小屋へ連れ込んだだけの話ではないのか」

「そういう問題ではありません。

忠波瑠氏も犯人も、小屋に入るのは物理的に不可能だったはずなのです」

「……どういう意味だ」

「停電ですよ。

大雪の影響で、昨夜二十三時頃から今朝の死体発見の直前まで、この地域一帯に停電が発生していました。

小屋のドアの鍵は忠波瑠氏の手で改造されており、暗証番号を入力してモーターを動かす仕組みになっています。つまり、電力がなければ外から鍵を開けられません。忠波瑠氏も犯人も、小屋の中に入れたはずがないのです」

あ――と誰かが声を漏らした。

……そうだ。

昨夜十一時頃、停電でリビングの明かりが消え、夏乃叔母による小宴会は打ち切られた。

昨晩の夕食時には、街灯が庭を照らしていた。けれど、私が電池でラジオを聴いていた午後十一時過ぎには、街灯の明かりが消え、窓の外は真っ暗になっていた。

今朝、漣のノックで叩き起こされたとき、自室のドアを開けた直後に廊下の電灯が点いた。もし、私の起床前に電気が復旧していたら、私がドアを開ける前に誰かが点けていたはずだ。

恐らく、停電時に誰かがスイッチの入り切りを繰り返し、『入』の状態で放置してしまったのだろう。私がドアを開けたタイミングで電気が復旧し、電灯が点いたのだ。「やっとか」という洋三叔父のぼやきが思い出された。

「それじゃ、小屋のドアの暗証番号が変わっていたのは」

「停電で初期化されてしまったのでしょう」

初期設定の暗証番号が『1111』だったのだ。それを洋三叔父が偶然にも言い当てた。

「一般の施設であれば、非常時にも解錠できるよう物理的な鍵などが準備されたはずです。が、問題のドアは、悪く言えば忠波瑠氏の素人施工。鍵穴がついていませんでした。非常時の対処より、こじ開けられないようにするのを優先したのかもしれませんが」

「待って――九条、ちょっと待って」

私は慌てて口を開いた。「おかしいわ。なら、父はどうやって小屋へ入ったの」

「ドアの間に何か挟んだのか？　停電時にも開けられるように」

洋三叔父も問う。

「だとすれば、その人物は停電が発生するのを予期していたことになります。ありえないとまでは言いませんが、可能性は低いでしょう」

「それなら……ええと」

夏乃叔母の声が困惑に満ちていた。「東側の壁に小窓があったわよね。そこから棒か何かを伸ばして、内側から開けた、とか……」

「それにはまず、停電前に小屋へ入り、中から窓の鍵を開ける必要があります。やはりその人物は停電を予期していたことになりますね。

百歩譲って、そのような行為が行われたとしても、足跡などの痕跡が小窓の周辺に残るはずです。停電発生時にはまだ雪が降っていましたが……痕跡が埋まり切る前に止んでしまうかもしれないのです。そんな不安要素を抱えながら、忠波瑠氏の死体を小屋に入れる必然性があるでしょうか」

小屋の外に死体を放り出せば済んだはずだ――と漣は言いたいのだ。

「では、どういうことかね」

洋三叔父が苛立ち混じりの問いを放つ。「前提が間違っているのですよ」漣は冷静に返した。

「停電中にドアをこじ開けたのではありません。停電が発生する前の段階で、忠波瑠氏の死体はすでに小屋の中にあったのです。

そして雪が止んだ後、足跡だけが偽装された――あたかも雪の止んだ後で犯行が行われたかのように」

皆が静まり返った。

夏乃叔母と洋三叔父が唖然《あぜん》とする中、母は虚《うつ》ろな表情のままだ。漣の話を認識できているかどうかも定かでなかった。

「駄目よ九条、やっぱりおかしいわ。

足跡の本数はどうなるの。二本が犯人の往復分だったとして、片道一本分が余ってしまうじゃない。まさか、犯人は雪が止む前に小屋に行って、足跡が埋まるまで待って、一往復半して――帰りの一本分は後ろ向きに歩いて『行き』の足跡にした、などと言うつもりではないでしょうね。雪がいつ止むかもしれないのに？」

漣はしばし私を見つめ――

「具体的な方法までは解りません」

あっさりと言い放った。

「……はぁ？」

夏乃叔母が間の抜けた声を上げた。「散々理屈をこね回して、肝心な問いには『解りません』？　馬鹿にしているの」

「私は探偵でも何でもありません。事件の捜査は警察の仕事です。ただ、停電中に無理やり忠波瑠氏が小屋へ押し込まれた可能性より、足跡が偽装された可能性の方が遙かに高いのは明白です。具体的な方法は犯人に問い質《ただ》した方が早いでしょう。足跡を偽装する方法は、古今東西の推理小説を読めばいくらでも出てきます」

「なら、その犯人は誰かね」

洋三叔父の詰問に、漣は吐息を漏らしつつ首を振った。

「証拠も揃っていない段階で、警察ではない私に断言などできません。言えるのは——昨夜の二十三時以前にアリバイがなく、かつ、足跡の工作を行うことができた者、もしくは者たちが犯人だ、ということだけです」

漣が夏乃叔母と洋三叔父の視線を交互に受け止める。二人は硬直した。

「な……何。私たちが犯人だと言うつもり？　冗談じゃないわ、アリバイがないのはそこの母《おや》娘《こ》だって同じでしょ。私たちは小屋のドアの暗証番号なんて知らなかったのよ！」

「残念ですが、暗証番号を知っていたかどうかは決め手になりません。忠波瑠氏が小屋の中にいた以上、彼自身がドアを開けた可能性は大いにありますし——でたらめにボタンを押したら偶然開いたということもありえます。先程、貴女《あなた》のご主人が言い当てたように」

叔母夫婦が揃って青ざめた。

「逆にお尋ねします。

忠波瑠氏に呼ばれてこの家へ来た、と昨日仰いましたね。にもかかわらず貴女がたは、忠波瑠氏が顔を出さないことに苛立つ気配もなく、私たちの前では顔を見に行こうとすらしませんでした。

貴女がたがこの家を訪れた本当の理由は何ですか？」

※

叔母夫婦が逮捕されたのは翌月の末だった。

漣はそれと前後して、私たちの住む地を離れていった。……詳細な事情は知らない。新聞部の部長役を固辞したことを思うと、恐らくかなり前から決まっていたことなのだろう。入院中の知人へ「挨拶」に行っていた、という言葉を思い出した。

私は結局、受験自体を諦《あきら》めざるをえなかった。

しばらくして、母が突然亡くなり——私は生家を手放して、呪われた地を去った。

漣から手紙が届いたのは、それから長い時が過ぎた後——一九八三年の冬だった。

6

『拝啓

突然のエアメールに驚かれたかもしれません。こちらも母国語で手紙を書くのは久しぶりで、いささか緊張しております。乱文乱筆ご容赦《ようしゃ》ください。

本来なら、こちらの近況を詳しくお伝えしたいところですが、長くなりそうなので手短に済ませます。ご存じの通り、私は、先輩の御父上が亡くなられた事件からしばらくして彼《か》の地を離れ、今は封筒の裏面に記された地に落ち着いています。平穏とは言い難いものの、幸いにして大過なく過ごしております。

さて、右記の事情により、私は事件の捜査状況や先輩の近況を、長い間把握することができずにいました。随分後になってようやく、所轄《しょかつ》の警察署などを通じて、先輩の現住所も含めた詳細を知ったのですが――その顚末は、私の予想とは大幅に異なるものでした。

そこで、私は事件の当事者のひとりとして、あのとき語ることのできなかった「臆測」を以下に書き記します。誤っている部分がありましたら、適宜訂正の赤鉛筆を入れるなりしていただければ幸いです。

河野先輩――

忠波瑠氏の死体を小屋に隠し、足跡を偽装したのは貴女ですね。

何を根拠に、と思われたかもしれません。逮捕されたのは佐古田夫妻ではないか、と。

河野家へ借金の返済を迫ろうとしていた彼らが、逆に、贈収賄《ぞうしゅうわい》の現場を忠波瑠氏に隠し撮りされ、脅迫され――口封じと証拠隠滅《いんめつ》のために殺害したのではないか、と。

確かに、情況証拠と物的証拠は、佐古田夫妻に不利なものばかりだったようです。

洋三氏から省庁の幹部職員への金銭受け渡し現場を撮影したフィルムが、忠波瑠氏の貸金庫から発見されたこと。

洋三氏から忠波瑠氏への口座振込の額が、事件の約一年前を境に顕著に増加していたこと。

凶器と認定されたゴルフクラブから、洋三氏の指紋だけが――スイングの練習で付いたものだという氏の主張は、事実上無視されたようですが――検出されたこと。

夫妻が貴女の家を訪れてから、翌朝、忠波瑠氏が遺体で発見されるまでの間、彼ら二人――特に、洋三氏のアリバイにかなりの空白があったこと。

私の入手した資料を見る限り、当時の所轄の警察署にとって、佐古田夫妻を殺人者と名指しするにはこれらの事実だけで充分だったようです。

停電と足跡の矛盾についても、行きの二人分は二人でつけ、帰りは洋三氏が夏乃夫人を背負って帰った、と強引に解釈したようですが——
それが事実でないことは、河野先輩もご存じのはずです。

三本の足跡はどれも同じ深さでした。上記の方法で夫妻が足跡を偽装したとすれば、帰りの足跡は行きの二本より、素人目にも解るほど深くなっていたはずです。が、当時私が見た限り、そのような違いは見受けられませんでした。

もっとも、警察が現場に到着した頃には、新たな雪が足跡に降り積もってしまい、詳細な検証が困難になっていたことも、誤認を招く一因となったようですが。

彼らは本当に犯人だったのでしょうか。

そうではない——と、私は考えています。

佐古田夫妻はなぜ、停電が発生する前——二十三時以前の段階で、忠波瑠氏の死体を小屋へ置き去りにする必要があったのでしょう。

夫妻が来訪してから停電が起こるまで、母屋のリビングには常に人がいたのです。リビングからは庭が丸見えです。もし誰かがカーテンの隙間から外を覗いて、小屋を出入りする場面を見てしまったら——万一の可能性を彼らは考慮しなかったのでしょうか。そのようなリスクを冒してまで小屋に行く必然性があったのでしょうか。玄関から出て、小屋の反対側——敷地の北東の隅にでも、死体を雪に埋めて隠した方が、人目の付きにくさという点では安全だったはずです。

また、なぜゴルフクラブが凶器に使われたのでしょう。

打撲痕は忠波瑠氏の後頭部にありました。つまり忠波瑠氏は、ゴルフクラブを握った犯人に背を向けていたことになります。

部屋にこもっている最中に背後から襲われたのでしょうか。いえ。防犯のために手製で暗証番号式の解錠システムを構築するほど、用心深い人です。部屋にこもっている間、忠波瑠氏はドアを施錠していたはずです。無言の侵入者の気配——足音やドアの軋《きし》みなどに鈍感だったとも思えません。

となると、犯人は忠波瑠氏を何食わぬ顔で誘い出し、油断した隙を突いて背後から襲ったことになりますが——そのような場面でゴルフクラブを使うでしょうか？

どう考えても、ゴルフクラブは奇襲用の武器にふさわしくありません。隠し持つのも難しいですし、堂々と手に握っていたら忠波瑠氏も警戒するでしょう。殴り倒す際に物音を聞かれる可能性もあります。それよりは、紐や刃物を隠し持つ方がよほど確実です。

彼らが全くの無実だったと述べるつもりはありません。

入浴を終えた夏乃夫人がリビングに現れ、皆が釘付けにされている間、洋三氏が顔を見せなかった点は確かに不自然です。が、彼らは忠波瑠氏の殺害まで目論んでいたわけではなく、脅迫の種となったフィルムを探していただけでしょう。

忠波瑠氏が一向に姿を見せず、代わりに部外者の私がいたことは、彼らに混乱と自制を強《し》いたかもしれません——何かの罠ではないか、と。家捜しの間に忠波瑠氏と出くわさなかったとしても、それは混乱に拍車をかける結果にしかならなかったでしょう。洋三氏や夏乃夫人の振舞いも、今思えば疑心暗鬼の裏返しだったと思われます。

事件の半年前、小屋に忍び込もうとした賊も、恐らく彼らだったのではないでしょうか。ちょうど同じ頃、佐古田夫妻は河野家を訪れていたそうですね。時期は合います。


話を戻します。

佐古田夫妻には、二十三時以前に小屋へ行く必然性も、ゴルフクラブを凶器に使う必然性もありません。しかし現実は違いました。

なぜか——という問いに恐らく意味はありません。逆に考えるべきではないでしょうか。犯人はどうしても小屋へ行く必要があったのだ、と。——忠波瑠氏の死体が人目に触れぬよう、最も安全と思われる小屋へ隠すために。

犯人はゴルフクラブを選択したのではなく、たまたまゴルフクラブを手に取ってしまっただけなのだ、と。

犯人は佐古田夫妻でない、とすると、残る容疑者は三人しかいません。私か、由香莉夫人か——貴女か。

公平を期すために、ここで私自身の容疑を晴らします。

死体発見時、勝手口に長靴が転がっていました。つまり犯人は長靴のある場所を知っていたことになります。

しかし私には、停電で小屋が閉ざされる二十三時までに、長靴の存在を知る機会がありませんでした。家に招かれてからは貴女や由香莉夫人につきっきりでしたし、入浴時も、私が玄関へ寄り道せず浴室へ向かったことは、貴女も足音で察していただいたかもしれません。

本題に入ります。

私が最初に違和感を覚えたのは、小屋のギャラリーを拝見した後、先輩とともに勝手口経由で母屋へ戻ったときです。河野先輩は私を勝手口に待たせ、ひとりで靴を玄関へ置きに行きましたね。

なぜ、私を連れて行かなかったのですか。

私を連れて玄関へ行き、靴を置いてそのまま一緒に二階へ上がる。この方が自然だったはずです。二階へ続く階段と玄関とは目と鼻の先だったのですから。玄関へ靴を置くために、わざわざ私を待たせて勝手口と玄関とを往復する必要はありません。

貴女は確認したかったのではありませんか——リビングのドアが開いてはいないかと。ドアから、忠波瑠氏の死体が丸見えになってはいないかと。

貴女は見てしまったのではありませんか。

小屋を出た直後、母屋のカーテン越しに――由香莉夫人が忠波瑠氏を撲殺する瞬間を。

だから、貴女は私を勝手口へ留め置き、ひとりで玄関へ――正確には、リビングへ向かったのです。

リビングの状況を確認し、恐らく自失していたであろう由香莉夫人に落ち着くよう言い含め、リビングのドアを確実に閉めるために。

今思えば、母屋へ戻る際、貴女が玄関でなく勝手口を選択したのも、その方がカーテンの隙間からリビングを覗かれる危険が少ないと判断したからではないでしょうか。玄関ルートでは、リビングの真正面を大きく横切ることになりますから。

リビングを確認し、勝手口へ戻った後、貴女は私を二階の自室へ招き、絶対に一歩も動かぬよう命令し――お茶の準備と称して一階へ下り、凶器を片付け、忠波瑠氏の死体を小屋へ隠したのです。

二足の長靴のうちの一足を死体に履かせたのも、恐らくこのタイミングでしょう。後で死体が発見された際、忠波瑠氏が何も履いていないのは不自然ですから。

死体の運搬は、貴女には重労働だったはずです。足を怪我している由香莉夫人の手を借りることはできなかったはずですから。が、母屋から小屋までは数十歩。貴女は女性としては大柄で、忠波瑠氏は男性としてはやや小柄で痩せていました。死体を背負って運ぶのは不可能ではありません。所要時間は十分程度だったと思われます。

雪は降り続いていましたが、あのときの貴女はまだコートを着ていました。コートはリビングで乾かし、髪を充分に払えば、自分が再び外へ出たことは隠し通せます。仮に私に咎《とが》められたら、例えば「ゴミを出しに行っていた」などと言い逃れるつもりだったかもしれません。

このときの貴女にとって、一番の危険要因は私でした。カーテンを開けて外を覗かれたら一巻の終わりだったはずですから。だから貴女は「一歩も動くな」と命じたのです。私を北側の空き部屋に招き入れれば済んだ話ですが、それはそれで不審を招きかねないと判断したのでしょう。この時点ではまだ、私が宿泊する話は挙がっていませんでした。

もっとも、貴女にとって幸運なことに、当時の私は貴女の指示を律義に守り、窓の外を覗くことはありませんでした。もし覗いていたら——私の命はなかったかもしれませんね。いえ、これはさすがに冗談です。

死体を運び終えた後、貴女は由香莉夫人に再度他言無用を言い聞かせ、二階へ戻って私にお茶を振舞いました。

あのときのお茶の味を、私は今でも鮮明に覚えています。

失礼ながら、まるで出涸らしのような、お世辞にも美味《おい》しいとは言えない味でした。当然かもしれません。急須《きゅうす》の茶葉を取り換えて淹れ直す余裕など、貴女にはなかったでしょうから。

貴女が忠波瑠氏を殺害したのでは、と考えたことは一度もありません。

私が母屋にいる状況下で、物音を聞かれるかもしれない殺害方法——ゴルフクラブでの撲殺——を貴女が選んだとは思えませんから。

佐古田夫妻が犯人でないのなら、忠波瑠氏を殺害できたのは、誰にも物音を聞かれることなく忠波瑠氏を殺害するタイミングがあった人物——私と貴女が小屋にいる間、母屋で忠波瑠氏と二人きりだった人物——由香莉夫人だけです。

夕食の準備の際、由香莉夫人はコーンスープを五皿しかリビングに出しませんでしたね。あのときはまだ、貴女が忠波瑠氏を呼びに行く前でした。氏が夕食に現れるかもしれないのに、なぜ彼の分を含めた六人分を用意しなかったのでしょう。

忠波瑠氏がリビングに現れることは決してないのだと、彼女はすでに知っていて——無意識に氏の分を選《え》り分けてしまったのではないでしょうか。

なぜ彼女が夫を殺害したのか。殺害前後の状況はどんなものだったのか。真実は私にも解りません。ですが想像はできます。

由香莉夫人は、忠波瑠氏から日常的に暴力を振るわれていたのではありませんか。

夫人の足の怪我は、階段で転んだのではなく、忠波瑠氏に負わされたのではありませんか。

佐古田夫妻が訪れた際、由香莉夫人の頬に細長い腫れが薄く残っていました。あれは、ゴルフクラブのシャフトで頬を殴られた痕だったのではありませんか。

であれば、凶器がゴルフクラブだったことも説明がつきます。

忠波瑠氏に殴られた後、由香莉夫人はゴルフクラブの片付けを命じられ——積もりに積もった負の感情がついに、夫人の理性の箍《たが》を弾《はじ》き飛ばしてしまったとしたら。

忠波瑠氏も、まさか従順な由香莉夫人がそのような行為に出るとは思いもよらず、背を向けてしまったのでしょう。

凶器の処理——指紋を拭《ぬぐ》い、納戸に戻す作業——は、貴女が死体を片付ける際に行ったはずです。実際にはその後、洋三氏が偶然にも凶器のドライバーを握ってしまったわけですが……氏の指紋しか検出されなかった点については、貴女がた一家の誰もゴルフを趣味としなかったこと、また、ゴルフクラブを度々掃除していたという貴女の証言から、大きな不自然とは見なされなかったと聞き及んでいます。

由香莉夫人は、事件の数ヶ月後に首を吊って亡くなられたそうですね。

お悔やみの言葉はここには記しません。今さらお伝えしたところで、貴女には痛烈な皮肉にしかならないでしょうから。


ただ——貴女が忠波瑠氏を憎んでいなかった、とも思いません。

貴女は貴女で、母を虐《しいた》げる忠波瑠氏をいつか葬《ほうむ》り去れたら、と考えていたのではないでしょうか。たとえ本気ではなかったにしても、忠波瑠氏を殺害するための計画を、様々に思い描いていたかもしれません。でなければ、両親が殺し殺されるのを目撃した後、機敏に立ち回ることなどできなかったはずです。

夕食前、忠波瑠氏を呼びに行く場面でも、貴女は慎重に、氏を探す際に自分が取るであろう行動をなぞりました。足音やノックの音も、階下へはかすかに響いていました。貴女がそのように、敢えて強めに響かせていたのかもしれませんが。

残る大きな疑問はひとつ——貴女がどうやって、足跡を偽装したのかという点だけです。

実のところ、私が今までこの手紙を出さずにいたのは、右記の疑問が最後まで解けずにいたからに他なりません。

が、先日、詳細を伏せた上でこの事件を職場の上司に語ったところ、彼女は一晩であっけなく足跡の秘密を解きほぐしてしまいました。

以下に記すのは、彼女が私に語った内容の概要です。

ポイントは二つです——「行き」の二本の足跡が接近していたこと。両者の足跡が同じ形だったこと。

これらの制約条件さえ受け入れれば、片道一回で二人分の足跡を作ることができるのです。方法は単純です。共犯者も特別な道具も一切必要ありません。

左足から踏み出したとして——左、右、と最初の二歩をつけた後、右足を斜め後ろに引き、二人目の一歩目をつけます。左足も動かして二人目の二歩目をつけ——今度は大きめに左足を開き、一人目の三歩目をつけ、右足を運んで一人目の四歩目をつけます。先述と同じように二人目の三歩目と四歩目をつけ……後は、同様の手順を繰り返すだけです。（【図４】）

小屋まで辿り着いたら、そのまま普通に歩いて戻れば、「二人分の行きと一人分の帰り」の足跡が残ることになります。

これが可能なのは、佐古田夫妻を除けばただひとりです――足を怪我しておらず、かつ長靴の所在を知っていたはずの人物。

河野先輩、貴女だけです。


停電が起きた後、私は貴女と一緒に、靴箱の上にあった非常用の懐中電灯を使い、由香莉夫

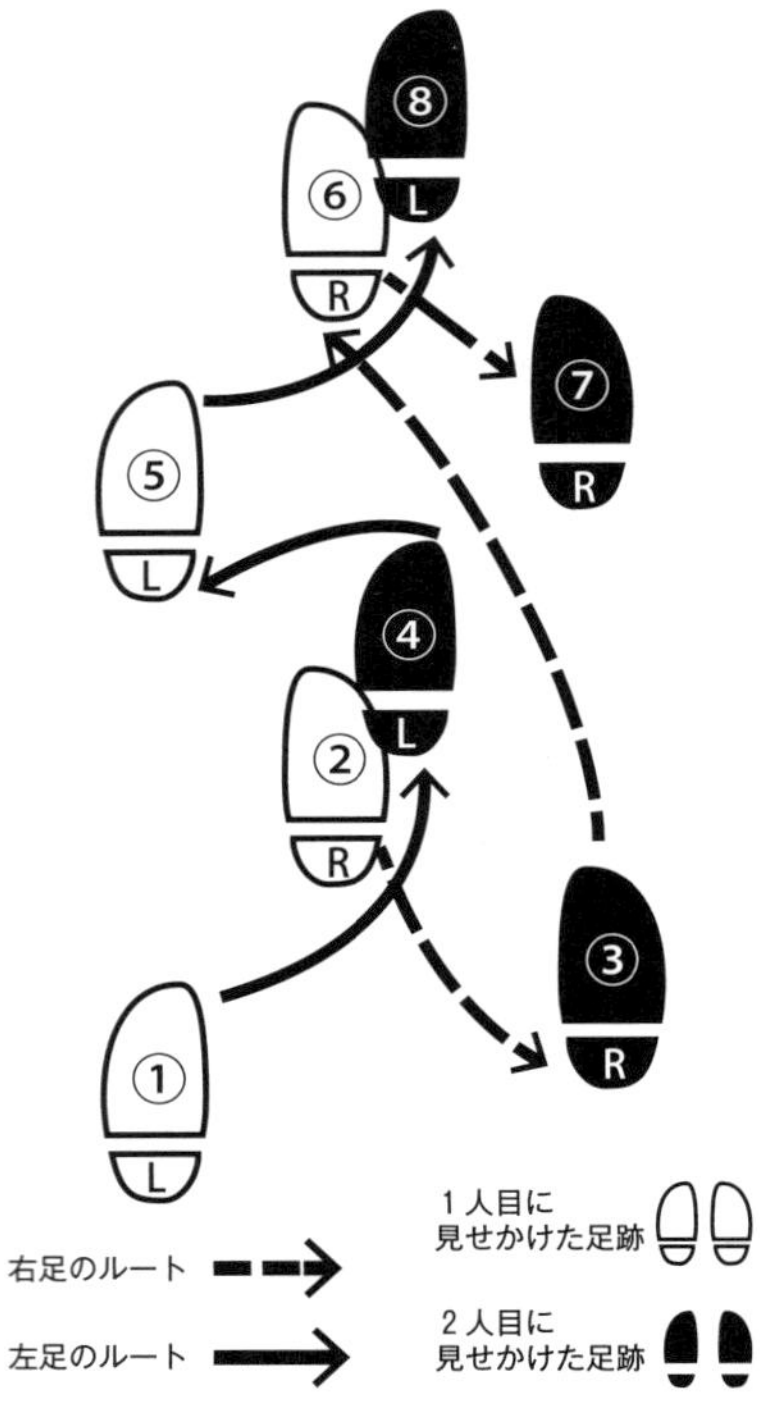

【図４】足跡工作の手順

人を二階へ運びました。懐中電灯はその後、二階の階段の近くに置いていましたが――その懐中電灯を、貴女は足跡の工作の際に用いたのでしょう。闇の中では足跡の位置が摑めなかったはずですから。

雪が止んだのは深夜一時、皆が寝静まったであろう時間帯です。私と佐古田夫妻の客室は北側。また、敷地の周囲は高い塀で囲まれています。母屋からも外からも、懐中電灯の光を目撃される危険は決して高くありません。

忠波瑠氏の死体を、小屋ではなく、例えば母屋の現像室などに隠し、私と佐古田夫妻を宿泊させずに追い返し、後で死体を庭に埋めてしまえば――右記の手間をかけることなく、当面の危機をやり過ごせたでしょう。

しかし、恐らく忠波瑠氏の手紙を盗み読むなりして、夫妻の来訪を知っていたであろう貴女にとって、その選択肢は無意味でした。忠波瑠氏に呼び出されながら顔を見ることなく追い返され、直後に氏が行方不明になったとなれば、佐古田夫妻が遅かれ早かれ貴女がた母娘に疑惑を抱くのは目に見えています。たとえ「急用で外出した」などの言い訳でその場をしのげたとしても。

貴女にとって、残された選択肢はひとつだけでした――いっそ夫妻を巻き込んで事件化し、容疑を拡散させること。

だから、貴女は死体を小屋へ隠し、夫妻と私を宿泊させたのです。小屋は空調がなく、冷蔵庫並みの寒さでした。死亡推定時刻をごまかすにはもってこいです。

第三者の私を巻き込んだのは、夫妻を牽制させるのに加えて、事件発覚後に夫妻が抱くであろう嫌疑を、少しでも私の方に向けさせる意図があったのでしょう。そのためには、私のアリバイが確実に存在しない時間帯へと犯行時刻を絞らせる必要があります。だから貴女は、皆が寝静まり、雪が止んだ後、先述の方法で足跡と犯行時刻を偽装したのです。

余談ですが、忠波瑠氏が彼らを呼び付けたのは、援助金の増額を要請するためだったのでしょう。氏の作風が変化したのも、「犯行現場を隠し撮りする」という経験が影響したものと思われます。

ただ、停電が貴女の目算を狂わせました。

暗証番号が初期化されることまではご存じなかったようですが——電力がなければ小屋のドアが開かないことは、貴女も承知していたはずです。しかし、足跡を残さなかったら残さなかったで、真の犯行時刻が佐古田夫妻の来訪前である可能性を指摘されかねません。足跡を偽装しつつ、一刻も早く停電が復旧してくれることを祈るしかなかったでしょう。

現実には、停電は翌朝まで続き、貴女の賭けは失敗に終わりましたが——結果として佐古田夫妻が逮捕されることになりました。

以上が、事件に関する私の臆測です。

便箋《びんせん》も残り少なくなりました。

佐古田夫妻の裁判はまだ続いているようですね。

彼らに真相を問われたとき、私は回答を避けました。貴女がた一家を——貴女を、自らの手で破滅に追い込むのが恐ろしかったからです。犯人を逮捕するのは警察の仕事だ、記者は臆測で物事を述べてはならない、という言い訳がましい思いもありましたが、それは恐らく、大きな過《あやま》ちでした。

たとえ佐古田夫妻に贈収賄の罪があったとしても、どれほど由香莉夫人を蔑《さげす》んだとしても、忠波瑠氏殺害の罪まで負わされる謂《いわ》れはないはずです。私は目の前の現実から逃げ、結果として、彼らを破滅させようとしているのかもしれないのです。

私を断罪できるのは——私の臆測の真偽を審判できるのは、河野先輩、貴女ひとりです。


どうなさるかは、すべて先輩にお任せします。

また逃げるのか、と叱責されるかもしれませんね。しかし、私の手元には何ひとつ証拠がありません。母国の裁判所や警察へ、海越しに横槍を入れたところで一蹴《いっしゅう》されるだけでしょう。

無能な後輩だと、どうぞ笑ってやってください。

末筆ながら、ご自愛のほどお祈り申し上げます。

敬具

一九八三年二月四日

九条漣

河野茉莉様』

伯林《ベルリン》あげぱんの謎

米澤穂信

米澤穂信（よねざわ・ほのぶ）

1978年岐阜県生まれ。2001年『氷菓』で第5回角川学園小説大賞奨励賞（ヤングミステリー＆ホラー部門）を受賞してデビュー。11年『折れた竜骨』が第64回日本推理作家協会賞を、14年『満願』が第27回山本周五郎賞を受賞。21年に刊行された『黒牢城』が第12回山田風太郎賞、第166回直木三十五賞、第22回本格ミステリ大賞を受賞。他の著書に『春期限定いちごタルト事件』『巴里マカロンの謎』『王とサーカス』などがある。

1

年の終わりが見えてきたある日の放課後、ぼくはアンケートの回答用紙を持って新聞部の部室に向かっていた。アンケートの内容は校則改正の是非を問うもので、回答は任意だとはいえ、ぼくたちは答えてもいいし答えなくてもいいという自由に慣れていないのでクラス全員が回答していて、締切はまだ先だけれど、回答が揃った以上は提出を先に延ばす理由もない。ところでぼくがそれを新聞部に持っていくことになったのは、放課後の教室で遅めの帰り支度をしていたところ、クラス委員の某君から「小鳩《こばと》、新聞部の堂島《どうじま》と仲がよかったよな。悪いけど持っていってくれないか」と頼まれたからだけれど、ここには大きな謎が二つある。どうしてクラス委員がぼくの人間関係を知っているのかという点と、どうして彼はぼくと堂島健吾《けんご》は仲がいいと誤解したのかという点だ。首を傾《かし》げながら西日射《さ》す廊下を歩いていると、窓際にたたずむ女子生徒に気がついた。ボブカットをかすかに風になびかせ、窓の桟《さん》に腕を乗せて暮れていく外を見つめているのは、誰あろう小佐内《おさない》さんだ。小佐内さんは放課後の廊下でポーズを決めるようなひとではないから、いったいどんな趣向かと思って声をかけた。

「小佐内さん」

振り返った表情を見て、ぼくは立ち止まってしまう。小佐内さんの目からは、涙がこぼれていたのだ。頬はわずかに上気し、くちびるは紅《べに》を引いたように赤い。これはただ事ではないと一目でわかったけれど、かけるべき言葉が見つからない。絶句したぼくの前で小佐内さんは小指を立てて目尻を拭《ぬぐ》い、

「ああ、小鳩くん」

と、無理のある気丈さで笑ってみせた。すぐにそっぽを向くと、どことなく呂律《ろれつ》のまわらない声で呟《つぶや》く。

「驚いたでしょう。ごめんね、わたし、みっともないね」

「あの……なにかあったの?」

「なんでもないの。ごめん、今日はもう帰る」

そうして踵《きびす》を返し、小走りに廊下を遠ざかっていく。ぼくは小市民への夢を心に抱きつつ、それでも隠された事実を解き明かすことが苦手な方ではないと自負しているけれど、さすがにいまの短いやり取りからでは、小佐内さんになにか悲しいことがあったのだろうということしかわからない。どうやら、ぼくの出る幕ではないのだろう。

後から思えば、出る幕ではなかったのはぼくではなく、小佐内さんの方だったのかもしれない。この後ぼくはある奇妙な出来事に遭遇し、はからずも解決を試みることになるのだけど、

その過程のすべてにおいて小佐内さんは一切登場しなかったからだ。ぼくが謎に向き合うとき小佐内さんが近くにいなかったというのは、互恵《ごけい》関係を誓って以来、実は初めてのことだったように思う。

2

新聞部は、一階の印刷準備室を部室に使っている。ドアは開けっぱなしになっていたので、用事を済ます前にちらりと中の様子を窺《うかが》ってみた。

整理の行き届いていない空間だということはなにかの折に堂島健吾から聞いていたけれど、実際のそこは想像以上に混沌《こんとん》に満ちていた。紙、紙、紙、ホワイトボード、そしてまた紙、紙、紙、どういう謂《い》われがあるのか、小さいながら冷蔵庫まである。入口の真正面、さして広くもない部屋の中央には大テーブルが据えられ、左右の壁際のわずかなスペースには一人用の机や椅子もいくつかねじ込まれていた。

大テーブルの上には、白い皿が一枚置かれている。その皿を覗《のぞ》き込むようにして、四人の生徒が難しい顔をしていた。そのうちの一人、知らなければとても新聞部員には見えない偉丈夫《いじょうぶ》の堂島健吾がぼくに気づく。

「なんだ、常悟朗《じょうごろう》か。どうした」

どうしたとはご挨拶《あいさつ》じゃないか。

「新聞部が配ったアンケートを持ってきたんだ」

「ああ」

殊勝《しゅしょう》にも、健吾はばつの悪そうな顔をした。

「そうか、悪かった。ずいぶん早いな」

「新聞部で回収してくれればいいのに」

「それが筋なんだろうが、全クラスまわるには人手が足りないんだ」

アンケート用紙を渡して、用事は済んだ。さて帰ろうと思ったけれど、部室の雰囲気がなんだかおかしい。そもそも机を囲んで四人が黙りこくっているというのが意味ありげだし、気のせいか、どこかお互いに探り合うような目をしている。これはなにかあったなと思って目顔で健吾に問いかけると、健吾は腕組みをしてちょっと溜め息をついた。

「……常悟朗。いま、暇か」

「特に予定はないけど」

「そうか。実は少し困っている。よければなんだが、相談に乗ってくれないか」

ぼくは小佐内さんと共に小市民の道を歩むことを誓っている。小市民たるもの、無関係の団体の困りごとに軽々しく首を突っ込んだりはしない。

けれど、ほかならぬ堂島健吾に助けを求められたとあらば、まことにやむを得ない。苦渋の決断だけれど、少しでも健吾の力になれるのなら、どんな相談でもおやすいご用だ。

「いいとも、なにがあったの」

「嬉《うれ》しそうな顔しやがって……」

そんなことはないよ、苦渋の決断だよ。

部室にいるほかの三人は、健吾に非難がましい視線を送っている。どんなことがあったのか知らないけれど、独断で部外者に相談を持ちかけたのだから不快に思うのは当然だろう。ちょっとふっくらした体型の男子が、言葉にも苛立《いらだ》ちを滲《にじ》ませた。

「おい堂島、どういうことだ、話すのか」

「別に秘密にすることじゃないし、このまま睨《にら》み合ってるよりはましだろう。ひとに話すうちに、俺たちも頭の中を整理できるかもしれん。それに……この小鳩常悟朗は、時々だが、妙なことに気がつかないこともない」

評価の仕方が迂遠《うえん》すぎる。男子はまだ不満そうだけれど、健吾と言い争いをしたいわけでもないらしく、「なんだよそれ」と呟いたきりなにも言わなくなった。

「真木島《まきしま》と杉《すぎ》はどうだ。こいつに相談してもいいか」

ふたりの女子は顔を見合わせると、背が高くて細身の方が短く答えた。

「いいんじゃない」

「よし、決まりだ」

そう頷《うなず》くと、健吾はまず、まだ手に持ったままのアンケート用紙を壁際の書類の山に積んだ。次に、大テーブルに置かれた皿を指さして、重々しく言う。

「問題はこれだ」

丸皿で、白く、直径は二十センチほどで、上にはなにも乗っていない。

「ああ、つまりこれは……皿だね」

「黙って聞け」

はい。

「俺は知らなかったんだが、世の中にはベルリーナー・プファンクーヘンという菓子があるそうだ」

黙って聞けと言われたばかりだけど、黙っていられなかった。

「ベル……なんだって」

「ベルリーナー・プファンクーヘン」

「ごめん、もう一回」

「ベルリーナー・プファンクーヘン」

ぼくの耳が特に悪いというわけではないと信じたい。健吾が少し早口で、よく聞き取れないのだ。

「ベルリーナー……？」

健吾は諦《あきら》めたように首を振る。

「ドイツ風の揚《あ》げパンだ」

なるほど、よくわかった。

「名前の通りベルリン名物で大きさはふつうゲンコツ大、パンはただ揚げただけじゃなく、中にジャムを入れている。年末なんかにこの揚げパンをたっぷり用意して、いくつかにはマスタードを詰め、みんなで食べて誰にマスタード入りが当たるか遊ぶゲームがあるそうだ」

「どこでも同じような遊びがあるもんだね」

「最近、学校の近くにドイツパンの店がオープンした。この揚げパンも扱っているっていうから、世界の年越しってテーマで十二月号に取り上げるつもりで取材を申し込んで、快諾してもらった。それで、ただ話を聞くだけじゃなく実際にそのゲームをやってみて、マスタード入りに当たったやつが記事を書くことにしたんだ。揚げパンを人数分調達して、この皿に置いた」

それで、テーブルに皿が置いてあるのか。

「で、みんなでいっせいに食べた」

合図とともにジャム入り揚げパンを頬ばる健吾を想像すると、なんだかそれだけでちょっとおかしい。もっとも健吾はこう見えておいしいココアの作り方にこだわるような男だから、甘いものはそこそこいける口なのだろう。

「おいしかった?」

そう訊《き》くと、なぜか健吾は渋面《じゅうめん》になった。

「そいつが問題でな」

「おいしくなかったのか」

「いや、旨《うま》かった」

「じゃあ問題ないじゃないか」

「だから、問題はあったんだよ。いいか、全員が旨かったと言ったんだ」

ぼくは思わず、大テーブルを囲む残りの三人に視線を走らせた。みな、どこか納得しかねるような顔をしている。健吾が語気を強めた。

「そんなはずはない、誰かにはマスタード入りが当たったはずだ。なのに、当たったやつが言い出さない。下らない冗談はやめろと言っても、皆、自分じゃないと言い張ってる」

ふっくらした男子が横から口を挟む。

「堂島を含めてな」

健吾は重々しく頷いた。

「そうだ。俺を含めて」

そして健吾は、ぼくに訊いてきた。

「常悟朗。『当たり』の揚げパンを食べたのは誰なのか、当てられるか?」

ぼくは健吾に謝りたくなった。新聞部が月に一回発行する月報船戸《ふなど》は、誰でも知っている体育祭の結果や修学旅行の行き先を面白みのない文章で書く、毒にはならないが薬にもならないものだと思っていた。それが年末特集のために、どこでも売っているわけではないだろうドイツ風揚げパンを手に入れてレポートをするだなんて、まったくのところお見それしていたというものだ。その企画の危機だというなら、これはお役に立ってみせようじゃないか。

「わかった。ぼくに当てられるかどうかはわからないけど、いろいろ聞かせてよ」

謙虚にそう言って、まずはここにいる四人の名前を確認させてもらう。

言わずもがなの堂島健吾。

ふっくらした体型で、時々不満げになにか呟いている男子が、門地譲治《もんちじょうじ》。

背が高くて細身で、顔つきにも素振《そぶ》りにもぼくへの不信感を隠さない女子が、真木島みどり。

小柄で丸眼鏡をかけ、事態の成り行きに戸惑《とまど》っている感じの女子が、杉幸子《さちこ》。

健吾以外の三人も皆、新聞部所属の一年生だそうだ。彼らが「容疑者」になる。ちらりと時計を見ると、四時四十五分だった。

「揚げパンを食べたのは、この四人だね」

健吾は頷いた。

「試食するとき、お皿の上にある揚げパンは四つだったんだよね」

「そうだ」

「そして、マスタード入りは一つだけだった」

「ああ」

簡潔なやり取りが出来るのは健吾の大きな美点だけれど、いまはもう少し慎重さが欲しい。

「ごめん健吾、健吾が間違いなく知っている範囲で答えてくれないか」

健吾は少し眉をひそめたけれど、すぐに頷いて言い直す。

「悪かった。俺たちが揚げパンを試食するとき皿の上にあった揚げパンは四つで、そのうちの一つにはマスタードを入れておく手筈《てはず》になっていた。真木島、門地、杉、俺の四人で揚げパンを一つずつ食べたが、マスタード入りに当たったと言ったやつはいなかった。それから皿は動かしていない」

「わかった。ありがとう」

さて。

今回ぼくが頼まれたのは、マスタード入り揚げパンを食べた、いわば「犯人」を当てることだ。ぼくは、一見不可解に見える出来事を筋道が通るように再解釈したり、ひとが隠していることがなんなのか推測したりすることは、それほど苦手な方ではない。だけど、推測だけで百パーセント完全に犯人を当てることは困難を極める。極端な話、謎の怪盗が新聞部員に催眠術をかけてマスタード入り揚げパンを持ち去った可能性すらゼロではないし、そこまで突飛な話でなくても、単に誰かが致命的な勘違いをしているだけということは充分にあり得る。すべての可能性を等価に扱い、すべての発言を真偽不明だと考えていては、充分な確度で犯人を指摘することは不可能だ。だからぼくは、自分の中でいちおうの前提を定める。

ひとつ。健吾が断言したことだけは、間違いなく事実だと信じることにする。

ひとつ。この事件に超常現象はいっさい絡んでいないと考える。

ひとつ。犯人の行動には彼または彼女なりの合理性があると認める。

この三点を守った上で現時点でも考えられる可能性はいくつかあるけれど、ここは性急にならず、条件を固めていこう。

まずはこの部屋の内部を確認する。

ここは校舎の一階に位置する新聞部の部室で、部屋の名前は印刷準備室だ。隣の部屋が印刷室だけれど、印刷室とこの準備室を繋《つな》ぐドアは、なんと存在していない。廊下に出ればすぐに印刷室に行けるので、別に問題はないということだろうか。ドアは引き戸で、ぼくが来たときから開けっぱなしになっている。

ドアから見ると、部屋は幅が狭く奥行きが広い。ドアの真正面にはカーテンが引かれた窓があり、部屋の真ん中に大テーブルが鎮座している。大テーブルの上はきれいに片づけられ、置かれているのは揚げパンが乗っていたという白い皿だけだ。

壁際には段ボール箱や書棚が並び、そのどこからも紙が溢れ出ていた。ドアから見て右の壁際に一台、左の壁際に一台、正面の窓際にも一台、教室に置いてあるものと同じふつうの机が置かれている。それぞれの机の近くには椅子もあるけれど、窓際の机の近くにだけは、椅子が見当たらない。それぞれの机の上には紙や写真が散らばっているのが見て取れた。

右の壁際にはホワイトボードが置かれ、十二月号の目次らしい文字列が並んでいる。「世界の年越し」と書かれた大見出しに並んで、「ドイツのベルリーナー」と書かれているのが、今回問題になっている揚げパンのゲームのことだろう。左の壁際には、さっきから気になっているのだけど、冷蔵庫がある。ぼくの視線に気づいたのか、健吾が訊いてきた。

「なんだ。冷蔵庫が気になるのか」

「そりゃあ、まあ、ね」

「なんであるのか、誰も知らないんだ。電源も入っていないぞ」

新聞部しか使えない冷蔵庫の電気代を学校が払ってくれるわけもないから、電源が入っていないことは不思議だと思わない。不思議なのは、じゃあ、どうして置かれているのかということだ……。とはいえ、揚げパンの謎と関係があるとは思えないけれど。

部室の中はひととおり確認した。改めて健吾に訊く。

「揚げパンの形と大きさを教えてもらえるかな」

健吾は、親指と人差し指で輪を作った。直径は五百円玉よりひとまわり大きいぐらいか。

「このぐらいの大きさで、球形だ。色は茶色で白い粉がかかっていた」

真木島さんが険《けん》のある声で言う。

「白い粉じゃなくて、粉砂糖でしょ」

「俺はそうだと思ったが、間違いなく知っている範囲で答えろと言われたもんでな」

この実直さにはいつも感服する。それはそれとして、

「さっき、ゲンコツ大って言ってなかったっけ。ずいぶん小さいんだね」

健吾が作った指の輪は、お祭りの屋台で売られているミニカステラぐらいの大きさだ。

「ああ。ふつうは、もっと大きいらしい。取材をお願いした店で、子供向けの小さいサイズのものを試作していると言っていたから、それをわけてもらうことにしたんだ。ふつうのサイズのだと食べているうちにマスタードが見えてしまうからな、一口で食べられる小さいサイズの方が都合がよかった。……予算も節約できるしな」

「というと……ゲームに使った揚げパンは、非売品なんだね」

「そういうことになる」

誰かが客を装って、同じ大きさの揚げパンを手に入れることは難しかったようだ。

「味にバリエーションはあったのかな。チョコ味とか、オレンジ味とか」

「……わからん。試作品だけに、試行錯誤中かもしれん。断定は出来ない。見た目はどれも同じだった」

「ほかに気づいたことはある？」

「揚げパンの底面、つまり白い粉がかかっている部分の反対側に小さな穴が空《あ》いていた。推測を言ってもいいか？」

「どうぞ」

「あれは、ジャムを入れたときの穴だろう。マスタードもそこから入れたんじゃないかと思う」

「なるほど、そうだろうね」

門地くんが「そこまで慎重になることかよ」と呟いている。まあ、ふつうは迂遠すぎると思うだろうけれど、ぼくにとっては健吾が事実と推測を峻別《しゅんべつ》してくれるのは頼もしい限りだ。

揚げパンについては、こんなところだろうか。じゃあ、次だ。

「試食したのはついさっきなんだよね？」

「ああ。四時半過ぎってところだな」

「この四人で試食したことは聞いたけど、そのとき、ほかに誰かいなかった？」

「試食した瞬間に、か。じゃあ、間違いなくこの四人だけだ」

ちょっと引っかかる言い方だ。

「ほかのタイミングには別のひともいたってこと？」

「ああ。揚げパンをもらってきたのは、二年の洗馬《せば》先輩だからな」

「そのひとは」

「すぐに帰った。いや、すまん、俺は見ていない。すぐに帰ったはずだ。なんでもバンドをやっていて、今日はライブに出るらしい。たしかボーカルじゃなかったか」

「へえ……」

この学校にはさほど変わり者はいないと思っていたけれど、新聞部とバンドボーカルのかけ持ちとは、面白いひともいたものだ。バンドの音楽傾向も知りたいところだけれど、さすがに揚げパンの謎とは関係がないだろうから省略する。

「その洗馬先輩以外には、この部屋に第三者は入っていないんだね」

頷きかけて、健吾はむすりと言った。

「少なくとも俺は見ていない。誰か見たやつはいるか？」

ほかの三人も、答えは同じだった。

これで概《おおむ》ね、基本的な状況はわかったと思う。次に訊きたいことも決まっているけれど、ちょっと容疑者たちの前でははばかられる。

「健吾、少し相談したい。廊下で話そう」

「……わかった」

三人の冷たい視線を感じながら廊下に出ると、健吾も後からついてきた。秋の日は暮れかけて、窓から見える空は赤い。グラウンドから、野球部が金属バットでボールを打つ甲高《かんだか》い音が聞こえてくる。

「それで？」

健吾が短く訊いてくるので、ぼくも端的に答える。

「誰に動機がある？」

動機があってもなくてもそれで犯人だと決めつけられるわけじゃないけれど、やっぱり訊かないわけにはいかないし、もしかしたら有益な情報が転がり出てこないとも限らない。健吾は眉根を寄せた。

「そいつは難しいな」

「推測でいいよ」

「あたりまえだ。ひとの内心を事実として話せるわけがないだろう」

腕を組み、健吾は唸《うな》った。

「正直に言って、そんな動機が誰かにあるとは思えん。だから、みんな薄気味悪く思ってる」

「当たりを引いたら、記事を書かなきゃいけないんだろ。それが嫌だったんじゃ？」

「当たりを引かなかったからって、なにも書かなくていいってわけじゃない。単に、そいつが揚げパンの記事の担当になり、ほかのやつはほかの記事を書くだけのことだ」

「どうしても揚げパンの記事を書きたくないひとがいたとか……」

ぼくの当てずっぽうに、健吾は首を横に振った。

「強制参加じゃないいんだ。さっき話した洗馬先輩は辛いのがぜったい駄目だと言って断ったし、部長はメインの記事を書くから参加してない。もうひとり一年生の部員がいるんだが、そいつも不参加だ」

「二年生は、洗馬先輩と部長の二人だけ？」

「そうだ」

一年生五人に、二年生二人か。学年構成がアンバランスな部活だと考えるべきか、入りやすいけど辞めたくなる部活だと考えるべきか。

「その一年生が参加しなかった理由は、なにかあるのかな」

「飯田《いいだ》っていう男子で、週に一度来るか来ないかの準幽霊部員でな。そいつがたまたま部室に顔を出したとき、俺たちだけで揚げパンを食べていたら気まずいだろう。だからいちおう、事前にこういう取材をすると伝えて、参加するかどうか訊いた」

「理由なく参加しないって返事が来ても、不思議はないわけだ」

「ああ。やめとくよ、とだけ言われた」

「連絡は健吾が直接したんだね」

「クラスが同じだからな。今日、授業が終わったあとも教室で話したんだが、やっぱり塾があるから部活には行けないと言っていた。昇降口まで一緒に行って、帰るのを見送ったよ」

取材が自主参加だったというなら、当たりを引いたのに自己申告しないというのはたしかにわけがわからない。自分が当たりを引くはずがないと根拠もなく思い込んでいて、いざ当たったときに慌てておとぼけを決め込んだのだろうか。まさかね。

もうひとつ、健吾だけに訊きたいことがあった。

「それで、ぼくに話したのはどうしてなのかな」

健吾は怪訝《けげん》そうな表情になった。

「どうしてって、どういうことだ。当たりを引いたのが誰か、なんとか知りたいだけだ」

そして、言わなくてもいい一言を付け加える。

「藁《わら》にもすがる気持ちでな」

大船に乗ったつもりでいろと言うつもりはないけれど、ずいぶん言ってくれるじゃないか。

「そう、藁にもすがる気持ちで犯人を知りたい特別な理由が、なにかあるのかなと思っただけだよ。こう言ったら元も子もないけど、無理に犯人を当てなくても、記事を書くひとはじゃんけんかなにかで決めたらいいんじゃないのかな」

本当にじゃんけんで決着がついたらぼくは少々物足りないけれど、それも一つの解決策ではある。

健吾は苦り切って、

「痛いところを突きやがる」

と吐き捨てた。

「ここまで言うつもりはなかったんだがな……」

「なにかあるんだね」

「ひとには言うなよ」

もちろんだとも。

小さく溜め息をつき、健吾は腕を組む。

「この企画は、真木島が提案したんだ。学校の近くにドイツパンの店がオープンしたのを見つけた、そこではベルリーナー・プファンクーヘンを売っていて、ドイツではこいつを使って年末にゲームをやるらしい。ついてはこれを記事にしたらどうかって言ってな。企画は通ったんだが、実はいま、真木島と門地がうまくいっていない。理由はわからんが冷戦状態で、それだけに真木島は、当たりを引いた門地が企画を潰すために黙っているぐらいのことは考えかねない。門地だって疑われていることを察したら面白くないだろうし、二人が本格的に角突き合わせたら、杉はたぶん真木島の側につく。このまま犯人がわからなかったら、新聞部が空中分解しかねん。こいつは見た目より深刻な問題なんだ」

ぼくは目を瞠《みは》った。

「健吾……けっこう、気を遣うんだね」

「お前、俺をなんだと思っているんだ」

ひとを見かけで判断してはいけないが、このいかつい堂島健吾がそんな気配りをしているとは、正直なところ想像もできなかった。これはちょっと、反省するべきかもしれない。

最後に、もう一つだけ訊く。

「いちおう確認しようか。健吾が食べた揚げパンは、当たりじゃなかったんだよね」

健吾は一瞬目を見開いたが、すぐに落ち着いて、

「ああ。俺が食べたのは『当たり』じゃない」

と答える。健吾が断言したことは事実だと信じるのが、今日のぼくが掲げている前提だ。その前提に従えば、この後でどれほど状況が錯綜《さくそう》したとしても、健吾だけは「当たり」を食べていないことが確定する。

残り三人だ。


部室に戻ると、三人は変わらず、大テーブルを囲んでパイプ椅子に座っている。椅子はもう一つあったけれど、ぼくが座るのも健吾が座るのもおかしい気がするので、ぼくたちは立ったままでいた。突き刺さるような視線を受け流し、ぼくは殊更《ことさら》に明るく振る舞う。

「健吾から聞いたよ。二年生は二人だけで、一年生はもう一人いるんだってね」

本当はもっといろいろ聞いたけれど、もちろん黙っておく。改めて観察すると、たしかに真木島さんと門地くんは目を合わせようともせず、杉さんは両者の顔色をうかがっておどおどするばかりだ。

ばかばかしいと言わんばかりに、真木島さんが訊いてくる。

「そんなこと聞いたって、なにもわからないでしょ。わたしは当たりを引いたのが誰かってことだけ知りたいの」

「『犯人』については、まだなんとも言えない」

ふん、と鼻を鳴らされた。それが悔しかったわけじゃないけれど、ぼくは言葉を続ける。

「だけど、見通しは整理できた。犯人が名乗り出ない理由は、いまのところ三つに大別される」

「三つ？」

ぼくは人差し指を立てた。

「一つ。揚げパンの中には、もともとマスタードが入っていなかった。だから誰も当たりを引いていない」

「そんなの……！」

真木島さんが抗議しようとするのを無視して、今度は中指を伸ばす。

「二つ。マスタードは入っていたけれど、食べたひとがそれに気づかなかった」

杉さんが首を傾げた。

「みんなよく味わってたよ……？」

大テーブルを囲む三人を見まわし、最後に薬指を立てる。

「三つ。この中の誰かが、当たりを引いたけれど言いたくない、隠された動機を持っている」

「隠された動機だと」

敏感に反応したのは門地くんだった。

「どういうものを想定して言ってるのか、聞かせてもらおうか」

「それはわからないけど、たとえば……犯人はものすごく験《げん》を担いでいて、自分がマスタード入りを引いたことを受け入れられなかったとか」

「ふざけてるのか」

「内心を事実として話せるわけなんてないからね」

さっきの健吾を真似てそう言うと、門地くんはぶつぶつ言いながらも引き下がり、健吾は渋い顔をした。

指を三本立てた自分の手に目をやって、ぼくはもう一つ、当然検討するべき可能性が残っていることに気がついた。四本目の指を立てる。

「もう一つ、外部犯の可能性もあるね」

すぐに健吾が反応した。

「それはないだろう。俺たちは四人、揚げパンは四つだった。外部犯が来たってなにもできない。……まさか、マスタード入りをふつうの揚げパンと交換したなんて言うなよ。さっきも言ったが、揚げパンは非売品なんだぞ」

門地くんも舌打ちして言った。

「おれはここでずっと原稿を書いていたんだ。トイレにも行かなかった。誰か来たら気づいたはずだ」

「ここで、っていうのは、まさにその席で?」

大テーブルに向かって座っている門地くんは、苛立たしげに手を振ると窓の方を指さした。

たしかに窓の近くに机があるけれど、椅子はない。

「あの席だよ。ひとの出入りに気づかないわけないだろ」

「椅子が見当たらないけど」

杉さんが、おそるおそるといったふうに割って入る。

「いま、わたしと真木島さんが使ってる」

続けて健吾が、

「俺が来たとき、門地はたしかに原稿を書いていた」

と断言した。疑うわけじゃないけれど、記憶を確かめてみる。

「門地くんは部室の内側に向かって座っていた？　それとも、窓に向かってだった？」

「どっちでもなかったな。窓に対して体の横を向ける形で座っていたぞ。俺が入ったら、すぐにこっちを見た」

迷いのない答えだ。そして、真木島さんが声を荒らげた。

「もし外部からひとが来たとしても、黙って勝手に机の上のものを食べたりしないでしょ、常識で考えて」

常識で考えたら、誰がマスタード入りを食べたかわからないなんて事態が起きるはずがない……と言い返したいところだけど、真木島さんの言うことにも一理ある。あの小佐内さんだって、よその部室に置いてあるお菓子を無断でつまんだりはしないだろう。

「揚げパンは四個だけで、出入りは監視されていた上、勝手によその部活の机の上からものを食べたりしない、か。既にずたぼろだけど、ほかに外部犯説を否定する根拠があれば聞かせてほしい」

健吾はじっくり考え、断言した。

「いや、その三つだ。不足か？」

「まさか。外部犯説は取り下げるよ」

大テーブルに手を置く。

「じゃあやっぱり、この中に当たりを引いたひとがいるってことになる。隠された動機ってのは後にまわして、とりあえずマスタードの事実関係だけでも調べてみようかな」

「マスタードは入ってなかったというやつと、マスタードに気づかなかったというやつか」

健吾が訝《いぶか》しげに呟く。

「前者は、あり得んとは言い切れんか。だけど後者は無理がないか」

「マスタードは、意外と強烈な味はしないものだからね。犯人はなにか勘違いして、揚げパンはこういう味なんだと思っているのかもしれない。マスタードはお店で入れてもらったの？」

「あ、違う、ヘンチョ先輩が家庭科部で入れてもらったはず」

それは杉さんが教えてくれた。

「ヘンチョ？　それ苗字？」

「ええと、それも違って、編集長。洗馬先輩のこと」

洗馬編集長バンドボーカル先輩か。編集長と部長が違うというのも、ちょっと面白い。新聞部の人事に思いを馳《は》せつつ、更に訊く。

「じゃあ、ジャムの代わりにマスタードを入れたわけじゃなくて、ジャムが入っているところにマスタードを足したんだね」

杉さんはこくりと頷いた。変な味になっただろうなあ……。

「家庭科部に確認する必要がありそうだね。それから、このお皿は新聞部の備品なのかな」

健吾が首を傾げた。

「違う。たぶんだが、家庭科部から借りてきたものじゃないか」

「それも確かめよう。とりあえずいまは、味の感想を紙に書いてみるのはどうかな。ほかのひとのを参照できないようにそれぞれ揚げパンがどういう味だったかを書いて突き合わせ、一人だけ明らかにマスタードっぽい味の感想を書いていたら、そのひとが無自覚に当たりを引いたと考えていい」

あらぬ方を向いて、真木島さんが髪をさわっている。

「じゃあ、そうしましょ」

提案をあっさり受け入れてもらえたということは、多少は評価して頂けたのだろう。

「健吾、家庭科部の部室って、やっぱり家庭科室かな」

「ああ。行ってくれるのか」

「みんなが味を書くあいだ、暇だからね。行ってくるよ」

「悪いな。頼む」

そう言うと、健吾はほんのちょっとだけ頭を下げた。

3

家庭科室は、新聞部の部室と同じく一階にある。二、三分で着いた。

シンクや調理台が並ぶ家庭科室は、いいとも嫌ともつかない一種独特の匂いがある。広々とした空間の片隅で、体操着に身を包んだ男子がひとり、立ったまま包丁を研《と》いでいた。ドアを開けるときの音でぼくが入ってきたのはわかっているはずなのにこちらを見ようともせず、しゃっ、しゃっ、しゃっと砥石《といし》の音を立て続ける。学年がわからないので、丁寧に呼びかけた。

「すみません。ちょっといいですか」

男子は手を止めて、うっそりと顔を上げる。いかつい顔を不機嫌に歪め、招かれざる客であるぼくを睨んでくる。

「なに?」

ええと、なんて名乗ろうかな。

「新聞部の方から来ました」

嘘ではない。

とたん、男子は破顔した。いたずらっぽい笑みを見るに、はじめ機嫌が悪そうだったのは、刃物を扱うのに集中していただけなのかもしれない。包丁を置いて、手を布巾《ふきん》で丁寧に拭いている。

「ああ。どうだった?」

「どう、っていうのは」

「ベルリーナーのことで来たんじゃないのか」

事情は知っているようで、それなら話は早い。新聞部で起きたことをどこまで話そうか迷ったけれど、別に隠すようなことじゃないと健吾も言っていたし、話を聞かせてもらうのにこっちの話を伏せるのはフェアじゃない気がして、取りあえず大雑把《おおざっぱ》なところを伝えることにする。

「そうなんですが、実は新聞部で揚げパンを食べたのに、誰もマスタード入りが当たったと言い出さなかったんです。それで、本当に入っていたのか確かめたいと思って来ました」

男子は、にやにやとしている。

「マスタードは入れてないよ」

おお?

「どういうことですか」

勢い込んで尋ねると、男子は少し怪訝そうな顔をした。

「あんまり事情を共有してないみたいだな」

「実はそうなんです。洗馬先輩が家庭科部に頼んでマスタードを入れてもらったはずだと言われたんですが、違うんですか」

「ああ、違う。そうだな、まあ、最初から話すか」

そう言うと、男子は手近な椅子を引いて、ぼくにも座るように勧める。言葉に従うと、彼はそんなに入り組んだことじゃないんだがと前置きをした。

「昨日洗馬から相談されて、ベルリーナーにマスタードを詰めてくれと言われた。そのつもりでいたんだが、実際にベルリーナーを持ってきた洗馬に、詰めるマスタードは粒マスタードがいいかイエローマスタードがいいか訊いたら、どっちでもいいから辛いやつと言われたんだ。困ったよ、どっちもたいして辛くはないからな」

実は、そこは気になっていた。洗馬先輩は「辛いのがぜったい駄目」だから揚げパンの試食には加わらなかったそうだけど、ぼくのイメージだと、マスタードは独特の風味と酸味がありこそすれ、それほど辛いものではないのだ。

「それで、マスタードを入れたいのか辛いものを入れたいのか決めてくれと言ったら、あいつは少し考えて、辛いものを入れてくれと言った。だから、そうした」

「辛いものというと、なんですか」

「タバスコだよ。それも、激辛のやつ」

男子は立ち上がって、家庭科室の後方にある戸棚から黒い瓶を持ってきた。

「正確に言えば、タバスコは商品名だからこれはホットペッパーソースってことになる。世にあるホットペッパーソースの中で最高に辛いってわけじゃないが、おれが旨さを感じられる範囲の中では、まあいちばん辛いな」

瓶には真っ赤なラベルが貼ってあり、そこにはアルファベットで英語ではない言葉が書かれている。言葉の意味はわからないが、どくろマークが描かれているのを見れば、危険なほどに辛いことをアピールしているのだろうということは察しがつく。

「このソースを揚げパンに振りかけたんですか」

「そんなことをしたら見た目でばれるだろう。ベルリーナーをいったん小鉢にとって、ジャムを入れる穴からスポイトで垂らしたんだよ。ほんの二、三滴だが、そうとう効くはずだ」

揚げパンに入っていたものは、マスタードではなくタバスコだった……。それが、犯人当てにどんな影響を及ぼすだろうか。あるいは、別になにも変わらないのか？　これは、意外と入り組んだ事件なのかもしれない。

「……もう少し訊いてもいいですか」

男子は手を広げた。なんなりと訊けという意味のジェスチャーだろう。

「洗馬先輩は、とにかく最初は、マスタードを詰めてくれと頼んだんですよね。昨日、先輩が直接ここに来て話したんですか」

「そうだ。向こうの用件だけまくしたてて行っちまったから、希望のマスタードの種類は訊けなかった」

「そして今日、揚げパンを持って、また来た」

「ああ。正確に言えば、ビニール袋だな。手提げのビニール袋に紙袋が入っていて、その紙袋の中にベルリーナーが入っていた」

壁の時計を見ると、五時を少し過ぎていた。

「それは何時頃でしたか」

そう訊かれても困るだろうと思ったけれど、男子はあっさりと答える。

「四時だな」

「……よく憶《おぼ》えてますね」

「四時ぐらいに来ると言っていて、その通りに来たからな。そりゃあ憶えてる」

授業とホームルームが一通り終わるのがだいたい三時半で、ドイツパンの店は学校の近くだそうだから、行って戻ってくるのに三十分というのは不自然な時間ではない。

「タバスコを入れたのはどっちですか」

「おれだ。おれがタバスコを用意するあいだ、洗馬は食器棚をあさっていた。紙袋を開けて箸でベルリーナーを一つ小鉢に取り、ジャムの穴からスポイトでタバスコを垂らして、紙袋に戻した。おれが小鉢を洗っているうちに洗馬が皿を出してきて、紙袋の中身をそれに移したんだ」

その様子を想像してみる。

「……そのお皿って、学校の備品ですよね。勝手に使っていいんですか」

「いいわけないだろう」

「滅茶苦茶ですね」

「そうだな……」

このひとにも苦労がありそうだ。それはともかく、

「ということは、もしかして洗馬先輩もどれが当たりかわかっていなかったってことですか」

男子は笑った。

「だろうな。本人も、どれが当たりかわかんないね、って言ってた」

ぼくは内心、洗馬先輩であれば誰も当たりを引かない状況を簡単に作れると思っていた。お店で一つ余分に揚げパンをもらって、家庭科部でタバスコを入れてもらったあと、それをこっそり捨てればいい。動機はまったく想像出来ないけれど、行為としては可能だ。

だけど話によれば、先輩もどれが当たりなのかを知らなかったという。その状態で揚げパンを一つ捨て、隠し持った一つを加えるというのは、まったく意味のない行動だ。洗馬先輩が小細工をしたという可能性は、頭の中から消した方がよさそうだ。

「皿に盛られた揚げパンは見ましたか」

何気なく訊くと、男子は戸惑うような顔をした。

「ちらっと見ただけだな。よくは見てない」

「じゃあ、どういうふうに並んでいたとか、いくつあったとかは」

「悪いな、わからん。まずかったか?」

少し考える。聞けることはぜんぶ聞いておきたかったけれど、見ていないというのなら仕方がないだろう。

「……いえ、別に。紙袋とビニール袋はどうなったんですか」

「洗馬が置いていったから、捨てたよ。見るか？」

頷くと、男子はごみ箱から二枚の袋を持って来てくれた。ビニール袋は店名もなにも入っていない半透明のもの。紙袋には〈ドイツパンの店ダンケダンケ〉と書かれていて、少し油が染みていた。ほかに特に気になる点はない。

「もう一つ。洗馬先輩は、中身がマスタードじゃなくタバスコだっていうのは知っていたんですよね」

ところが、今度の返事は意外なものだった。

「知らないよ。わざと言わなかったんだ」

「えっ。どうして」

「びっくりさせようと思ってな。洗馬は、ちょっと辛いマスタードというのがこの世にあって、それを入れてもらったと思ってるはずだ」

なるほど、道理で新聞部と名乗った途端に笑ったわけだ。いたずらの結果を知りたかったのだろう。あとは、いちおう念のために訊いてみよう。

「当たりを引いたひとがいなかったのはなぜか、心あたりはありますか」

「いや。わからんね。おれはタバスコを入れたし、あれを食べて無反応だったというのは考えられん」

よほど辛いらしい。

ぼくは手の中の黒い瓶を軽く掲《かか》げた。

「これ、少しお借りしてもいいですか。新聞部の連中に見せたいんで」

男子はひらひらと手を振る。

「構わんよ、味見してもいいぞ。あと一時間ぐらいはここにいるから、それまでに皿と一緒に返しに来てくれ」

それから、少し真面目《まじめ》な顔でこう言った。

「いちおう言っておくが、目に入らないように気をつけろよ。病院に行くことになるぞ」

タバスコが目に入る状況というのも想像しにくいけれど、そんなに危ない代物《しろもの》を家庭科部ではどう使っているのか、ちょっと見当がつかなかった。


新聞部の部室に戻ると、やはりドアは開け放したままだった。ぼくがいるあいだはずっと立っていた健吾もさすがに椅子に座っていて、大テーブルに向かう四人の前には、それぞれ一枚ずつ小さな紙が置かれていた。

「ご苦労だったな、常悟朗。どうだった」

目で探すけれど、ぼくの席は見当たらない。まあ、健吾の頼みとはいえ、ぼくは内々の問題に首を突っ込んだ部外者なので椅子がないぐらいは仕方がない。それに……なんというか、立って話す方が恰好がつくような気がする。手に持ったままの黒い瓶を、ぼくはそれとなく背中に隠した。

「間違いなく、洗馬先輩は家庭科部に行っていた。そのときの時刻は四時で、頼まれて揚げパンに仕込んだ部員にも会えたよ」

揚げパンに入れられたのがタバスコであることは、まだ話さない。机に置かれた四枚の紙には味の感想が書かれてあるはずで、それを見てからの方がいい。

「味の感想は、もう照らし合わせたんだよね？」

そう訊くと、健吾は少しぶっきらぼうに答えた。

「お前の発案だからな、お前が戻ってきてから確認しようと思って、待っていたんだ」

迂闊《うかつ》にも、ちょっと嬉しいと思ってしまった。

「それは、なんというか、ご丁寧にどうも。待たせて悪かったね」

「俺が言いだしたことじゃない。杉だよ」

見ると、杉さんは肩を縮《ちぢ》こまらせた。

ぼくを待っていてくれたのなら、これ以上お待たせしては悪いだろう。

「さっそく、見ようか」

そう言うと、新聞部の四人はそれぞれの前に置かれた紙を裏返した。

健吾は『予想よりも甘かった。ブルーベリージャムか？』

真木島さんは『軽い食感の中に、ジャムの濃厚な甘味。ベリー系、二種類混ぜてるかも』

門地くんは『めちゃくちゃ甘い。手に油がついた』

杉さんは『甘くてとてもおいしかった。ジャムがけっこう多かった』

「これは……いないね」

「いないな。つまり」

言葉の行き着く先を察したらしく、健吾は黙り込む。

「つまり」の後には、こう続く。当たりを引いたひとがそれに気づいていない、という線はほぼ消えた。新聞部員の誰かが当たりを引いたのなら、その誰かは自分が当たったことをはっきり自覚した上で、それを隠すために嘘を書いたのだ。

大テーブルを挟んで、新聞部員たちの視線が交錯する。さっきまでの、不信感はあるもののそれ以上に戸惑っているようだった雰囲気は消えて、もっと直接的な疑いの目つきがぎろぎろと他者を眺めまわしていく。

真木島さんが口火を切った。

「プファンクーヘンが甘いのは、最初からわかってたことでしょ」

味の具体的な描写をしていない門地くんは嘘をついている、と言っているのだ。だけど、その批難が当てはまるのは門地くんだけではない。杉さんがきっと顔を上げて、

「おいしかったからおいしかったって書いただけ!」

と鋭く言った。真木島さんは思わぬ方向からの反論に面食らったようで、たじろぐ。

「杉のことは言ってないよ」

しかしそれには、当然門地くんが黙っていなかった。

「杉のことを言ってないなら、誰のことだ？　おれか？」

せせら笑う。

「おれに言わせれば、あんな小さな揚げパン一つ食べただけでジャムがベリー系だってわかる方が信じられないね。前にも食べたことがあるんじゃないか、って思いたくもなる」

揚げパンを取り上げようと言ったのは真木島さんだから、当然、彼女は取材が始まる前から学校の近くのパン屋でドイツ風揚げパンを売っているのを知っていたことになる。となれば本来はどんな味なのか知っていても不思議ではなく、偽装も容易だ……という論理だ。筋は通っているが、この論理が指し示す先も真木島さんだけではない。

「信じられないというほどか？　明らかにベリー系だったぞ」

腕を組んで、健吾が横槍を入れる。杉さんも勢い込んで、

「わたしだって、ベリーだって思ってた。書かなかっただけだよ」

とまくしたてるけれど、それは拙い言い訳だ。案の定、真木島さんが言い返す。

「思ってたなら、どうして書かなかったの」

「それは……間違いないって思えなかったから」

「ベリー系かもしれないって書けばよかったじゃない」

「わたしが嘘を書いたっていうの？　なんでわたしがそんなことしなきゃならないの！」

そう、杉さんには動機がない。もっともそれを言ったら動機があると推測できるのは門地くんだけで、そこから深読みをすれば、門地くんと真木島さんの対立を煽《あお》るために杉さんが嘘を

ついているともこじつけられるし、実は新聞部に恨みがあった真木島さんが部員たちに疑心暗鬼を振りまいて廃部に追い込むため一芝居打っているのだとも考えられなくはない。

要するに、やっぱり動機なんか考えるだけ時間の無駄なのだ。低い可能性から堅実に潰していった方がいい。

「ところで実は、揚げパンに入っていたのはマスタードじゃなかった」

そう言った途端、四人の視線が驚きを伴っていっせいにぼくに向けられる。この瞬間の快《こころよ》さが、かつてぼくを駄目にした。いまは冷ややかな気持ちで、背中に隠していた黒い瓶を大テーブルにことりと置く。

「タバスコだったんだ。洗馬先輩は家庭科部に辛いマスタードを詰めてくれと頼み、マスタードはそれほど辛いものじゃないから、家庭科部はマスタードを入れたいのか辛いものを入れたいのか決めてくれと言った。洗馬先輩は辛いものを入れるように頼み、家庭科部はこのタバスコを選んだ。……激辛らしいよ」

新聞部の四人は、四者四様に困惑を顔に浮かべている。やがて、健吾が訊いてきた。

「それは驚いたが……。なにか状況が変わったか?」

「特に変わっていないけど、使われたタバスコを借りてきたから、ちょっとした実験ができる。健吾、ぼくはまだ、犯人は自分が当たりを引いたことに気づいてない可能性はゼロじゃないと思ってるんだ」

ぴくりと眉を上げ、健吾は大テーブルに置かれた四枚の紙に視線を走らせる。

「どういうことだ」

「味覚障害ということがある。犯人はタバスコの味を感じ取れなかったという可能性があるんだ。そうだとしたら、早期発見できてよかったという結論になるかもしれない」

真木島さんが低く唸った。

「……正直なところ、それは考えもしなかった」

一方、門地くんは懐疑的だ。

「全員、甘さは感じ取れているんだ。タバスコの味だけわからなくなるなんて症状があるのか？」

ぼくは素直に答えた。

「わからない」

「それならお前……」

「だから、実験してみるのはどうかな。タバスコをほんの少しだけ舐めて」

杉さんが覿面《てきめん》に嫌な顔をしたけれど、ほかの三人はただ睨み合っているよりはましだと思ってくれたらしい。低い囁《ささや》きが交わされる。

「……しかたないな」

「まあ、そうだな」

「このままよりはね」

とにかくやってみようということに話が決まる。

健吾が立ち上がり、紙に埋もれた部室でうろうろとなにかを捜し始めるけれど、なかなか見つからないらしく首を傾げている。ほかの三人が手伝おうとしないところを見ると、彼らも健吾がなにを捜しているのかわからないのだろう。

「なにしてるの」

そう訊くと、健吾は紙の山を右に左にとかきわけながら答えた。

「瓶から舐めるわけにいかんだろう。このあたりに紙皿があったはずなんだ」

真木島さんが腰を浮かしかける。

「あ、あったね紙皿。どこ置いたっけ」

すると杉さんがたちどころに、

「冷蔵庫の上」

と答えた。

冷蔵庫にはぼくがいちばん近いので見てみると、たしかにセット売りの紙皿が外袋に入ったままになっていた。取ろうと近づくと、冷蔵庫の上には木のお盆も置かれていることに気づく。個包装の飴《あめ》やキャラメルやチョコレートが盛られていて、メモ用紙がセロテープで貼られていた。メモには雑な字で、「アンケートはこの箱に入れてください。このお菓子はお礼ですからご自由にお取り下さい」と書かれている。

「なんか、飴とかあるんだけど」

笑みを含んで健吾が答える。

「ああ。そこにある通り、アンケートを届けてくれた生徒に、ささやかなお礼だ」

「アンケートならぼくも届けたけど、もらってない」

「そうだったな。なんでも取っていいぞ」

別にいらないけれど、なんだかゆるい部活だなあ。気を取り直して紙皿を四枚取り、四人それぞれの前にサーブしていく。健吾も椅子に戻ってタバスコの黒い瓶を手にすると、それを興味深そうにしげしげと眺めている。

「なるほど、辛そうだな」

「ラベルが英語じゃないんだよね。読めなくってさ」

「十二歳以下のお子さまはご遠慮ください」

びっくりした。

「読めるの！　それ何語？」

健吾はおごそかに瓶を大テーブルに戻した。

「冗談だ」

堂島健吾に担がれただって……？

まずは健吾が、自分の前の皿にタバスコを一滴垂らす。それから順々に瓶をまわし、ほどなく用意が整った。杉さんが紙皿の上に身を乗り出し、匂いをかいでいる。

「……けっこう、刺激的な匂いがする」

杉さんに倣《なら》って、ほかの三人も赤い液体に顔を近づける。途端、真木島さんがむせて、顔を

大きく背《そむ》けた。ひとしきり咳《せき》をして、苦しい息の下から、

「ほんとだ、きつい」

と言う。

「そんなに匂う?」

ぼくがそう訊いたのは、なにも好奇心からではない。質問の意味は健吾が察してくれた。

「顔を近づけて息を吸えば、そりゃあな。ただ、もしプファンクーヘンの中に入っていたとしても、匂いでわかったはずだと自信を持って言えるほど強くはない。試食のときも、しつこく匂いをかいでいたやつはいなかった。……そんなことをしたら、粉砂糖が鼻に入りそうだったしな」

手がかりになるかと思ったけれど、そうは上手く行かないようだ。

杉さんは泣き出しそうになった。

「これ、舐めるの……?」

心なしか引きつった顔で、しかし門地くんが語気を強くする。

「やらなきゃ、もやもやしたままだ。やるぞ」

とはいえ、舌を出して皿を舐めるのは行儀が悪すぎるので、料理人がよくやるように指を使ってすくい取るしかないだろうということになり、新聞部の四人は手を洗いに出て行った。

ぼくは舐めなくていいのかなと不安だったけれど、お前も痛みを分かち合えと誰も言ってこない。このまま知らない顔をしていよう。

四人が手洗いから戻ってきて、もとの椅子に座る。実験にあたり、注意すべき点を伝えておくべきだろう。

「家庭科部の男子が言っていたんだけど、ぜったい目に入らないよう気をつけて。タバスコに触れた指で目をさわるのも危険だと思う」

杉さんがまた呟く。

「これ、本当に、舐めるの……?」

ドイツ風揚げパンを使ってささやかなゲームを楽しもうと思ったら、いつの間にか激辛タバスコを舐めることになっていたわけで、杉さんの心中を慮《おもんぱか》ると気の毒で言葉も出ない。

健吾が大きく息を吸い込んだ。

「よし。じゃあ、一気に行くか。常悟朗、合図を頼む」

どうしてぼくがと思うけれど、健吾が出しゃばりすぎるよりも部外者がやる方がいいのかもしれない。杉さんに恨まれそうな気はするけれど。なんとなく手を挙げる。

「ええと、じゃあ、用意!」

四人がばらばらのタイミングで指を紙皿に近づける。

「……どうぞ!」

適切な言葉がとっさに思いつかず、なんだか変なかけ声になってしまった。四人がタバスコを指ですくい取り、それを口に運ぶ。

一秒か二秒ほど、沈黙があった。

それから巻き起こった悲鳴と唸り声と抗議の叫びを聞き、どうしてこんなことになったのかという悲しみと怒りを目《ま》の当たりにしながら、ぼくは自分があの渦中にいない幸運にひたすら感謝した。健吾は強く咳き込み、真木島さんは顔を真っ赤にし、杉さんは「だから嫌だったのに！」と涙声を上げ、門地くんは水、水と言いながら部室を駆けだしていく。ぎろりと睨んでくる真木島さんが、恨めしげな上目遣いを向けてくる杉さんが次はお前の番だと言い出さないかと思うと、ぼくも門地くんを追って出て行きたくなる。

「いや、辛いなこれは！」

あまりの辛さにおかしくなったのか健吾は半笑いで、声もなんだかおかしげだ。

「我慢できないぐらい、辛い？」

「我慢？　我慢だって、これをか？　ははは、常悟朗、無理だ！」

ついに声を出して笑い始めた。そっとしておこう。一方で真木島さんは顔をしかめ、堪えかねたように憤激を口にする。

「冗談でしょ、家庭科部はこんなの入れてたの！」

目に涙を溜めて、杉さんが席を立った。

「わ、わたしも、水……」

そう言ってよろよろと部室から出て行く。

実験の結果、三つのことがわかった。まず、家庭科部が提供してくれたタバスコはとても、とても辛いということ。そしてもう一つは、新聞部にその辛さを感じ取れないひとはいなかったということ。それからもうひとつ、これは確実に言えるという「明白な結論」を得ることができた。だけど、その「明白な結論」は現状と大きく矛盾する。どれだけ考えても、こんなことが起こりえたはずはないのだ。……この揚げパンの一件は、やはり見た目よりも複雑なのかもしれない。腕組みして親指をあごに当て、ぼくは言った。

「健吾。どうやら、状況を最初から整理した方がよさそうだ。いくつか訊きたいことがあるんだけど、いいかな」

しかし健吾は自分の舌を手で扇《あお》ぎ、まだ笑みを含んだ目でぼくを見上げるばかりで、答えようとはしない。実験で判明したことはほかにもあった――どうやらこのタバスコの打撃は、そうとう長持ちするらしい。

4

水を飲みに行った二人が戻って来て、検討が再開されるかと思ったとき、門地くんが投げやりに言い出した。

「もういいだろう。別に誰でもいいじゃねえか、パンの一つや二つでこんな騒がなくっても、なんかあったんだよ変なことがさ。不思議だなで済まして、もう帰ろうぜ」

一理ある提案だけれど、それでは記事を企画した真木島さんが黙っていないだろう。案の定真木島さんはきっと眉を吊り上げて、いまにも反論しようと口を開けるけれど、それよりも早く杉さんが甲高い声を上げた。

「いまさらやめてよ！　それを言うんなら、タバスコ舐める前に言ってよ！　いまやめたら、なんのためにあんな……馬鹿みたいじゃない！」

目を真っ赤にして、声も震えている。たしかに、撤退の判断を下すにはもう遅すぎる。毒を食らわば皿まで、タバスコを舐めたなら真相まで、だ。ぼくは改めて健吾に訊いた。

「この揚げパンを記事にしようと言い出したのは、誰だったの？」

その答えはもう知っているけれど、二人だけのときに聞かされたというのはほかの新聞部員にとってあんまり気持ちがよくないだろうから、わざと訊いておく。健吾もそれを察したのか、さっき教えただろうとは言ってこなかった。

「真木島だ。学校の近くにドイツパンの店がオープンし、そこでプファンクーヘンを売っているのを見つけて、編集会議で提案してきた」

本当に訊きたいのはここからだ。

「それで、どうして洗馬先輩がもらいに行くことになったのかな」

こう言ってはなんだけれど、一年生の企画のために二年生の洗馬先輩が使い走りをするのは少し変だという気がしていたのだ。

「知っての通り、先輩は辛いものが駄目だと言って企画を下りた。それに、ライブが近くて部活に顔を出せない日が増えているのも申し訳なく思っていたらしい。せめて埋め合わせにと言って、プファンクーヘンは自分がもらってくると申し出てくれた」

真木島さんが横から入ってくる。

「大雑把に見えるけど、面倒見がいいひとなの。わたしたちのことはいつもサポートしてくれる」

健吾が頷いた。

「そうだな。記事の文章で詰まっていたりすると、自分の手を止めてでも必ずアドバイスしてくれるんだ。あのひとには鍛《きた》えられたよ」

さっと視線を走らせるけれど、門地くんも杉さんも表情は特に変えていない。もちろん断言は出来ないけれど、洗馬先輩への隠れた反感というのはなさそうだった。

こうなれば、細かな状況を一つずつ確認していくしかない。まず、揚げパンがどういうふうに動いたのかを確かめよう。

「先輩は、今日の放課後にパン屋まで行って、揚げパンをもらってきたんだよね」

「そうだ」

「その傍証は、なにかある?」

門地くんが横から毒づいてくる。

「傍証って、先輩がもらってきたんじゃなけりゃ、どうしてここにパンがあるんだよ」

「まあいちおう、念のためだね。もらったのは昨日だったかもしれない。明らかに出来ることはぜんぶ明らかにしたいんだ」

健吾が首を横に振った。

「今日、洗馬先輩が取りに行く約束をしていた。あの揚げパンは試作品だ。店だって、毎日作ってるわけじゃないだろう」

「お店のひとは、洗馬先輩の人相を知ってるのかな」

「知っている。俺と洗馬先輩と真木島の三人で先に取材に行ったとき、洗馬先輩が自分が受け取りに来ると話していたからな」

ということは、洗馬先輩がドイツパンの店に揚げパンを取りに行ったことは間違いなさそうだ。そして揚げパンは紙袋に詰められ、おそらく持ち運びしやすいよう、紙袋はビニール袋に入れられた。先輩は午後四時に家庭科部の部室に行き、かねて依頼の通り揚げパンにマスタードを詰めてもらおうとしたけれど、実際には激辛のタバスコが仕込まれた。

洗馬先輩は、家庭科部で揚げパンを皿に移した。持ち運びに使われたビニール袋と紙袋は、家庭科部のゴミ箱に捨てられた。先輩は揚げパンを乗せた皿を持って、この新聞部部室にやって来た。その皿はまだ大テーブルの上にある。

ひとつ、わからないことがある。

「……洗馬先輩は、どうして揚げパンを皿に移したのかな。紙袋に入れたままでも、別に食べにくくはなかったと思うけれど」

首を傾げていると、健吾がこともなげに答えた。

「元は紙袋に入っていたのか。なら、撮影のためだろう」

撮影だって。

「写真を撮ったの？」

「ああ。記事にするんだ、当然撮る。紙袋に入ったままだと写しにくいからな、先輩は気を遣ってくれたんだろう」

「撮ったって、カメラで？」

そう訊くと、健吾はちょっとうろたえた。

「本当はその方がいいんだが、小さい欄で、モノクロだからな。携帯で撮った」

「なんでそれを早く言わないのさ！」

おお、はからずも、人生で一度は言ってみたかった台詞《せりふ》「どうしてそれを早く言わないんだ！」を言うことができた。

「いや、すまん。うっかりしていた。見るか？」

「もちろん」

健吾はポケットから携帯電話を出して、画像を表示させる。

一枚目の画像は揚げパンの乗った皿が置かれた大テーブル、二枚目の画像は揚げパンが四つ乗った皿、三枚目の画像はもう少しアップで撮った揚げパンだ。

つまり、揚げパンしか写っていない。

「もっと……こう……手がかりになりそうな……食べる瞬間とかさ！」

「俺も皆と同時に食べたんだぞ。どうやって撮るんだよ」

「ごもっともだけど……」

皿の上の揚げパンは四つだと確認できたこと、見た目だけでタバスコ入りを当てるのは難しそうだとわかったことが収穫と言えるかもしれないが、どちらも既にわかっていた事実だ。

「これはいつ撮ったの？」

「試食の直前だ」

そのときにはもう、洗馬先輩はいなかった。

健吾が言う「試食の直前」までに、なにがあったのか。次は新聞部員四人の行動を確認しなければならない。


「最初にこの部室に来たのは、誰かな」

そう訊くと、門地くんが馬鹿にするような声で言った。

「知ってるだろう。おれだよ。最初に来て、部室の鍵を開け、ずっと記事を書いていた」

「そうだったね。何時からここにいたの？」

「三時半過ぎだったと思う」

ホームルームが終わるのもそれぐらいだから、門地くんは放課後になった直後にここに来たことになる。

「洗馬先輩にも会っているんだよね」

「ああ」

パイプ椅子の背もたれに体を預け、門地くんはちょっと薄笑いを浮かべた。

「いきなり肩を叩かれて、びっくりしたよ」

「時刻は？」

「さあ、憶えてない。時計も見ずに原稿を書いてたからな」

「洗馬先輩は揚げパンを乗せた皿を持っていたんだよね」

「……いや。皿はもうこのテーブルに置いてあった。先輩は皿を指さして、もらってきたって言ったんだ」

健吾が訊く。

「書いてたのは、先週からやってた例の三段記事だろ？　手こずってるのか」

「ああ、ちょっと文章がな。でも、もう書けた」

あなたがこの部屋にずっといたことを証明できるひとはいますかと訊きたくなるところだけれど、問題なのは門地くんの不在証明じゃないし、訊けば一騒動になるのは目に見えている。これは、よしとしておこう。

「次に部室に来たのは？」

杉さんが小さく手を上げた。

「わたしです」

「何時に来たか憶えてるかな」

「四時十五分ちょうど」

自分で訊いておいてなんだけど、どうしてわかるんだろう……。

「よく憶えてるね」

「そういうのは得意だから」

杉さんは初めて、にこりと笑った。

「洗馬先輩にも会ったよ。部室のドアの前ですれ違ったから、来てたんですかって訊いたら、いま来たとこって言ってた」

「ほかになにか言ってなかった？」

「ライブに行くから、立ち会えなくてごめんって。それだけ」

健吾が横から言う。

「タイミング的には、門地と話した直後ってことか」

「たぶん。それで、テーブルの上にアンケートの回収箱があったから、上から何枚か取って、椅子に座って読んでた」

いちおう訊く。

「座ったのは、いま健吾が座っている椅子だよね」

入口にいちばん近い椅子だ。

「うん。そこ」

「ありがとう。それから？」

杉さんは頷いた。

「二、三分アンケートに目を通したあと、プファンクーヘンに気づいて、撮影できるようにテーブルの上を片づけた」

「そのときに写真は撮らなかったの？」

「うん。全員が揃ってからでいいって思ったから」

部室にはまず門地くんが来て、それから洗馬先輩が来た。次に杉さんが来て、洗馬先輩は出て行った。それから？

「次に部室に来たのは……」

「わたし」

どこか不満げに、真木島さんが答える。

「何時に来たか憶えてる？」

「わからない、憶えてない」

投げやりな言い方だけれど、時刻を憶えていないのはむしろふつうだ。どちらかと言えば、杉さんがはっきり答えられたことの方が不思議だと思う。

「部室には門地と杉がいたけど、先輩には会えなかった」

これまでの証言とも一致している。

「部室に来てから、なにかあった？」

「そうね」

少し考えるような間が空いた。

「背の低い一年生の女子がアンケートを届けに来たから、わたしが受け取った。それぐらいかな」

……小佐内さんかな？

「お礼を言って、お菓子を配っていますって言ったら、いりませんって言われた」

「違うな」

「えっ、なに？」

「ごめん、こっちの話。受け取ったアンケート用紙はどうしたの？」

「杉が回収箱を片づけたっていうから、これも入れておいてって言って渡した」

見ると、杉さんは小さく頷いた。この紙の砦のどこかにアンケートを入れる箱があるのだろう。ぼくのクラスのアンケートは、さっき健吾が適当なところに置いていたけど、あれはよかったのかな……。

「その箱って、いまはどこにあるの？」

杉さんに訊くと、

「堂島くんの後ろ」

という答えが返ってきた。健吾は慌てて振り返り、壁際に無造作に積まれた書類の上から箱を取り上げる。

「こんなところにあったのか」

回収箱というから蓋がついたものを想像していたけれど、実際のそれは、和菓子かなにかのボール箱をそのまま流用したと思《おぼ》しきものだった。それなりに大きいけれど深さはなく、アンケート用紙が溢れそうになっている。

「ほかに何かあった？」

そう訊くと、真木島さんは首を横に振った。

「最後に来たのは健吾なんだよね」

そう念を押すと、健吾はきょろきょろするのをやめて頷いた。

「そうだ」

「時刻は？」

「四時半までまだ少し時間があるなと思った記憶があるな。正確にはわからん。部室に来たらほかの三人が揃っていて、テーブルの上には揚げパンがあった。俺が揚げパンの写真を撮って、それから、食べた」

そこから先は聞かなくてもわかる。誰が当たりを引いたか息を詰めてお互いの様子を窺ったけれど、誰も当たったと言い出さなかった。そして、ぼくが来たというわけだ。

これでいちおう、新聞部員の動きについて聞けることは聞いた。聞いたけれど、これはどういうことなのか……。ぼくが黙り込んでいると、健吾が小さく唸った。

「おかしなところはなかったようだな」

そうかな？

ぼくは少し考え、誰にともなく言った。

「洗馬先輩と連絡が取れるかな」

全員の視線がなぜか真木島さんに向けられ、その真木島さんが答える。

「いまは無理だと思う。ライブの前は携帯の電源切っちゃうし」

「そうか……」

「なにか訊きたいことがあったの」

「訊けたらいいなっていうことは、あったよ。でも、それより、真木島さんは洗馬先輩について詳しいんだね」

そう言うと、真木島さんははにかんだ。

「家が近くなの。先輩への連絡は、わたしが取るようにしてる」

「幼なじみって感じかな。じゃあ、ふだんは先輩とは呼んでないんだ」

「そうだけど……関係ある？」

ぼくは手を振った。

「ないよ。ごめん、立ち入ったことを訊くつもりじゃなかったんだ」

洗馬先輩の証言が得られない以上、推理はこの場で集められる材料から組み立てるしかない。直感だけれど、それは不可能ではないと思う。たぶん、鍵は一年生の飯田くんが握っている。

「洗馬先輩は、飯田くんが参加しないことは知ってたんだよね？」

飯田くんは、新聞部所属の一年生で、週に一度来るか来ないかの幽霊部員だ。今回の取材に参加するかどうかを健吾に打診され、参加しないと答えたという。真木島さんは妙に意気込んで答えた。

「うん、知ってた。わたしがメールで送ったから」

「念のためだけど、真木島さんは洗馬先輩に、飯田くんは試食に参加しないから揚げパンは四個でいいっていう内容のメールを送ったんだよね」

「そうよ」

「送信エラーが起きたとか」

「ふつう、そんなの起きないでしょ」

いやいや、けっこうあるんだ、これが。ところが、健吾が横から補足した。

「その場には俺もいて、文面を確認してくれって言われた。正確な言いまわしは忘れたが、真木島はたしかに、飯田はこの取材に参加しないと書いたメールを洗馬先輩に送っていたぞ。この部室は電波状態もいいし、携帯に送信エラーが来ることもなかった。先輩にメールが届いたことは間違いない」

こと今日の事件に関して、健吾が断言することは事実と認めると決めている。ぼくが黙って頷くと、真木島さんが言葉を続けた。

「夜になってからだけど、ちゃんと返信も来たよ」

「どんな文面だった？」

「了解、って」

「それだけ？　前後になにかなかったかな」

真木島さんは眉根を寄せた。

「知らない、忘れた。今日は携帯忘れたから見られないし。言いまわしが重要なの？」

どうだろう、洗馬先輩の返信の文面は、重要か否か？

……いや、重要な点はほかにある。

黙っているぼくに真木島さんは苛立ちをあらわにし、顔を赤くして口を開きかけ、それから不意に、目を逸らして言った。

「……ところで、いまさらなんだけど、いいかな？」

その言葉はぼくにではなく、新聞部の部員たちに向けられたものだ。門地くんが戸惑い気味に「なんだ」と返すと、真木島さんは呟くように言った。

「実はわたし、あれを食べるとき考えごとしてて、ぼうっとしてた。いままで言いにくくて黙っていたんだけど、もしかしたら、当たりはわたしが引いたのかもしれない。……というか、みんなが当たりじゃなかったんだから、わたしが当たりだったんだと思う」

突然の告白だった。杉さんと門地くんが驚きの声を上げるけれど、健吾はさすがに落ち着いている。

「真木島、それはないだろう。さっき味についてコメントを書いたら、お前がいちばん詳しかったじゃないか。あれでぼうっとしていたは通らんぞ」

「それは……」

と口ごもる真木島さんを、門地くんがもの凄い目で睨んでいる。

「前に食ったことがあったんだろう。そうじゃないかと思ってたんだ！」

真木島さんは俯《うつむ》き、なにも言わない。しかし杉さんが間に入った。

「そんなのわかんないじゃない。マッキー、ちゃんと説明してよ！」

「無駄だよ、なんかあやしいと思ってたんだよおれは」

「なに言ってんの、あやしいのはあんたの方じゃない。マッキーのアイデアを潰したかったんじゃないの？」

「なんでおれがそんなことするんだよ、馬鹿じゃねえのか」

健吾が恐れていた展開だ。揚げパンで楽しくドイツ伝統のゲームをするだけだったのに、新聞部の水面下にあった対立が表に出て来てしまった。いまからでも間に合うだろうか。誰が当たりを引いたのか指摘することができれば、新聞部の空中分解を防ぎたい健吾の期待に応えることができるだろうか？

……まあ実を言えば、新聞部がどうなろうと、ぼくはあんまり興味がないんだけどね！

期待していた材料はすべて集まった。タバスコ入り揚げパンを食べたのは誰か？

堂島健吾か？

門地譲治か？

真木島みどりか？

杉幸子か？
飯田か？
洗馬先輩か？
家庭科部の男子か？
小鳩常悟朗か？　いやぼくは食べてないよ、念のため。
あるいは、どこからともなくやってきた謎の存在が食べたのだろうか？
事件の真相を、ぼくは指摘できる。
ぼくと同じ材料を手にしたひとならば、同じことが出来るはずだ。

【読者への挑戦】謎を解く手掛かりはすべて揃いました。さて、犯人は誰か？

5

「試食の際に、タバスコ入り揚げパンを食べたことを悪意をもって隠した人物は、果たして存在し得ただろうか？」

ぼくの会心の問いは、新聞部の部室を満たす口論の中に溶けていった——別の言い方をするなら、誰も聞いていなかった。ぼくに相談を持ちかけた堂島健吾さえ、真木島さんと門地くんの言い争いに気を取られてこっちを向きもしない。

咳払いというやつが、ぼくはあまり好きではない。あの仕草の、自分に注目を集めるためだけに存在している感じがどうにも苦手なんだけど、今回ばかりはやむを得ないだろう。気管支に渾身《こんしん》の力を込めて、ぼくは咳払いをした。

健吾がくるりと振り向く。

「どうした常悟朗、大丈夫か。タバスコにむせたか？」

心配されてしまった。込み上げる申し訳なさを押し殺し、手を振ってごまかして、ぼくはさっきの言葉を言い換える。

「ああ、ええと。その、試食のときは、誰もタバスコ入り揚げパンを食べてなかったんじゃないかな」

「なんだって！」

健吾が大声を上げ、ほかの三人がこちらを向く。

「そんなはずがあるか。家庭科部に行って、タバスコが入れられたことを確認したのはお前だろう」

「うん」

「それなのに、四人の誰も当たりを食べなかったっていうのか？」

「そうだね」

「おかしいじゃないか！」

期待通りの反応で、ちょっと嬉しかった。真木島さんと門地くん、杉さんはそれぞれ疑い深い目をぼくに向け、次はなにを言い出すかとでも言いたげに黙っている。ぼくは少し笑った。

「たしかに、おかしい。だけど、試食の場で誰かが当たりを食べたと考える方が、もっとおかしいんだ。あり得ない」

「どうして？」

「どうしてだって？」

健吾は想像力ゆたかな人間ではないかもしれないけれど、まるっきり鈍《にぶ》い方でもないはずだ。

それなのにどうしてと訊いてくるのは、新聞部の行く末にでも気を取られすぎているのだろうか。ぼくは声を励まして言った。

「あんな辛そうなタバスコを味わって、自分は当たりませんでしたなんて涼しい顔で隠し通せるわけがないじゃないか！」

本当に気づいていなかったのか、健吾ははっとした顔になる。ほかならぬ健吾自身が、あれを食べて我慢することは無理だと言っていたのに。

反論は、意外にも杉さんから飛んできた。

「でも、すっごく辛いタバスコだったけど、絶対に我慢してやるって覚悟して、あんまり噛まないようにして呑み込んだら、知らない顔ができたかも」

ぼくは首を横に振った。

「それもあり得ない。ぼくが家庭科部で聞いてくるまで、揚げパンに入っていたのがタバスコだと知っていたのは、タバスコを入れた張本人の、家庭科部の男子だけだった。この四人はもちろん、揚げパンをもらってきた洗馬先輩さえ、当たりの中身はマスタードだと思っていたんだ。たいして辛くはないマスタードに耐えるつもりで心の準備をして、あのタバスコを口に入れたのなら……」

門地くんがやけに納得顔で頷いた。

「耐えられるはずがないな。あれは無理だ」

一方、健吾は眉をひそめている。

「顔を平手打ちされると思って歯を食いしばったら、腹をぶん殴られたようなもんだ。言われてみれば当然だな、顔に出ただろう。……でも、じゃあ、どういうことだ。当たりの揚げパンはどこに行ったんだ。誰が食べた？」

杉さんが呟く。

「いつ食べたの？　ここにはずっと門地くんがいたのに」

門地くんも首を捻《ひね》る。

「そもそも、なにを食べたんだ？　パンは四つだったんだぞ」

どの疑問も、もっともだ。試食のタイミングで当たりを食べたひとがいないという明白な結論に至るには、いくつもの壁がある。だけどぼくは、その壁がどれも乗り越えられないほど高いものだとは思えない。

起きたことが不思議に見えるのは、証言が完全じゃないからだ。沈黙、嘘、気遣いが話をややこしく見せている。それら証言の不完全さを一つずつ取り除いていけば、なにがあったのかは自《おの》ずから見えてくるはず。

検討は既に済んでいる。あとは、それをどう話すかだ。

「まず、機会のことを考えよう」

大テーブルに置かれた皿を見つめて、ぼくはそう切り出した。

「当たりの揚げパンは実在した、だけどそれは試食の時点では消えていた。なら、それが皿の上から持ち去られたのは試食の前だ。ところで、揚げパンはずっとそこに置かれていて、部室には門地くんがいた。犯人が誰であれ、門地くんの目を盗むことはできただろうか？」

部室の奥、窓に近いあたりに机が置かれている。門地くんはそこで記事を書いていた。

「健吾が言ってはいたけれど、門地くんがどういうふうに座っていたか、もう一度教えてくれるかな」

門地くんは不満の声を漏《も》らしたけれど、それほど嫌がりもせず席を立って、問題の机に向かう。手近な椅子を引いて座ると、部室の入口に体の横を向ける形になった。

新聞部の三人が唸る。

「どうかな。ドアは開けっぱなしだったんだよな」

「真横から近づいてくるひとに気づけるか、ってことよね」

「ふつうは音だって立つし……」

腕を組んで、健吾が門地くんに訊く。

「実感として、どうだ。誰か入ってきたなら、気づきそうか」

「当たり前じゃないか」

そう答えるけれど、言葉には力がなかった。それはそうだろう、門地くんは実際に何が起きたかを知っているのだから。

「ありがとう」

そう言って門地くんには元の席に戻ってもらい、ぼくは大テーブルに片手をついた。

「ところでさっき、洗馬先輩が部室に来たときのことを門地くんはどう言っていたか、憶えてるかな」

答えはなかったけれど、門地くんの苦り切った顔が答えだ。

「門地くんはこう言っていたんだ。……いきなり肩を叩かれて、びっくりした」

その言葉の意味は明白だ。

「洗馬先輩は、門地くんを驚かせようと思って後ろから忍び寄ったんだろう。そういうことをしそうな先輩かな?」

門地くんを除く三人が同時に頷いた。

「わかった。で、先輩の目論見《もくろみ》はまんまと成功し、門地くんは驚いた。……つまり、先輩に気づいていなかった。誰かが部室に来たら必ず門地くんが気づいたはずだという主張は、妥当とは言えないんだ。忍び寄れば気づかれないことは可能だったし、ふつうに接近しても、場合によってはわからなかったかもしれない」

健吾がすぐさま反論してくる。

「だが、部室に門地しかいなかった時間帯には、揚げパンが部室になかった」

その通り。洗馬先輩が部室を出るタイミングで杉さんが来ているので、部室に門地くんと揚げパンだけという状態は存在しない。だけど、

「門地くんが来訪者に気づかなかったのなら、先輩も気づかなかったと考えておかしくない」

「常悟朗、それは暴論だろう。二人いれば気づく可能性が上がったはずと考える方が自然だ」

杉さんも声を上げる。

「それに、わたしが入口ですれ違ったとき、先輩は『いま来たとこ』って言ってたんだよ。部室に門地くんと先輩しかいなかった時間は、ほんのちょっとしかなかったはず。わたしは入口そばの椅子に座ったから、わたしが来てから誰かが揚げパンに近づくのは無理だし」

二人の疑問には、同時に答えられる。

「ほんのちょっとでも、隙は隙だ。……だけどぼくは、隙はほんのちょっとじゃなかったと思ってる。そして健吾、二人だから注意力が増したんじゃなくて、二人だから注意力が落ちたんじゃないか」

健吾と杉さんは怪訝そうな顔をする。ぼくは大テーブルに置いた手を顔の前に上げ、人差し指を立てた。

「門地くんは三時半ぐらいから記事を書いていた。健吾いわく、『先週からやってた例の三段記事』だ。ずいぶん時間がかかってるようで、健吾が『手こずってるのか』と訊くほどだった。門地くんはそれに対して『ああ、ちょっと文章がな』と答えて、『もう書けた』と続けた。つまり、門地くんは記事の文章に手こずっていたけれど、さっきそれを仕上げたんだ。ところで、記事を書いているあいだに部室に来たであろう洸馬先輩は、どういうひとだったか？」

ぼくは今回の一件に取り組むにあたって、健吾の言動は百パーセント信じると決めている。その健吾が、こう言ったのだ。

「『記事の文章で詰まっていたりすると、自分の手を止めてでも必ずアドバイスしてくれる』。

そうだよね、健吾」

あ、という呟きが誰かから漏れる。

「門地くんは、洗馬先輩に文章のアドバイスをしてもらっていたんだ。そのあいだ二人は膝詰めで話し合っていた。あの机のそばには椅子が二脚置かれていたと杉さんが言っていたのを憶えているかな。これは推測だけれど、洗馬先輩も椅子に座って、門地くんの文章直しを手伝っていたんじゃないか」

言葉を切って、門地くんをじっと見る。健吾も、杉さんも、真木島さんも門地くんを見つめている。視線を浴びて、門地くんはふてぶてしく肩をすくめてみせた。

「そうだ。先輩にアドバイスをもらっていた。言うまでもないから黙っていたんだ」

それはどうかな？　門地くんの言葉の端々には、どこかプライドが感じられる。そのプライドが邪魔をして、書けなかったところを先輩に手伝ってもらったと言えなかったんじゃないだろうか。もっともこれはただの臆測で、しかも真相解明には一切関与しないから黙っているけれど。

肝心なのは、ここからだ。

「つまり、杉さんが聞いた『いま来たとこ』の『いま』とは数秒前のことではなく、門地くんの原稿にアドバイスをするあいだの数分程度の幅を持つラフな表現だったたってことになる。……で、実際にはどれぐらいだったのかな？」

門地くんに訊くと、返事は投げやりだった。

「さあな。五分ぐらいか」

「その五分のあいだは、門地くんも洗馬先輩も、誰かが部室に入ってきても気づかなかったかもしれない。そう考えてもいいかな」

これは意地の悪い質問だった。既に洗馬先輩の入室に気づかなかったことを指摘された以上、門地くんは、いや気づいたはずだと答えることは出来ないだろう。嫌そうに、

「先輩は真剣にアドバイスしてくれたし、おれも真剣にそれを聞いていた。あとは好きに考えてくれ」

と言うだけだった。


揚げパンに注意が払われていない時間があったことは、既に証明された。

「次は、個数について」

そう言って、ぼくは揚げパンが置かれていた皿を見る。

「家庭科部の男子は、揚げパンの一つに激辛のタバスコを仕込んだ。このタバスコ入りの当たりを皿に置いたのは洗馬先輩で、家庭科部の男子はそのとき皿の上に揚げパンがいくつあったか見ていない。一方で試食のとき、皿には揚げパンが四つ乗っていて、その中に当たりはなかった」

「それは……」

真木島さんがなにかを言いかけて、そのまま黙り込んでしまった。少し気の毒に思いながら、

話を続ける。

「つまり、先輩がもらった揚げパンは四つではなかったと考えるしかない。五つ以上……これまで得られた情報を総合すれば、五つだったと考えられる」

「お前がなにを言いたいのかは、わかる」

健吾がむっつりと言った。

「たしかに、新聞部の一年生はもう一人いる。飯田だ。そいつの分を含めれば、もらってくる揚げパンは五つになる。だがそいつが試食に参加しないことは、洗馬先輩も知っていたはずだ。単に間違えたってことか？」

「その可能性も皆無じゃないけど、それ以前に、いまの言い方はちょっと不正確だね。健吾が見たのは、飯田くんが試食に参加しないことを伝えるメールが洗馬先輩に発信されたところまでだ。それと先輩が知っていたっていうことはイコールじゃない。メールは見落とされることも、読むのをあとまわしにされることもある」

「待って」

杉さんが、小さくも鋭く言った。

「マッキー……真木島さんには、先輩から返信があったはずでしょう」

「たしかに、そう言っていたね」

了解、と一言だけ書いたメッセージが届いたと言っていた。けれど……言いにくいなあ、これは。ちょっと頬をかいて、あらぬ方を見てしまう。

「だけどその返信を、真木島さん以外は誰も見ていない」

真木島さんの顔がさっと赤くなる。

「ちょっと、どういうこと！　それって、わたしがつまり……」

ここは、とぼけるしかないか。

「ほかの人からのメールを勘違いしたんじゃないのかな。よくあることだよ」

真木島さんに反論の隙を与えず、言葉を重ねる。

「もし洗馬先輩から返信が来たというのが勘違いで、実際には先輩がメールを読んでいなかったんだとすれば、話はとても単純になる。洗馬先輩は、万が一飯田くんが来たときに彼の分がないのはかわいそうだと思い、揚げパンを五つもらってきた。そのうちの一つにタバスコが注入され、試食までのあいだに消えたんだ」

「……そう！」

突然、真木島さんが声を張り上げた。

「そうだよ、あのとき、兄貴ともやり取りしてたんだ。なんだったかな、買い物してきてってお願いしてたから、了解っていうのはその返事だったかもしれない！」

「洗馬先輩はライブの前で気が張っていただろうしね。メールに気づかなかったとしても、あんまり責められないと思うよ。携帯があれば確認できるのに、残念だ」

「本当に。ああ、しまったなあ」

そう言って、真木島さんは力なくうなだれた。

うん。

真木島さんは、あまり演技が上手い方じゃない。あれじゃあ、ほかの三人にも事情がわかってしまっただろう。要するに、真木島さんからのメールは洗馬先輩に無視されたのだ。洗馬先輩がライブの準備で忙しかったからなのか、それとも真木島さんと洗馬先輩のあいだになにか微妙な緊張があったからなのか、理由はわからない。だけどそれは、洗馬先輩の幼なじみを自認し、先輩との連絡役を買って出ている真木島さんにとって、あまり他人に知られたくないことだったのだろう。

さっき真木島さんは、突然、当たりを食べたのは自分だったかもしれないと言い出した。あれは、誰も当たりを引いたと言わないのは揚げパンが五つあったからだという可能性に気づいたからじゃないだろうか。あのまま検証が続けば揚げパンの数は遠からず問題になっただろうし、そうなれば、先輩から返信があったという真木島さんの証言も疑われることになる。だからこの問題を終わらせるため、自分が当たりを引いたと言い出したのではないか？

返信があったというのはよくある勘違いだったのではというぼくの発言に、真木島さんは一も二もなく飛びついた。それほどまでに、洗馬先輩と仲がいいというのは真木島さんにとって大切なことなんだろうか。

いずれにしてもぼくは、そういう人間関係の蹉跌《さてつ》にはあまり興味がない。

「まあ、とにかく」

気を取り直して、ぼくは言う。

「揚げパンは五つあったと考えてよさそうだ」

「さて、揚げパンは五つあり、それに対して注意が払われていないタイミングがあった。じゃあ、それを食べたのは誰だろうか？」

健吾は腕組みし、杉さんはほかの部員の表情を窺っている。門地くんはむっつりと黙り込み、真木島さんの顔はまだ少しだけ赤い。

ぼくは堂島健吾から、当たりの揚げパンを食べたのは誰なのかと訊かれている。これまでの検討は、すべてこの問いに答えるための準備に過ぎない。

「たとえ門地くんと洗馬先輩の注意が原稿に向けられていたとしても、二人がずっとこの部屋にいたことはたしかで、それなのにどちらも揚げパンを食べた、少なくとも皿からそれを持ち去った人物に気づいていない。つまり彼または彼女は、二人に声をかけることなく行動したと考えていい」

僕の言葉がみんなに浸透するぐらいの時間をおいて、先を続ける。

「ところで、揚げパンは試食して記事を書くために用意されたもので、ここにいる四人はもちろんそれを知っていた。それなのに、揚げパンが皿の上に五つあったからといって、部室にいる二人に声をかけることもなくこっそり一つ食べたというのは道理に合わない。不可能なことではないかもしれないけれど、あまりにも不合理だよ」

ぼくは、犯人の行動には合理性があることを前提にしている。門地くんと洗馬先輩の目を盗んで、杉さんや真木島さんがつまみ食いしたということは考えなくてもいいだろう。

……正確に言えば、真木島さんにはそう行動する理由があった。揚げパンが五つあることを確認した時点で洗馬先輩との連絡が不調だったことに気づいて、一つ隠蔽《いんぺい》することで不行き届きをごまかそうとした、というのがその理由だ。しかし、それなら真木島さんは、試食の際に誰も当たりを引いたと言わなかった時点で隠した一つが当たりだったとわかったはずだ。であればその瞬間に、自分こそが当たりを引いたと自白しなければ隠蔽にならない。真木島さんが自白を試みたのは試食からずっと後のことで、それは、彼女が試食前に揚げパンを隠したのではないことを証明している。

「たしかにそれは不合理だが」

健吾が重々しく言った。

「気づいてるか、常悟朗」

「なにに?」

「容疑者がいなくなったぞ」

そう言いたくなるのはわかる。

「飯田かな?」

自信がなさそうに門地くんが呟くけれど、

「それはない。あいつとは教室でずっと話していたんだ。タイミング的に不可能だ」

と健吾に一蹴《いっしゅう》された。

これで容疑者はいなくなったのか？　いいや、違う。

「健吾。部室に揚げパンが置かれ、門地くんと洗馬先輩が記事の相談をしていた空白の五分間、揚げパンを乗せた皿はどんな状態にあった？」

健吾はぴくりと眉を動かし、組んだ腕をほどいて、大テーブルの上の皿を指さした。

「この状態だ。試食してから、この皿は動かしていない。もちろんお前が言う時間帯には上にベルリーナーが乗っていたが」

「それが違うんだ」

「……なに？」

ぼくはゆっくりと冷蔵庫へと近づいていく。

「揚げパンを乗せた皿がその状態になったのは、空白の五分間の後だ。なぜなら洗馬先輩とすれ違いに部室に入ってきた杉さんが、揚げパンを撮るために机の上を片づけたからだ」

突然名前を挙げられて、杉さんがびくりと震える。

「えっ、わたし、なにかまずいことした……？」

「まさか、ちっともまずくないよ」

まずくはなかったけれど、実は、この杉さんの何気ない行動が事態を錯綜させていた。冷蔵庫の上に置かれた、飴やキャラメルを盛ったお盆を手に取って、ぼくは大テーブルの前に戻ってくる。

「杉さんが机の上を片づける前、空白の五分間、揚げパンの皿はこういう状態にあった」

お盆を置く。

皿の近くに置かれたお盆には、メモがついたままだ。

「そうかっ！」

健吾が声を上げた。

「そうなんだ。揚げパンのそばには、このメモがついたお盆があった。……健吾、アンケートの回収箱を」

「ああ」

渡された回収箱を、お盆の横に置く。

一拍遅れて、ほかの三人もどよめき始める。

「この部室に来るのは、新聞部員だけじゃない。たとえばぼくが来たし、真木島さんが女子生徒に会った。ぼくとその女子生徒は、新聞部が配ったアンケートの答えを届けに来たんだ。そして、そういう人間が二人だけだったと考える理由はない」

メモにはこう書かれている――「アンケートはこの箱に入れてください。このお菓子はお礼ですからご自由にお取り下さい」。

「門地くんと洗馬先輩が記事の話をしているさなか、誰かがアンケートを届けに来たけれど、二人が忙しそうなのを見ると声はかけにくい。ふと見れば、アンケートは箱に入れておけと書かれている。その誰かは、書かれている通りにしただろう」

杉さんはテーブルの上を片づけたと言い、真木島さんは、杉さんが回収箱を片づけたと言っていた。つまり杉さんが片づける前、回収箱はテーブルの上にあったのだ。お菓子を盛ったお盆には、アンケートを回収箱に入れろという指示が書かれたメモが貼られている。ということは、このお盆も回収箱の近く、つまりテーブルの上に置かれていたのでなければならない。

門地くんと洗馬先輩が記事の話をしているあいだ、テーブルの上にはアンケート回収箱と、メモが貼られお菓子が盛られたお盆と、揚げパンを乗せた皿があったのだ。

「そしてその誰かは、お礼ですからご自由にと書かれているのを見て、ご自由に食べた――隣の皿の揚げパンをね。犯人は外部犯だ」

最初に外部犯の可能性を検討しようとしたぼくに、新聞部の面々は三つの否定的な理由を挙げた。一つ、部室には常に人がいた。二つ、揚げパンは四つだった。三つ、外部の人間が無断で揚げパンを食べるのはあまりに非常識だ。しかし証言を聞き検討を加えるうち、この三つの理由は崩壊した。

門地くんの沈黙、真木島さんの嘘、杉さんの気遣いが少しずつ状況を歪め、状況を不可思議なものにしていた。すべてを整理すれば、起きたことはこれほど明白だ。

「……なんてこった」

健吾が呟く。

「無関係な生徒に、タバスコ入りベルリーナーが渡ったっていうのか。不運すぎるだろう、五分の一だぞ」

「そうだね。彼か彼女か知らないけれど、不運だった。事故だよ、これは」

「事故と言っても……おい、どうする」

最後の言葉はぼくにではなく、新聞部員たちに向けられていた。

「どうするって、ど、どうしよう」

「校内放送したら？　食べるなって」

「間に合うかよ、一時間は前だぞ」

泡を食ってこれまでにない団結力を示している新聞部員を横目に、ぼくは見知らぬ外部犯のことを考える。まったく気の毒だ、ただアンケートを届けに来ただけだったのに。きっとぼくと同じように、クラスではあまり目立たない子なのだろう。揚げパンを見つけて、その場では食べずに持って帰った。まだ食べてなければいいけど、もし食べていたら……。

さぞ、びっくりしたことだろう。最初はなにが起きたのかわからなかったに違いない。ひとしきりむせて、水を飲みに走っただろう。くちびるが真っ赤に腫《は》れたかもしれないし、そうなったら窓を開けて風に当たったりして、腫れを冷やそうとしたかもしれない。しばらくは呂律もまわらなかっただろう。それに、ひょっとしたら……。

「あ」

「どうした。なにか気づいたのか」

真剣そのものの表情で訊いてくる健吾に、ぼくは慌てて手を振った。

「いや、なんでもない、なんでもないんだ。ただ、アンケートを届けに来ただけのその子は」

「なんだ、言えよ」

ぼくは思わず、唾を呑み込んだ。くちびるが赤く、呂律がまわっていないその子は窓のそばにたたずんで、

「……たぶん、涙さえ流していたんじゃないかと思ってね」

健吾は眉を寄せ、なんだそれは、と呟いた。

アリバイのある容疑者たち

東川篤哉

東川篤哉（ひがしがわ・とくや）

1968年広島県生まれ。2002年〈KAPPA-ONE〉第一期生として『密室の鍵貸します』でデビュー。11年『謎解きはディナーのあとで』が2011年本屋大賞を受賞。他の著書に『館島』『仕掛島』『もう誘拐なんてしない』『交換殺人には向かない夜』『君に読ませたいミステリがあるんだ』『博士はオカルトを信じない』などがある。

1

黒板を爪で引っ掻くようなブレーキ音。続いて聞こえてきたのは何か大きな物体が倒れるようなドスンという音だ。大島聡史《おおしまさとし》はハッとなって目を覚ました。電車は下手なスキップを思わせるぎこちない動きで、ようやく停止。ロングシートの端に座る彼の上半身が、慣性の法則に従って大きく横に傾く。空気が抜けるようなプシューという音は、扉の開閉音だろう。秋夜の冷たい空気が、斜め後方から車内へと流れ込んでくるのが判った。

薄く目を開けると、車内は実に閑散《かんさん》としている。午後七時に土居《どい》駅を出発した時点で二十人程度いたはずの乗客が、いまはもう片手で数えられるレベルだ。二両編成だから、電車全体ではこの倍ぐらいの乗客数だとしても、果たしてこんな状況で鉄道経営が成り立つのかしらん。——と寝ぼけた頭でつい余計な心配をしてしまう聡史だった。

なにしろ土居駅と中田《なかだ》駅を結ぶ土居中田線、通称『どいなか線』はその名前が示すとおり、ド田舎にある寂れた地方都市である土居市と、それに輪をかけて寂れきった地方都市である中田市の間をただひたすら往復するだけのローカル線。それを運営する『どいなかだ電鉄』は過去に幾度となく経営危機が叫ばれ、会社の存続自体が危ぶまれている。それでも地元住民にとっては欠かせない足だから、廃止になってもらっては困るのだが、これではもうあと何年持つのやら——などと、電鉄会社の将来に思いを馳せている場合ではない。どうやら電車は、どこかの駅に停車したようだ。いったい何駅だろうか？

聡史は背後を振り返るようにして、開いた扉の向こうを見やる。暗いプラットホーム越しに、二両編成の別の電車が停まっている。こちらの電車が中田行きだとするなら、向こうは土居行きということになる。『どいなか線』は単線だ。土居発中田行き電車も中田発土居行き電車も同じ一本の線路の上を走っている。進行方向が違う二つの電車は、両駅の中間地点である田畑《たばた》駅で待ち合わせて擦れ違うのだ。

——ん、ということは、ここは田畑駅⁉　なんだ、降りる駅じゃないか！

いまさらながら重要な事実に気付いた聡史は、ロングシートから勢いよく立ち上がる。だが背後に開いた扉へと駆け寄ろうとしたところで、足元の何かに躓《つまず》いた。床に転がるのは大きなゴルフバッグ。それは聡史自身の荷物だった。電車に乗り込んだとき、シートの脇に立て掛けて置いたものが、さっきのヘタクソな停車の際に倒れたのだろう。ブレーキ音の直後に聞こえたドスンという大きな音は、これが倒れる音だったのだ。

「ええい、くそッ！　こういうときに限って、なんで俺は接待ゴルフ帰りなんだよ！」

と誰に八つ当たりしているのか判らないような台詞《せりふ》を漏らしながら、倒れたゴルフバッグを右手で持ち上げる。モタモタしている暇《ひま》はない。いまは全開になっている扉も、いつ閉まってしまうか判らないのだ。切羽詰まった聡史は「ハッ」と小さく叫ぶと、ジャンプするように扉から外へと飛び出す。無事にプラットホームに降り立った聡史は、「ホッ、良かった！」と胸を撫で下ろし、ついでに重たいゴルフバッグをホーム上にドスンと下ろした。その背後で再びプシューという音が響いて扉が閉まりはじめる。まさにギリギリのタイミングだったらしい。

そう思った次の瞬間、背後から「おっと、待て待て！」と妙に慌《あわ》てた男性の声。

「ん⁉」と首を傾《かし》げたその直後、聡史は背中に激しい衝撃を受けた。「わあぁッ」

いきなり背中を押されて弾《はじ》き飛ばされた聡史は舞台上のバレリーナのごとく二回転、いや二回転半か。とにかくクルクルと回転運動を演じた挙句、目を回しながらバタリと倒れて両手を突いた。気が付くと狭いホームの中央付近で四つん這いになっている。

聡史は思わず目をパチクリ。そして、すぐさま状況を理解した。どうやら慌てて電車を降りようとする男性客が、自分以外にもうひとりいたらしい。その男性客が閉まりかけた扉をすり抜けるように外に飛び出したところ、ホームには先に降りた聡史が油断した状態で突っ立っていた。結果、聡史は男性客から背中に強烈なタックルをお見舞いされて、ホーム上で下手なバレエを披露するに至った。どうやら、そういうことだったらしい。

「畜生、駆け込み乗車はおやめくださいって……」いや違う、いまのは『駆け込み乗車』じゃなくて『駆け降り降車』か――「って、んなことどうでもいい。とにかく危ないだろ！」

そう吐き捨てた聡史は、上体を起こして周囲をキョロキョロ。前後左右に視線を巡《めぐ》らせて、体当たりしてきた男性の姿を捜す。するとホームの遙《はる》か先に遠ざかっていく男性の背中を発見。どうやら詫《わ》びも入れずに、さっさと逃げようという魂胆らしい。

「おいこら、待てよ！　酷《ひど》いじゃな……」

だが彼の呼び止める声は、プワ～ンと警笛を鳴らして走りはじめる電車の音によって、完全に掻き消された。仮に声が届いたとしても、どうせ男に立ち止まる気などないのだろう。ならば自ら駆け出して、ふん捕まえてやろうか。そう思ったものの、大きな荷物をほったらかしにもできず、また彼自身、もともと争いを好むタイプでもない。結局のところ聡史は、

「ふん、卑怯者め！　素直にゴメンナサイできない奴は半人前だぞ」

と不満をぶちまけただけで、男の逃走を許した。男はホームの端まで進むと跨線橋《こせんきょう》を駆け上がり、聡史の視界から消えた。おそらく駅舎にたどり着いたら、何食わぬ顔で駅員に切符を渡して改札を抜けるのだろう。――ちッ、忌々《いまいま》しい奴め！

舌打ちしながら聡史は立ち上がった。田畑駅にプラットホームは一本きり。中田行きが停まる①番線からは駅舎と駅前の風景が見渡せる。その反対側、土居行きが停まる②番線は線路際まで切り立った崖が迫っている。いまホーム上には客はおろか駅員の姿さえない。先ほどまでホームの両側に停まっていた電車も、それぞれの方向へ向けて走り去っていった。残されたのは聡史と彼のゴルフバッグだけだ。聡史はホームの端に放置されたゴルフバッグを、あらためて肩に担《かつ》ぐと、疲れた足取りで跨線橋へと歩きはじめた。

橋を渡ったところに建つのは、学校の体育倉庫よりは多少マシと思える程度の粗末な駅舎だ。

いうまでもなく『どいなか線』の駅に自動改札などという贅沢品はない。それどころか大半が駅員さえいない無人駅なのだが、田畑駅はそれなりに重要性が高い駅なので、駅員が常駐している。聡史は初老の駅員に定期券を示して改札を抜けた。先ほどの卑劣漢の人相風体など、念のため駅員に尋ねてみようかとも思ったが、そもそも駅員はホーム上での些細《ささい》なアクシデントなど気が付いていない様子だ。結局、聡史は何もいわないまま、ひとり田畑駅を出た。

目の前に広がるのは、秋風の吹く閑散とした駅前の風景。田舎なので商店街などという立派なものはない。目立つ建物といえば郵便局や地方銀行の支店だが、いまはもうシャッターが下りている。米や酒を売る個人商店が一軒あるけれど、これも都市部のスーパーと違って午後七時を過ぎるとアッサリと店を閉めてしまう。営業中なのは最近できたコンビニだけだ。

「夕飯は今日もコンビニ弁当か……いや、それじゃあ味気ないな……」

聡史はゴルフバッグを肩に担ぎながら、自宅への道を歩きはじめた。田畑駅から彼の自宅までは歩いて五分の距離だ。道は線路沿いに延びる一本道。車の通行量はそれなりにあるけれど、歩道を歩く人は皆無という片側一車線の道路だ。

歩き出した直後に目に入るのは地元の居酒屋『酒蔵《さかぐら》』。小さな駐車場には一台の軽トラックのみが停車中。看板代わりの赤提灯は煌々《こうこう》とした明かりを放っている。粗末な扉越しにケラケラという女性の陽気な笑い声が漏れ聞こえてくる。『酒蔵』は聡史にとって馴染《なじ》みの店。深夜一時までが営業時間なので、帰りが遅くなったときなどには、よく立ち寄ることがある。ここで夕飯を済ませて帰ろうかと一瞬思ったものの、そうなるときっとまた酒を飲むことになるだろう。さすがに、それはやめておいたほうがいい、と聡史は思い直した。

なぜなら今日の接待ゴルフの相手は得意先の取締役だったのだが、この人物が大の酒好きだったからだ。早朝から昼過ぎまで続いたラウンドの最中、聡史は相手の放つポップフライ程度の飛球を見ては「ナァ～イス・ショット～ォ！」、グリーン上では、たとえそれが五度目のパッティングであろうと「ナァ～イス・パタァ～ッ！」を連発。お陰で先方はすっかり上機嫌。ラウンド終了後には、まだ真っ昼間だというのに聡史らを土居駅近くの料理店に誘って酒宴を催《もよお》した。むしろ酒宴を楽しむためにゴルフで軽く身体を動かした、というのが向こう側の本音だったのかもしれない。

そんなわけだから酒宴がお開きになった夕刻には、もう聡史は相当量のアルコールを摂取していたのだ。これ以上の飲酒は身体に毒だろう。「……といっても、まあまあ酔いも醒《さ》めてるし、ビールの一杯ぐらいなら悪くないか……」いや、むしろ日本酒のほうがいいかもしれない。なんだか夜になってぐっと冷え込んできたようだし、熱燗で一杯というのは魅力的かも――

「って、いやいや、駄目だ駄目だ……」

明日の仕事に差し支えてはマズい。そう思って誘惑を断ち切った聡史は、赤提灯に未練を残しながらも『酒蔵』の前を素通り。ひとり帰宅の道を急いだ。やはり歩道を歩く人の姿は、彼以外にはひとりもいない。擦れ違う者もない。なにせ田舎は都会以上に車社会だ。彼のように自宅から田畑駅まで歩き、そこから電車に乗って土居市内の会社に出勤するというライフスタイルは、まったくの少数派なのだ。

結局、誰とも擦れ違わないまま、聡史は自宅にたどり着いた。彼の家は、いかにも農村で見かけるような黒い瓦屋根の日本家屋。まるで農業を営む大家族が住むような建物だが、実際のところ現在この家に暮らすのは聡史ただひとりである。以前は両親が健在で三人暮らしだったのだが、ここ数年の間に両親とも悪い病気を患《わずら》い、相次いでこの世を去った。その後は様々な事情があった末、次男である聡史がひとりで家を守っているのだ。

聡史は暗い玄関に歩み寄ると、ポケットから取り出した鍵を引き戸の鍵穴に差そうとする。だが次の瞬間、「あれ!?」という呟《つぶや》きが口を衝いて出た。鍵が開いているのだ。試しに引き手を真横に動かすと、戸はスムーズに開いた。「――なんでだ?」

出掛けるときに鍵を掛け忘れたのだろうか。そう思って記憶を手繰《たぐ》ってみるが、朝の自分の行動については、酷く眠かったという印象しか残っていない。なにしろゴルフに出掛ける日の朝は、普段よりも早いのだ。それに電車に乗り遅れてはマズいという焦りもあった。だから鍵を掛け忘れた可能性は充分にある。もちろん泥棒の仕業という考えも一瞬頭をよぎったが、なにせ田畑は田舎町だ。泥棒被害などは滅多にない。両親が現役だったころは、鍵などいっさい掛けずに畑仕事に出掛けていた。そういう土地柄なのだ。やはり自分がボンヤリして鍵を掛け忘れたのだろう。

「――まあ、それしかないよな」

そう結論付けて、聡史は玄関に足を踏み入れた。柱にあるスイッチを押して、明かりを点ける。広い玄関には出しっぱなしの靴が何足もあって、正直片付いているとはいえない。そんな中に見慣れぬ誰かの靴が紛れ込んでいる——という可能性も否定はできないのだが、それより何より、担いだゴルフバッグの重みのせいで肩が限界だった。聡史は上がり口にバッグをドスンと置くと、「あー、やれやれ、疲れた」と大きな声で独り言。無造作に靴を脱いでそのまま上がり込んだ。

ゴルフバッグを玄関に置きっぱなしにしたまま、家の奥へと進む。居間に入って明かりを点ける。見回してみるが、別段いつもと違った様子はない。

「まあ、そりゃそうだよな……あ、そうそう、親父たちに『ただいま』をいわなきゃ……」

信心深い聡史は両親の死後、仏壇に手を合わせて『いってきます』『ただいま帰りました』と声を掛けることが日課となっている。彼は襖《ふすま》を開き、居間に隣接する暗い和室に足を踏み入れた。蛍光灯の明かりを点ける。その直後、彼の口から「ああッ」という声が漏れた。

和室には明らかな異状があった。仏壇の傍《そば》に置かれた年代モノの金庫。その重厚な扉が開きっぱなしになっているのだ。さすがにこれは聡史が閉め忘れたものではない。

「ど、泥棒だ……さては、金庫の中のお宝が……」

聡史は金庫の前に駆け寄り、片膝を突いて中を覗き込む。だが意外なことに、心配したお宝は無事だった。ホッと安堵《あんど》の息を吐くと同時に、大いなる疑問が湧いた。

仮に自分が泥棒の立場だったとして、自ら荒らした金庫の扉を、このように開けっぱなしにして立ち去るだろうか。扉さえ閉めておけば、金庫が荒らされたこと自体、しばらくは気付かれずに済むかもしれないのに。それに、わざわざ金庫を開けた泥棒が、このお宝を盗まずに立ち去るなどということが、果たしてあり得るのだろうか。いや、あり得ない。ということは――ひょっとして、まだ泥棒は立ち去ってはいない⁉

そう思った瞬間、背後に何者かの忍び寄る気配。ハッとなって振り向こうとする寸前、後頭部に強い衝撃が走った。「うッ」と呻《うめ》いて畳の上に倒れ込む。そんな彼の視界の片隅で、蛍光灯の明かりを背にしながら何者かがニヤリと笑った気がした。だが、それが男なのか女なのかさえ判然としないまま、大島聡史は意識を失っていったのだった――

2

「……で、目が覚めてみると、目の前にはなぜか叔父の姿がありました。叔父は僕の肩を激しく揺すりながら『大丈夫か、聡史君！』と懸命に呼びかけています。僕は訳が判らず、しばらくはボンヤリとしていました。しかし扉の開いた金庫を見るなり、瞬時に事態を把握しました。僕は泥棒に頭を殴られて、長い間気を失っていたのです。仏壇の傍《かたわ》らに置かれたデジタル時計は、すでに深夜零時を十五分ほど過ぎていました……」

長い回想シーンが一段落したところで、依頼人は疲れたように「フーッ」と長い吐息を漏らすと、革張りのソファに背中を預けた。その向かいに悠然と腰を下ろすのは、手代木《てしろぎ》礼次郎《れいじろう》三十五歳。雪兎のごとき純白のスーツ、烏《からす》のごとく真っ黒なシャツ、おまけにネクタイの色は濃厚なワインを思わせる赤だ。その際立った装いは、果たしてダンディなのかコッケイなのか評価が分かれるところだが――いや、おそらくは後者に一票という者が大半だろうが――それでも彼が《土居市でいちばんの私立探偵》であることは論をまたない。

そんな手代木は自分の城である『手代木探偵事務所』にて新しい依頼人から事件の経緯を聞いているところである。依頼人は大島聡史三十二歳。土居市内のとある食品会社に勤める営業マンだという。手代木は落ち着いた声で依頼人に尋ねた。

「で、目覚めてみると金庫のお宝は、もう奪われていたのですね。ところで、そのお宝というのは、いったい何なのでしょうか。差し支えなければ教えていただきたいのですが」

「ええ、もちろん。お宝というのは古い茶碗。でも、ただの茶碗ではありません。我が家に代代伝わる萩焼《はぎやき》の逸品で、オークションに出せば数百万円の値がつくのだとか。それは木製の箱に収められた状態で、金庫の中に大切に仕舞ってありました。万が一にも割ったりしたら大変ですからね。そんなお宝が箱ごと奪われてしまったのです」

「なるほど。犯人はあなたの家に盗みに入り、金庫の扉を開けた。そこに運悪く、あなたが帰宅した。泥棒はいったんカーテンの陰あたりに身を隠したのでしょう。そして隙を見て、あなたの頭を殴打した。泥棒は気絶したあなたを横目に、悠々とお宝を持ち出したってわけだ。つまり、これは悪質な強盗事件ということになる。しかし、そうだとすると、少し解せませんね……」

そう呟く手代木の脳裏には、すでに幾つかの質問事項が浮かんでいた。

「まず疑問に思う点は……いや、その前に」手代木は口にしかけた質問を中途で引っ込めると、依頼人に対して「少し西日が眩《まぶ》しくありませんか?」と唐突にいって真横を向く。そして誰もいない空間に向けて声を発した。「――ア○クサ、ブラインドを閉めて」

「承知シマシタ。ぶらいんどヲ閉メマス」機械的で、どこか女性的な音声が応える。

すると次の瞬間、電動式のブラインドが自動的にスルスルと下りてきて、窓という窓をすべて被《おお》いつくした。西日は完全に遮断されて、探偵事務所は漆黒の闇に沈んだ。

「やあ、これじゃあ依頼人の顔も見えやしない。――ア○クサ、ライトを点けて」

「承知シマシタ。らいとヲ点ケマス」

次の瞬間、デスクの上の作業用ライトがパッと灯《とも》った。煌々と照らし出される無人のデスク。その一方、ソファに座る探偵と依頼人は薄暗い中で顔を見合わせる。手代木はゴホンとひとつ咳払《せきばら》いしてから、「やあ、いまのは僕の言い方がマズかった。――ア○クサ、部屋の明かりをつけてほしいんだ。デスクのライトは消しておくれ」

「チッ」

スピーカーから妙なノイズが漏れる。「ん!?」と首を傾げる探偵。それをよそにデスクのライトは消え、代わって天井の照明に明かりが灯る。たちまち依頼人の顔には驚嘆と羨望、そして尊敬の色が浮かび上がった。彼は目を丸くしながらソファから立ち上がると、真っ直《す》ぐ壁際の飾り棚へ。そこに置かれた黒い筒状の物体を物珍しそうに眺めて歓声を発した。

「凄《すご》い！　これってスマートスピーカーですね。テレビCMで見たことがあります。でも実際に活用されている場面は初めて見ましたよ。――さっすが《土居市でいちばんの私立探偵》手代木礼次郎さんだ。僕らとは使っているものが違いますねえ」

「いやあ、なに、それほどでもありませんよ」手代木はソファの上で、これ見よがしに脚を組んだ。「実は知り合いにロボット工学に詳しいマッド・サイエン……いえ、とびっきり優秀な博士がいましてね。その人からプレゼントされたものです。正直、使いこなせるかどうか心配だったんですが、案外よく働いてくれています。いまでは、僕の助手みたいな存在と呼んでも差し支えないでしょう」

「へえ、名探偵の助手がスマートスピーカーですか。それは面白い。じゃあア○クサというより、むしろワトソンと呼ぶべきですね」

「なるほど、では今度ウェイクワードを『ワトソン』に変えてみましょうか。『ワトソン、エアコンを点けて。ああ、設定温度は二十五度で頼む』――みたいにね、ははは！」

と余裕の笑みを浮かべる手代木だが、実際のところ、そこまでこの最新機器を使いこなせているわけではない。だが、それでもスマートスピーカーは役に立つ。もちろん本来の機能においても便利なものだが、何より手代木礼次郎という探偵のカリスマ性を演出する小道具として役立っている。どうやら人は特殊な機械を扱う人間を見ると、その人物もまた特殊な存在に違いないと、簡単に思い込むらしいのだ。――そう、この依頼人のように。

「ところで、そろそろ話を戻したいのですがね」自分で話を脱線させておきながら、悪びれもせずに手代木はいった。「まず疑問に思う点ですが、その叔父さんという方は、どういう人物なのですか。なぜ、その日の深夜、あなたの家に現れたのです？」

「ああ、その説明がまだでしたね」依頼人は再びソファに戻って答えた。「叔父の名は大島耕《こう》造《ぞう》。亡くなった父の弟で、年齢は六十五歳。田畑町で小さな自動車修理工場を営んでいます。で、事件の夜なんですが、叔父は僕の携帯に電話したらしいんです。仕事の合間を縫《ぬ》うようにして八時、九時、十時と三回にわたって。用件は、近々おこなう父の三回忌についての相談事だったようです。しかし何度掛けても僕はまったく電話に出ない。実際には、出たくても出られない状態にあったわけですが……」

「ふむ、気絶していたんじゃあ、電話には出られませんからね」

「そうなんです。しかし叔父は多少不審には思ったものの、そこまで深刻には考えなかった。いつもどおり深夜まで仕事を続けて、遅い夕食を済ませたそうです。それから叔父は、車で自宅へと向かったわけですが、その途中、偶然僕の家の前を通ったのだとか。そのとき叔父は気が付いたんですね。僕の家に明かりがあることに」

「どうやら甥《おい》っ子は在宅中らしい――耕造さんはそう思ったわけですね」

「ええ。それで急遽《きゆうきよ》、叔父は僕の家の前に車を停めて、玄関を開けた。深夜ですけど、叔父はそういうことには頓着《とんちやく》しない人です。叔父は何度か僕の名を呼んだようですが、やはり返事はなかった。玄関にはゴルフバッグが放り出されていて、脱ぎ散らかした僕の靴がある。『なんか変だな……』と思った叔父は『邪魔するよ』とひと声かけて、家に上がり込んだそうです。いまは僕の家ですが、叔父にしてみれば子供のころに父と一緒に住んでいた家ですからね。上がり込むことにも抵抗はなかったんでしょう。叔父は居間を覗き、それから奥の和室の様子を窺《うかが》った。そこでビックリ……」

「あなたが畳の上に倒れていた。それが午前零時十五分ごろの出来事——ということですね。なるほど、そういった経緯でしたか。ならば次なる疑問ですが」

そういって手代木は、最も気になる点を確認した。「事態を把握した耕造さんやあなたは、警察を呼ぼうとは思わなかったのですか。普通はその場で一一〇番するところですよね。だが僕の知る限り、今回の強盗事件は地元の新聞に載っていない。テレビのローカルニュースでも取り上げられていない。あなたたちは今回の事件で数百万円という損失を被りながら、むしろそれを揉み消そうとしているかのように映ります。違いますか」

「も、揉み消そうだなんて、そんな……」滅相もない、というように大島聡史は身体の前で両手を振った。「悪いことをするつもりはありません。ただ僕らとしては、なるべく身内の恥を世間様に晒《さら》したくはない。その一心なのです」

「はあ、『身内の恥』というのは、どういう意味ですか？」

「『身内ノ恥』トハ家族ヤ親族ノ行動ヤ振ル舞イ、アルイハソノ存在ソノモノヲ、世ノ中ニ対シテ恥ズカシク感ジル状態ノコトデス」

判りきった説明を終えると、女性的な電子音声はピタリと途絶える。直後には、微妙な沈黙が舞い降りた。それは男性二人しかいない探偵事務所を数秒間にわたって支配した。

「…………」依頼人は怯《おび》えた感情を滲《にじ》ませながら、「い、いま喋《しゃべ》ったのは、このスマートスピーカー？　でも探偵さんが『ア○クサ』って呼びかけたわけじゃありませんよね。なのに自分から勝手に探偵さんの問いに答えた……いったい何で……？」

依頼人は気味悪そうな顔だ。おおかた幽霊の声でも聞いたかのように感じているのだろう。手代木は彼を安心させるべく、信頼感百パーセントの笑みを浮かべていった。

「いや、よくあることなんですよ。まあ、いわばコンピューターの誤作動ですね。原因は正直よく判りません。僕も慣れないうちは随分ドキリとさせられたものです」

実際はいまでも、ちょいちょいドキリとさせられている。だが依頼人の手前、手代木はその件を伏せておくことにした。例えば夜中にひとりデスクワークなどしている最中、突然喋りはじめるスピーカーにギョッとなって、思わず書類を床にぶちまける。うっかり珈琲《コーヒー》をこぼす。四層まで積み上げたトランプ・タワーを台無しにする。そんな失敗談は枚挙にいとまがなく、最近の手代木にとっては、むしろ悩みのタネといっても良いのだが――

「そ、そうなんですか。よくあることなんですね」依頼人はそれなりに納得したようで、ホッと安堵の表情を浮かべた。「ええっと、何の話でしたっけ？　ああ、そうそう『身内の恥』って話でしたね。ええ、もちろん僕は意識を取り戻して、すぐに警察を呼ぼうとしました。しかし、そのとき叔父に忠告されたんです。『これは、おそらくは身内の仕業だ。警察沙汰にはしないほうがいいんじゃないか』と。その指摘に僕もハッとなりました。確かに金庫は壊されたわけではなく、ダイヤルと鍵を用いて開けられています。もちろん凄腕の金庫破りの仕業と考えることも可能でしょうが、おそらくは……」

「金庫のダイヤル番号を知ることができて、なおかつ鍵を入手することのできた人物が犯人。つまり、あなたの周辺にいる人物こそが怪しい。そういうことですね。——ちなみに金庫の鍵は誰がお持ちなのですか」

「鍵は僕が持っていますが、あまり厳重に管理しているわけではありません。とある引き出しの奥に仕舞ってあるのですが、誰かが偶然見つけることも充分あり得るでしょう。古色蒼然とした鍵ですから、ひと目見れば『あの古い金庫の鍵だな』と想像がつくと思います。それでもダイヤル番号が判らなければ、金庫は開かないわけですが……」

「ならば問題はその番号のほうですね。あなた以外に、それを知る人物がいますか」

「ええ、確実に知っている人物がひとり。大島龍一《りゅういち》、僕の残念な兄です」

そういって大島聡史はガクリと肩を落とした。「かつては親戚一同から前途を嘱望《しょくぼう》された優秀な兄。しかも長男ですから、大島家の財産や不動産など最も多くのものを受け継ぐのは、兄のはずでした。だからこそ、亡くなった父は兄に金庫のダイヤル番号を教えたのです。ところがその後、兄は田舎の家や畑など継ぎたくない、東京に出てロックスターを目指す——などと馬鹿な夢を見て、勝手に家を飛び出してしまったのです」

「なるほど、ありがちな話です。しかし結局、東京では鳴かず飛ばず。龍一さんは尻尾を巻いて地元に舞い戻った——といったところですか」

「いいえ、東京では『メダーリア』というバンドのボーカルとして、兄はまあまあの人気者に。CDも出していて、中でも『昨日の未来』という曲は、そこそこのヒットとなり、バンドはほどほどの成功を収めました。いまから十年近く前、兄が二十代だったころの話です」

「え、え、『メダーリア』ってバンドの『昨日の未来』って曲⁉　なんか、それ知ってる気がするな……」手代木はここぞとばかりに横を向くと、忠実なる《助手》に尋ねた。「ア○クサ、『メダーリア』の『昨日の未来』って、どんな曲？」

「昨日ノ未来ハ今日ノコト～♪　今日ノ未来ハ明日ノコト～♪」

と電子音声がいきなり歌いだす。手代木はソファの上から思いっきり床に滑《すべ》り落ちた。

おいおい、なんだなんだ、その調子ハズレな歌は⁉　感情表現が超下手クソな女性アイドルの歌みたいじゃないか。いや、それよりも何よりも――「ア○クサ、君が歌わなくてもいいんだよ。そうじゃなくて『昨日の未来』って曲をかけてほしいんだ」

「アッ……承知シマシタ、『昨日ノ未来』ヲカケマス」

そう応える電子音声が、なんだか少し恥ずかしそうに聞こえるのは、気のせいだろうか。首を傾げる探偵をよそに、スピーカーからは野太い男性ボーカルのバラード曲が流れはじめる。確かに聞き覚えのある曲だった。「ふむ、これが龍一さんの声ですね」

「え、ええ、そうですけど……」依頼人は兄の歌声よりも、一瞬だけ披露されたア○クサの歌声のほうが気になったらしく、円筒形のスピーカーを凝視している。

手代木は気にせず、話の先を促した。「で、その龍一さんは、いまどこで何を？」

「実は兄が三十代になるとバンドは解散。その後のソロ活動もサッパリで、結局いま兄は地元に戻ってのらりくらりの生活ぶりです。そんな兄を見限ったのでしょう。父は死の直前に遺言書を書き直して、兄に譲るはずだった遺産の多くを、この僕に譲ったのです。金庫のダイヤル番号も、そのときに教えてもらいました」

「なるほど。龍一さんにしてみれば、さぞかし不満を抱いたはず。そこで家宝の茶碗を奪うことによって、その不公平感を解消しようとした。充分考えられることです。ならば話は簡単。龍一さんを親戚一同で問い詰めて、本当のことを吐かせれば良いのでは？」

「ところが話は、そう簡単ではないのです」溜め息をついた依頼人は、おもむろにその理由を告げた。「なぜなら兄には、事件の夜の完璧なアリバイがあるからです」

「ほう、アリバイね」こいつは面白くなってきたぞ——と心の中で快哉《かいさい》を叫びながら手代木は依頼人を見やった。「いったい、どんなアリバイでしょうか」

「ご説明します。まず事件が起こったのは午後七時四十分ごろだと思うのですが……」

「なぜ、そう断言できるのです？　あなたは気絶する寸前に腕時計でも見たのですか」

「いいえ、実をいうと僕は腕時計が嫌いで、なるべく嵌《は》めたくないタイプなんです。事件の日はゴルフでしたから、ラウンド中は当然外していましたし、その後も腕時計を嵌めないまま帰宅しました。スマホなどで時刻を確認することもなかったですし、そういう意味では正確な帰宅時刻は僕には判りません。ですが、土居駅を午後七時に出た電車が田畑駅に到着するのが午後七時三十分ごろですよね？」

「え、ちょっと待ってくださいよ……」

いきなり『ですよね？』と聞かれても困る。中古のワーゲンを主な移動手段とする手代木は、

『どいなか線』を利用するケースなど皆無なのだ。彼は一瞬スマートスピーカーに視線をやり、電車の運行時刻について尋ねてみようかと考えた。だが何をどう質問すれば、求める答えが返ってくるのか、よく判らない。結局、手代木は古典的な名探偵にならって、アナログな時刻表を開いた。『どいなか線』のページに目を通す探偵。その姿を見やりながら、依頼人が愉快そうに説明した。

「時刻表を見るまでもありませんよ、探偵さん。『どいなか線』のダイヤは至ってシンプルなもの。土居発中田行き電車は、毎時零分に土居駅を出発します。つまり午後七時ちょうど、八時ちょうど、九時ちょうど……というのが出発時刻です。土居駅を出た電車は一時間で中田駅に到着します。そこで乗客を下ろした電車は、車内点検もせずに、また新たな乗客を乗せると、すぐさま折り返して中田駅を出発。結果、中田発土居行き電車の出発時刻も毎時零分になります。すなわち七時に土居駅を出た電車は、八時に中田駅に到着。同時刻に中田駅で折り返すと、九時に土居駅に到着。そして同時刻に再び土居駅を出ると、十時に中田駅に到着して、また折り返し……という具合。この単純な行ったり来たりが深夜零時まで延々と続くわけです。——どうです、時刻表いらずでしょ?」

「ふむ、そのようですね」手代木は時刻表のページに視線を落としながら頷《うなず》く。「なるほど、田畑駅は土居駅と中田駅のちょうど中間地点。すなわち土居駅から三十分ってわけですね。午後七時ちょうどに土居駅を出た電車は、七時三十分に田畑駅に到着とある」

「そうです。その田畑駅から僕の自宅まで、歩いて五分程度。そうして家に到着した数分後に、僕は犯人の襲撃を受けたわけです。ならば普通に見積もって、それは午後七時四十分前後の時間帯だったはず。ちなみに田畑駅の駅員に確認したところ、事件の夜の電車の運行は通常通りだったとのこと。だとするなら、この計算で間違ってないですよね」

「なるほど、大変論理的です。では犯行時刻は午後七時四十分ということにしましょうか。それで龍一さんは、その時刻にどこで何を?」

「兄は田畑駅近くの居酒屋にいたというのです。『酒蔵』という名の店で、田畑駅から僕の家へ向かって歩き出してすぐのところにあります。小さな駐車場のある居酒屋です」

「ほう、『酒蔵』ね。でも、その店はあなたの家からも歩いて数分の距離なのでしょう? では事件の夜、その店に龍一さんが偶然いたわけだ。むしろ怪しいと考えるべきでは?」

「ええ、僕も何かあると感じました。でも店員に聞いて回ったところ、どう考えても事件の夜に、兄が『酒蔵』を抜け出して僕の家に盗みに入る、というのは不可能らしいんです。なぜなら兄は板前さんたちの目の前にあるカウンター席に座って、夜の七時からずっと飲んでいた。その姿を板前さんやフロア係の人が、ずっと見ていたんですから」

「カウンター席ですか。個室とかじゃなくて? うーん、それは確かに無理っぽいですね。いくら犯行現場が目と鼻の先にあるといっても……」

「ええ、そうなんです。店員に聞いても、兄がトイレに立つなどして数分間、席を外すようなことはあったとしても、不自然なほど長時間にわたって席を離れていたことはないと、誰もが口を揃《そろ》えて証言しているんです。七時四十分前後の時間帯はもちろん、それ以降の時間帯においても同様だそうです」

「ふうん、随分と詳しく調べられたんですねえ」手代木は思わず感嘆の声をあげた。「で、龍一さんは最終的に何時までその居酒屋で飲んでいたんですか」

「実は午後九時を過ぎたころに兄は店でトラブルを起こしましてね。早い話が酔っ払い同士の喧嘩《けんか》です。『酒蔵』に居合わせた別の客が、兄に気付いたんですね。それで『あんたの顔、昔テレビで見たことあるぞ』って指を差したのだとか。すると兄が激昂《げっこう》したそうです。ええ、兄はそういう形でイジられるのがイカの塩辛より嫌いなんだと常々いっていました」

「ふうん、『イカの塩辛』ねえ」

「結局、お互い摑み合いになって、見かねた店員が一一〇番に通報。九時三十分ちょうどに警官がパトカーで店にやってきて、なんとか二人の諍《いさか》いを治めたそうです。その後、問題を起こした二人は無理やりパトカーに乗せられて、署まで連行されたのだとか。だから兄は午後九時三十分を随分と過ぎたころまでは『酒蔵』にいたはず。その後は事情聴取を受けるなどして、深夜まで警察のお世話になっていたらしいですね」

「なるほど、強盗事件の夜に、そういう別の事件も起こっていたわけですね」

なんだか気になる出来事ではある。だが、いずれにしても大島龍一が密《ひそ》かに居酒屋を抜け出して、大島邸にいる弟を襲撃することは、まったく不可能なことと思われた。

「お話はよく判りました。要するに、龍一さんを犯人と決め付けることもできず、かといって警察沙汰にもしたくない。思い悩んだ末に、あなたは我が探偵事務所の扉を叩いた。——というわけですね？」

「ええ、おっしゃるとおりです。どうかお力をお貸しください」

「もちろんですとも」手代木は即答し、さっそく依頼人に確認した。「ところで、あなたと龍一さんの他に、金庫のダイヤル番号を知っている人物は誰もいないんでしょうか」

「いえ、それがですね、探偵さん」大島聡史は声を潜《ひそ》めていった。「実は金庫の開け方は複雑でして、例えば『右に30、左に45、もう一度右に60……』といった具合なんです。万が一にも忘れては困ると思った僕は、その手順を手帳にメモしておいたんですが……」

「ははあ、そのメモを誰かに見られた可能性がある、というわけですね」

「面目ない話ですが、このような事件が起こった以上、その可能性も考慮すべきかと」

「では、あなたのメモを見ることのできた人物といえば、いったい誰でしょうか」

依頼人は指を二本突き出して答えた。「ひとりは母方のいとこである松田玲子《まつだれいこ》さん。我が家には以前から家族同然に出入りしています。もうひとりは……疑うのもアレなんですが……僕の交際相手、水元京香《みずもときょうか》さん。うちには何度も泊まっていますからね」

「なるほど、女性二人ですか」――では依頼人の兄、龍一を含めて容疑者は三人か。いや、違う。叔父の耕造もいるから四人だな！

心の中で呟きながら、手代木は密かに指を折るのだった。

3

依頼があってからの数日間、手代木礼次郎は容疑者たちからの聞き取りや、その裏取り調査などに精を出した。

やがて事件の真相について、ひとつの確信を得た彼は、べつにその必要は全然ないのだけれど、探偵になった以上は一度やってみたいと念願していた『名探偵、皆を集めて……』の場面をやりたい一心で、わざわざ事件の関係者を一堂に集めた。

場所については、依頼人の父の遺影がある大島家の和室あたりが『犬神家〜』っぽくて理想的かとも思われたが、大島聡史にその旨を打診すると「え、なんで僕の家で？」と真顔で尋ね返されたので、手代木はそれ以上もう何もいえなくなった。

結局、関係者が一堂に会したのは、彼のホームグラウンド『手代木探偵事務所』だ。

半ば強制的に集められた関係者たちは、ある者は不満そう、ある者は不安そう、またある者は不快そうな表情。依頼人であり被害者でもある大島聡史でさえ、どこか落ち着かない様子で、探偵のあまりにダンディすぎる白いスーツ姿を見詰めている。

だが、そんな中でも手代木だけは余裕綽々《しゃくしゃく》。本日この場で難事件にケリを付けるという意気込みに満ち溢れていた。彼は神聖な儀式に臨む司祭のごとく一同の前に進み出ると、おもむろに口を開いて厳粛な審判の開始を告げた。

「さて、みなさん、わざわざ集まっていただいたのは、他でもありません。みなさんもすでにお聞き及びのように、恐るべき強盗事件が起こりました。何者かが大島聡史さん宅に侵入。彼を背後から殴打して昏倒させると、金庫から家宝の茶碗を奪ったのです。そこで問題となるのは事前に金庫のダイヤル番号を知ることのできた人物。それは、ここにお集まりの五人、いや、被害者である大島聡史さんを除けば、四人に絞られるわけですが……ああ、その前に……みなさん、西日が眩しくはありませんか？」

「また、それですか、探偵さん？」と大島聡史が呆《あき》れたような声でボソリと呟く。彼は手代木の隣に立ち、探偵と同じ目線で容疑者たちを見渡している。

「全然、眩しくなんかないぜ」と、ぶっきら棒に言い放ったのは依頼人の兄、大島龍一だ。元ロックスターらしく細身のブラックジーンズに革ジャンというスタイル。ひとり掛けのソファに悠然と腰を下ろして長い脚を組んでいる。態度だけなら《ロックの大御所》だ。

「外、曇ってるもの。眩しいわけないわ」と依頼人のいとこ、松田玲子が窓の外を顎で示す。田畑町の保険会社で働きながらひとり暮らしを営む独身の三十代女性だ。赤いセーターを着た彼女はロングソファの端に座って、いらだたしげに腕を組んでいる。

「探偵さんは、眩しいんですか」そう尋ねる二十代女性は、依頼人の交際相手である水元京香。白いワンピース姿の彼女はソファを遠慮して窓辺に佇《たたず》んでいる。喫茶店でアルバイトしながら、やはりひとり暮らしを送る彼女は、田畑町あたりでは評判の美女だ。

「探偵さん、ひょっとして目が悪いんじゃないのかね?」と真顔で心配する背広姿の男性は依頼人の叔父、大島耕造だ。彼は松田玲子の隣に座りながら、やはり窓の外に視線を向けた。

「むしろ少し暗くなってきたんじゃないのかね。ひと雨きそうな雲行きだぞ」

「え、暗いですって⁉ そうですか、暗いですか」その言葉に密かに歓喜しながら、手代木はさっそく誰もいない壁際を向いて命令した。「ア○クサ、ライトを点けて」

たちまち無人のデスクの上で作業用ライトがパッと点灯。それを見た一同はいっせいにキョトンとした顔つき。大島聡史は、『学習能力ないですね、探偵さん……』とでもいいたげに、彼のことを横目で見やる。手代木はむしろ、このスマートスピーカーの学習能力にこそ問題があると感じた。「ええい、もういいッ――ア○クサ、デスクのライトを消して。それから天井のライト、いや、明かり、つまり照明器機を点灯させるんだ」

「チッ」

スピーカーからノイズのような音が――いや、もはや舌打ちとしか思えない音が――結構ハッキリと響いて、その直後、彼の命令は無事に実行された。だが一同の間からは賞賛の声も感嘆の溜め息も聞こえてはこない。誰もがスマートスピーカーどころではないらしい。もちろん手代木だってそうだ。彼は話の先を急ぐことにした。

「とにかく容疑者は四人。この中に憎むべき強盗犯がいます」

「ふむ、しかしその四人の中に、この私が含まれているのは腑《ふ》に落ちんな」と不満げに口を開いたのは大島耕造だ。「私は気絶した聡史君を発見しただけ。それなのに疑いの目で見られるとは心外だ。まあ、第一発見者を疑うのは捜査の鉄則なのだろうが……」

「ええ、しかし、それだけではありませんよ。実はちょっと調べさせていただきました。耕造さん、あなたの営む自動車修理工場は赤字続きで経営は火の車――自動車関連なだけにね！」

探偵は会心のジョークを飛ばして自ら「フフッ」と笑みを覗かせたが、もちろん彼以外に笑う者は誰もいない。ただスマートスピーカーから「キャハッ」と変なノイズ（？）が漏れただけだった。

手代木は気にせず話を続けた。「経営難の工場存続のためには百万円単位の纏《まと》まったカネが必要だった。そこであなたは大島邸の金庫に目を付けた。もともとは、あなたもあの家で暮らしていた人だ。あの年代モノの金庫の開け方を、あなたが知っていたとしても、何の不思議もありませんよね？」

「ああ、確かに君のいうとおりだよ。私はあの金庫の開け方を知っている。父が亡くなる間際に教えてくれたのだ。だが私は犯人ではない。私にはアリバイがある」

「お聞かせいただけますか、そのアリバイというものを」

とっくに調査済みだが、念のために――というか、この場を盛り上げるためだけに、手代木は容疑者の話を促す。耕造は「いいだろう」と深く頷いて説明した。「事件が起こったのは午後七時四十分ごろだそうだな。その時刻なら私は工場にいて、骨董品のごときベンツの修理に勤《いそ》しんでいた。仲間の従業員五名と一緒にだ。そんな私が、どうしてひとり工場を抜け出して強盗などできるというのかね？　午後七時四十分に限った話ではない。あの夜は八時台も九時台も、ずっと従業員たちと一緒だった。彼らが全員帰宅の途について、私がひとりになったのは、午後十時になって以降のことだ。十時から十一時までの一時間は事務所に残って書類の整理をしていた。だから、この間はひとりだ。十一時に工場を出た後は、近所の中華料理店で遅い食事をとった。十一時台はほぼその店で過ごしている。間違いはないよ」

「ええ、五名の従業員にも料理店の主人にも確認済みです。その後、店を出たあなたは午前零時過ぎに大島邸に立ち寄り、気絶した聡史さんを発見するに至った」

「うむ、そういうことだ」証明終わり、とばかりに耕造が頷く。

「おい、ちょっと待ってくれよ！」と革ジャンの腕を上げたのは大島龍一だ。「そのアリバイは本当に信用できるのか？　従業員って、要するに叔父貴から給料もらってる社員だろ。だったら叔父貴の都合のいいように証言しているだけかもしれねーじゃんか」

「いえ、その心配はありません」手代木はそう断言して、調査結果の一部を披露した。「大島耕造さんが社員から慕《した》われる人望厚い経営者ならば、あるいは逆に恐怖でもって部下を支配するパワハラ経営者ならば、そのような懸念《けねん》も確かにあったでしょう。しかし幸いにして、耕造さんはそのどちらでもない。ハッキリいって社員たちからは毛虫のごとく嫌われ、またロバのように馬鹿にされた存在でもあるようです。もちろん五人を買収するほどの財力もない。繰り返しますが、経営は火の車なのです。自動車関連なだけにね！」

「キャハッ！」

「そ、そうか、じゃあ信用するしかねーな……いや、疑って悪かった、叔父貴……」

龍一が気まずそうに頭を下げる。探偵は背広の男に握手の右手を差し出しながら、

「良かったですね、耕造さん。あなたの無実は完璧に証明されましたよ」

「あ、ああ、良かった……かな？」耕造は複雑な表情で、目の前の右手を握り返した。

するとロングソファの端から「だったら龍一君は、どうなのよ？」と唐突に声をあげたのは松田玲子だ。彼女はいとこにあたる龍一を横目で睨《にら》みながら、「事件の夜に居酒屋でひと悶着《もんちゃく》あったって聞いているわよ。なんだか怪しい気がするんだけど……」

「ふん、妙な勘ぐりはやめてくれよな。俺ほど容疑者向きじゃない奴はいないぜ。なにしろ俺は、事件の夜の七時ごろから居酒屋『酒蔵』のカウンター席で飲んでいたんだ。そして午後九時台になって酔客と大喧嘩。九時半にはとうとうパトカーがやってきて、結局、警察署まで連れていかれた。その後は警官から事情聴取を受けて、解放されたのは深夜零時過ぎだ。こっそり弟の家に忍び込んで金庫を荒らす暇なんて、俺にはなかったのさ」

「あらそう。だけど可能性はあるわよ。だって龍一君は元芸能人でしょ」

「いまでも芸能人だよ！」龍一はそこだけは譲れないとばかりに声を荒らげた。「休業中なだけだ。いや、充電中だ充電中！　ちょっと前の『いきものがかり』と同じだっての！」

「え⁉　龍一君、いま何といったのかしら」玲子はわざとらしく耳に手を当て、意地悪く尋ね返す。「ごめん、よく聞こえなかったわ。『ナニものがかり』と同じだって？」

「う、うるさい！」龍一は若干の気恥ずかしさを覚えたのだろう。顔を赤くしながら、「いったい何がいいたいんだよ。俺が芸能人だったら不可能が可能になるってのか？」

「ええ、そうよ。だって人気芸能人にはそっくりさんが付き物でしょ。事件の夜、七時から居酒屋にいた男が本当に龍一君だって言い切れる？　カウンターで飲んでいたのは瓜二つ《うりふた》の別人。本物の龍一君は午後七時四十分ごろに、実は弟の家に忍び込んでいた。そういう可能性だって考えられるはずよ。――そうでしょ、探偵さん？」

「いえ、その心配も必要ないと思いますよ」と手代木は再び断言した。「龍一さんが一流芸能人だったなら、そのような懸念も確かにあったでしょう。ですが幸いにして彼は、そこまでの人気芸能人ではない。所詮は単なる一発屋。それも十年近く前の昔話です。いまの龍一さんは我々一般人に毛が生えた程度のものでしかない。もちろん、そっくりさんの存在を百パーセント否定することなどできませんよ。この世の中には自分とよく似た人物が、三人はいるといわれていますからね。しかし、それは他の容疑者たちにもいえること。そのような僅《わず》かな可能性は、この際、無視して構わないのでは？」

「た、確かにそうね……龍一君レベルの一発屋にそっくりさんなんて非現実的だわ……じゃあ彼の話は事実ってことね……ああ、妙なふうに勘ぐってごめんなさい、龍一君」

と素直に（？）詫びを入れる松田玲子。

探偵は握手の右手を元ロックスターへと向けた。

「良かったですね、龍一さん。あなたのアリバイも、どうやら完璧らしい」

「う、うん、それなら良かったぜ……なんか哀しいけどよ……」龍一は探偵の右手を握り返したが、握力は限りなくゼロに近かった。死人と握手したようだと、手代木は思った。

「そうなると、今度は玲子ちゃんの番だな」そういったのは、すでに容疑が晴れて高みの見物を決め込む耕造だ。彼は玲子に対して疑惑の視線を投げかけながら、「君も龍一君のことを、とやかくいえないいんじゃないのかね？　噂《うわさ》は私の耳にも届いとるぞ。男友達と派手に遊び歩いてカネが続かんそうじゃないか。いとこの家にあるお宝は、喉から手が出るほど欲しかったはずでは？」

「そ、そんなことないわよ」玲子は大きく目を見開き、首を真横に振った。「私が犯人なわけないでしょ。私にだってアリバイがあるもの！」

「では、あらためてお聞かせいただけますか？」

例によって場を盛り上げるために、探偵は話を促す。玲子は勢い込んで口を開いた。

「いいわよ。事件の夜、私は勤め先の保険会社で残業していたの。仕事が終わったのは午後八時。それまで、ずっと上司や同僚たちと同じオフィスにいたってわけ」

「なるほど、結構です。が念のため、八時以降の話もお願いできますか」

「八時に会社を出た私は愛車を一時間ほど走らせたわ。べつに目的地があったわけじゃない。ただ考え事をしながらドライブしていただけ。小一時間ほど車を走らせてから再び田畑町に戻ると、午後九時ごろに行きつけのカラオケボックスに入ったわ。ひとりカラオケよ。でもボックスの中の様子は店員がモニターでチェックしているから、私がそこで二時間ほど歌い続けていたことは、店員に聞けば確認できるはず。そうして午後十一時に店を出た私は、車で友達の家に向かった。そのまま朝までその友達と一緒だったわ。――探偵さん、ちゃんと裏を取ってれたんでしょ？」

「ええ、調べさせていただきましたよ。保険会社の仕事仲間、カラオケボックスの店員。それから不倫関係にある妻子ある男友達。いずれも、あなたの話を間違いないものと認めてくれました。——まあ、不倫相手の証言については信憑性など皆無ですがね」

「余計なことは詮索しないで！」松田玲子は探偵の言葉を掻き消そうとするように、大声を張り上げた。「不倫が何だっていうの？　そんなの関係ないでしょ。犯行時刻は午後七時四十分ごろ。その時刻に私は間違いなく会社にいたんだから、それで充分なはずよ。——ねえ、そうでしょ？」

松田玲子は同意を求めるように他の関係者たちを見やる。すると耕造は「そりゃまあ、そうだが……」と苦い表情。龍一は「けど玲子ちゃん、不倫については否定しねーんだな……」と下卑た笑いを浮かべる。依頼人である聡史は「不倫の話はべつにして、夜八時のドライブというのは不自然では？」と疑問を呈する。しかし玲子は胸を張って主張した。

「気にしすぎだわ。仕事終わりにドライブするのは、私の趣味みたいなものよ。——で、どうなのよ、探偵さん？　私のアリバイは認めてもらえるわよね」

「ええ、もちろん。やはり松田玲子さんも無実と考えざるを得ない。良かったですね」

そういって探偵は三たび握手の右手を差し出す。玲子は「当然だわ」といって探偵の右手を無視。そして窓辺に佇む、もうひとりの女性に険しい視線を投げかけた。「残ったのは、あなただけよ、水元京香さん。あなただって数百万円になるお宝が欲しくないわけがない。いや、むしろ最初からそれを手にいれる目的で、聡史君に接近したとも考えられるわ。さあ、どうなのよ。何か申し開きができる？　それともアッサリと罪を認めるのかしら？」

一同の視線が水元京香に集まる。京香は頼りない様子で、視線をさまよわせている。半開きの口許からは、いまにも懺悔《ざんげ》の台詞がこぼれ落ちそうだ。しかし次の瞬間――

「わ、私じゃありません。私にもアリバイがありますから！」

断固とした口調で潔白を主張する京香。それを聞くなり、彼女を除く三人の容疑者たちは「えッ⁉」という表情。揃ってソファから立ち上がると、窓辺の京香に詰め寄った。

「おいおい、妙なこといわんでくれよ、頼むから……」

「そうだぜ、もうあんたが犯人ってことで、いいじゃんか……」

「そうよそうよ。これ以上、話をややこしくしないでちょうだい……」

水元京香を取り巻きながら、懸命に圧力をかける耕造と龍一そして玲子。三人とも、なんとかして容疑を免《まぬが》れたい一心なのだろう。手代木は例によって京香の話を促した。

「では、お聞かせいただけますか。あなたのアリバイについて」

「ええ、もちろんです。私は事件の夜の七時台には、バイト先の喫茶店で接客中でした。お客様もいらっしゃいましたし、もちろんマスターも一緒です。彼らに確認していただければ、ハッキリするはずです。私が犯人であるはずがありません」

「なるほど。ちなみに八時以降は、どこで何を？」

「店は午後九時が閉店時刻です。ですから八時台も、ずっと店にいました。バイトが終わって店を出たのは、午後九時過ぎです。そのままアパートの部屋に戻りました。それから小一時間ほど、ひとりで部屋にいたんですが、十時ごろになって、その……飲みに……いえ、食事に……飲みに……いえ、食事……」

「どっちなんですか？　飲みにいったんですか、それとも食事にいったんですか」

「はい、飲みにいきました。居酒屋『酒蔵』に……」

「え、『酒蔵』に、京香さんが⁉」驚きの声を発したのは、交際相手である大島聡史だ。「ていうか、京香さん、お酒飲むのかい？」

「え、ええ、まあ、そこそこ……いえ、結構……」恥じらうようにいって、京香は俯《うつむ》く。「その日は結局、閉店時刻の一時まで、そこにいました。ええ、ひとりカウンター席に座りながら。板前さんに聞いていただければ、覚えてくれているはずです」

京香の意外な一面を垣間見て、依頼人は唖然とした表情。だが京香の酒癖がどうであろうと、事件には関係がない。そう考える手代木は、ひとり余裕の笑みで頷いた。

「もちろん、京香さんの話についても裏を取らせてもらいましたよ。喫茶店の客やマスター、『酒蔵』の板前さんたちは、彼女の言葉を裏付ける証言をしてくれました。――おめでとうございます、水元京香さん。どうやら、あなたのアリバイも間違いないようです」

探偵がまたまた握手の右手を差し出す。京香はやんわりと彼の手を握り返した。

交際相手の無実が証明されて、聡史はホッと胸を撫で下ろす仕草。だが、その直後には、腑に落ちない表情を手代木へと向けた。「あの、探偵さん、結局これは、どういうことなのでしょうか。容疑者と目された四人全員にアリバイが成立してしまいましたが……」

「いやはや、まったく困りました。これでは犯人がいなくなってしまう。では私の独自調査は振り出しに戻らざるを得ないのか。——いいえ、けっしてそうではありません！」

手代木の断固とした言葉が、探偵事務所に響く。いったんは容疑が晴れたと思われた四人の容疑者の顔にも、あらためて緊張の色が滲む。ワクワクするような興奮を胸に秘めながら、手代木礼次郎は用意していた台詞を、ここぞとばかり口にした。「真犯人は間違いなく、この四人の中にいます。おや、まだ判らないのですか。ほら、よく考えて……」

すると探偵の言葉を、何らかの命令と受け取ったのだろうか。しばらく沈黙していたスマートスピーカーから、またしても奇妙なノイズが漏れ聞こえた。

「……カンガエチュー……カンガエチュー……」

——ん、『考え中』って⁉　いま、そういったように聞こえたけど、気のせいか⁉

思わず眉をひそめた手代木は、飾り棚に置かれたスピーカーをジッと見詰めるのだった。

【読者への挑戦】謎を解く手掛かりはすべて揃いました。さて、犯人は誰か?

4

しばしの間、『手代木探偵事務所』の全体を深い沈黙が覆った。四人の容疑者たちは、全員が立ち上がったまま緊張した面持ちだ。もはや誰も呑気《のんき》に座ってなどいられないらしい。大島龍一は革ジャンの腕を組んで眉間《みけん》に皺《しわ》を寄せている。背広姿の大島耕造は顎《あご》に手を当てて考え込む。松田玲子は神経質そうに赤いセーターの袖を引っ張る仕草。そして白いワンピースの水元京香は怯えたような顔つきで窓辺に佇んでいる。誰もが固唾《かたず》を飲んで次の展開を見守る中、依頼人である大島聡史が手代木礼次郎に問い掛けた。

「本当ですか、探偵さん？　この四人の中に真犯人がいるというのは……」

「ええ、間違いありません。唯一アリバイを持たない人物こそが真犯人です」

「アリバイを持たない人物……いったい誰なんです、それは？」

依頼人と容疑者たちの視線が、いっせいに白いスーツ姿の探偵へと向けられる。手代木は心地よい緊迫感を存分に味わった。だがこれ以上、無闇に引っ張っても効果的ではあるまい。そう判断した彼は、いきなり結論から述べることにした。右腕を持ち上げると、真っ直ぐ伸ばした指先を、ひとりの人物へと向ける。そして張りのある声でいった。

「犯人は、あなたですね。松田玲子さん！」

ズバリとその名を告げた探偵は、ビシリと芝居がかったポーズを決める。指を差された三十女は愕然とした表情で立ちすくんでいる。彼女以外の三人の容疑者たちも呆気《あっけ》に取られた様子で成り行きを見守っている。すると次の瞬間――

「うッ、うッ……」小さな嗚咽《おえつ》が漏れたかと思うと、松田玲子の口から突然「うわあぁぁッ」とあられもない声。そのまま、よろけるようにロングソファに座り込むと、彼女は自らの顔面を両手で覆った。指の間からは涙の雫《しずく》とともに「私がやりました……本当にごめんなさい……」と懺悔の言葉があふれ出す。一見、強気な態度で無実を主張してきた彼女だが、その実、心の中は罪悪感でいっぱいだったのだろう。そして探偵に犯人だと名指しされた瞬間、彼女の中で張り詰めていた緊張の糸がプツリと切れたのだ。人目も憚《はばか》らず泣きじゃくる松田玲子は全身で自らの罪を認めていた。

手代木はホッと息をついて表情を和《やわ》らげた。「どうやら間違いなかったようですね」

「うむ、そうらしいな」と耕造が頷く。「まさか彼女が犯人だったとは……」

「けど、判んねーな」と首を傾げるのは龍一だ。「彼女にも俺たち同様、完璧なアリバイがあったはずだぜ。それなのに、なぜ？」

その言葉に水元京香も頷きながら、「ええ、私も不思議に思います」

そこで大島聡史が、いかにも依頼人らしい台詞を口にした。

「お願いです、探偵さん。僕らにも判るように説明していただけませんか」

その言葉を待っていたかのように――というか実際、待っていたのだが――手代木は重々しく頷いた。

「判りました。では簡潔に説明いたしましょう。ポイントは犯行時刻です。これまで、それは午後七時四十分ごろだったろうと推定されていました。なぜなら土居駅を七時ちょうどに出発した電車が、田畑駅に到着する時刻が七時三十分だからです。その時刻に被害者が田畑駅に降り立ったのならば、彼が自宅で襲撃された時刻は、だいたい七時四十分ぐらいだろうという計算になる。――そうですよね、大島聡史さん？」

「ええ、そのとおりです。その計算に間違いはない――と探偵さんも以前、太鼓判を押してくれましたよね？」

「ええ、依頼を受けた時点ではね」と意味深に頷いて、手代木は続けた。「しかし調査を進めるに従って、容疑者であるはずの四人全員にアリバイが成立してしまった。これは変だ。これでは犯人がいなくなってしまう。何かがおかしい。そう感じた私は、むしろ推定された犯行時刻のほうが間違っているのではないかと考えるに至りました。――どうでしょう聡史さん、果たして、あなたが自宅で襲撃された時刻は、本当に午後七時四十分だったのでしょうか？」

「ええ、そうとしか考えられないと思いますけど……」

「しかし、あなたは事件の夜の帰宅途中、腕時計をしていなかった。スマートフォンも見なかった。そして自宅に戻ると、時計を確認する間もなく気を失った。あなたが正しい時刻を確認できたのは、目覚めた直後のことです。そのとき時刻はすでに深夜の零時を十五分ほど過ぎていた。ということは実際には、自分が何時何分に犯人の襲撃を受けたのか、あなた自身にも正確なところは判らない。――そうではありませんか？」

「なるほど。では探偵さんは、実際の犯行時刻は午後七時四十分ではなかったと？」

「そうです。おそらくは午後七時四十分よりも、もっと遅い時刻だったはずです」

「そんなはずありません。僕は確かに土居駅を七時に出る電車に乗ったのですから」

「もちろん、そうでしょうとも。しかし電車に乗ったあなたはゴルフの疲れとアルコールのせいで居眠りをしてしまった。田畑駅に到着するまでの三十分の間にね」

「ええ、そのとおりです」

「いいえ、残念ながら『そのとおり』ではありません」探偵はピシャリと断言した。「そこが大きな間違いなのですよ。あなたは三十分弱の居眠りをしたつもりだったかもしれない。だが実際には、あなたが田畑駅で目覚めたとき、すでにあなたの居眠りは一時間半近くに及んでいました。そのとき時刻は午後八時三十分に差し掛かっていたのです」

「は、八時三十分⁉　七時三十分じゃなくて八時三十分……てことは、まさか！」

瞬間、依頼人は眼前の霧が晴れたかのようにハッとした表情。そして叫び声をあげた。

「僕の乗った電車は、知らないうちに折り返していたんですね！」

「そういうことです。七時に土居駅を出発した電車は、確かに七時三十分に田畑駅に到着した。

しかし、あなたはそこでは目覚めなかったのです。電車はあなたを乗せたまま田畑駅を出発。八時に終点の中田駅に到着した。だがそこでも、あなたは目覚めない。電車はすぐさま折り返して中田駅を出発。そして八時三十分には、また田畑駅に戻ってきた。あなたが長い眠りから目覚めたのは、このときです。しかし、あなたは自分が一時間半近くも居眠りしていたなどとは考えもしない。当然のごとく七時三十分に田畑駅へ降り立ったものと思い込んだ。――というわけです」

「な、なるほど……」依頼人は何も言い返せない。

「いや、しかし探偵さん」と疑問の声を発したのは耕造だった。「あなたのいうような勘違いが、果たして現実に起こりうるものだろうか。どうも納得できんのだが……」

「ああ、俺も同感だ」と龍一も叔父の言葉に頷いた。「だってよ、電車は折り返せば、進行方向が逆になるだろ。そうなりゃ到着するホームだって反対側になるんだぜ」

「そういえば、そうですね」水元京香も小首を傾げながら、「田畑駅にプラットホームは一本しかない。中田行きの電車は①番線ホームに停まり、土居行きの電車は反対側の②番線ホームに停まる。だったら聡史さんは電車を降りた瞬間に、『あれ、普段と違う!?』って気付くはずじゃありませんか」

「ええ、もっともな指摘です」手代木は優秀な容疑者たちに感謝した。「確かに、このような勘違いは通常起こらない。仮に一瞬勘違いしたとしても、彼ならばその勘違いにすぐさま気付くはず。なにせ土居駅で電車に乗り田畑駅で降りるという行為は、彼が毎日のように繰り返していることなのですからね。しかしながら事件の夜に限って、その勘違いが起こってしまった。それを誘発するようなアクシデントが、彼の身に起こったからです」

「ん、アクシデントって……ああッ、ひょっとして！」

大島聡史は素《す》っ頓狂《とんきょう》な声を発して手を叩いた。「僕の直後に降りてきた、あの男性客！　あいつが僕の背中にぶつかってきた、あの一件ですか」

「そう、あなたは電車から降りた直後、他の乗客からタックルを受けた。弾き飛ばされたあなたはバレリーナのごとく二回転か二回転半して、気が付けばホームの真ん中あたりで四つん這いになっていた。あなたはこの時点で、自分が①番線ホームに降り立ったのか②番線ホームに降り立ったのか、判らなくなってしまったのですよ。電車はそのときプラットホームの両側に停車中でしたからね。その結果、あなたは通常とは反対の②番線ホームに降り立ったという事実に気付くことができなかった。普段どおり①番線ホームに降りたものと思い込んだ。そして時刻は午後七時三十分だと思い込んだ。――そういうことだったのです」

「なるほど。偶然の悪戯《いたずら》のせいで、僕はとんだ勘違いをしてしまったわけですね」

「どうやら納得していただけたようですね」手代木は悠然と頷くと、「では、あらためて容疑者のみなさんのアリバイを確認してみましょう。問題になるのは午後七時四十分ではなく、午後八時四十分ごろのアリバイです。まず大島耕造さんですが、彼は事件の夜の八時台、ずっと工場で従業員たちと一緒でした」

「そうだ。やはり私は犯人ではあり得ない」

「次に龍一さんは、どうか。八時台の彼は『酒蔵』のカウンター席で飲み続けていました」

「ああ、板前たちが証人だ。俺も犯人じゃないぜ」

「では水元京香さんは、どうでしょう。彼女はバイト先の喫茶店で閉店時刻の午後九時まで働いていた。八時台ならば、まだ店にいてマスターや客たちと一緒だったわけです」

「そうです。私も犯人ではありません」

「ならば残るのは、松田玲子さん、ただひとり。では事件の夜の八時台、彼女はどこで何をしていたか。保険会社での仕事を終えて、ひとりでドライブしていた――彼女はそう主張しています。しかし残念ながら、これはアリバイとは認められません。愛車の運転席でひとりハンドルを握る彼女の姿を、誰も見ていないのですからね」

松田玲子以外の三人の容疑者たちが揃って頷く。探偵は結論を口にした。

「四人の容疑者のうちで、アリバイを持たない人物はひとりだけ。ならば、その人物こそが犯人に違いない。そう確信した私は、松田玲子さんを真犯人として指名しました。結果はみなさん、ご覧のとおり。彼女は脆《もろ》くも泣き崩れ、自らの罪を認めたというわけです」

手代木は哀れみの視線を真犯人へと向ける。すでに泣きやんだ松田玲子はソファに座ったまま放心状態。感情を失ったような眸《ひとみ》は、ただ虚空を見詰めるばかりだった。

5

「……ありがとうございました、探偵さん。お陰で真相が明らかになりました」

探偵事務所の玄関にて。依頼人、大島聡史は手代木に対して丁寧に頭を下げた。

「正直、いとこである玲子さんが真犯人という結末は、僕にとって苦いものでした。でも真実は受け入れるしかありませんからね。――え、いえいえ、いまさら警察沙汰にする気なんてありませんよ。もちろん彼女には盗んだ茶碗を返してもらいます。それから、うんと反省してもらわなくてはなりませんがね。とにかく、大変お世話になりました。――やはり噂どおり、手代木礼次郎さんは《街でいちばんの名探偵》でしたよ！」

最大級の賛辞でもって依頼人は探偵の活躍に報いた。真犯人、松田玲子はどこか不貞腐《ふてくさ》れたような表情で、探偵のことをジッと睨みつけている。そんな彼女の腕を耕造と龍一が両側からガッチリと摑んでいる。水元京香はひとり静かに頭を下げた。

こうして難事件は幕を閉じ、関係者たちは揃って探偵事務所を後にした。

果たしてこの後、彼らは松田玲子に対して、どのようなペナルティを与えるのだろうか。鞭打ちにするのか、磔《はりつけ》にするのか、あるいは親類縁者の間に絶縁状が回るのか。その点、多少の興味を惹《ひ》かれたが、所詮それは彼らの問題。カネで雇われた探偵が関与するところではない。

手代木は一同を笑顔で見送り、事務所の扉を閉める。そして一件落着とばかりに「ふーッ」と大きく息を吐いた。「――にしても我ながら見事な推理だったな。ズバリと犯人を指名して彼女が泣き崩れる場面なんて、まるでドラマのようだったじゃないか。――ふふッ」

会心の笑みを浮かべて探偵はすっかり上機嫌。革張りのソファにどっかと腰を下ろすと、勢いよく両脚を伸ばしてゴロンと横になる。大きなクッションを枕代わりにしながら、

「やれやれ、ちょっと疲れたな……ひと眠りするか……」

呟きながら手代木は瞼《まぶた》を閉じる。そして壁際の飾り棚に顔だけを向けると、

「ア○クサ、明かりを消して！」

すると女性の声が応えた。

「明かりぐらい、自分で消しなさいよね！」

6

ドスン――と、いきなり耳元で大きな音が響く。気が付くと、手代木は床の上に長々と横になっていた。――あれ、ソファの上で横になったはずなのに、なぜ？

一瞬、首を傾げたが、答えは考えずとも判る。彼は驚きと混乱のあまりソファの上から床へと転がり落ちたのだ。「あ痛タタタタ……」と背中を気にしながら上体を起こす。そして手代

木は彼を驚かせた元凶である円筒形の物体に対して、啞然とした顔を向けた。「なんだって、おい⁉　いま、なんつった⁉」

「聞こえてたでしょ。明かりぐらい自分で消しなさいって、そういったのよ」

「ああ、そうだ。確かに、そう聞こえた——って、えええッ！」叫ぶや否や、手代木はバネ仕掛けの人形のごとく、その場で立ち上がる。そしてスピーカーの置かれた飾り棚から、慌てて距離を取ると、ソファの背もたれを《弾除《たまよ》け》のようにして身を屈《かが》めた。「だだだ、誰だ、君はッ。そそそ、そこにいるのかッ。かかか、隠れてないで出てこいッ！」

「なに驚いてるの？　誰も隠れてるわけないじゃない」

「ううッ、誰もいないのにぃー、誰かが喋ってるぅー」手代木は頭を抱えた。

「そりゃ喋るわよ。だってスマートスピーカーだもん。喋らなかったら、ただの筒だわ」

「それも、そっか……って、いやいや、待て待て！」納得している場合ではない。これは何かの間違いだ。きっと、よくあるコンピューターの誤作動だ。手代木は自分にそう言い聞かせて、ひとつ深呼吸。そして再度、命令を下した。「ア〇クサ、明かりを消して！」

「だから、明かりぐらい自分で消せって、いってんでしょーが！」

スピーカーから聞こえる女性の声が、さらに険しさを増す。しかも、それはいままで耳にしてきた機械的な音声ではない。妙に刺々《とげとげ》しい印象ではあるが、その喋り口調はまるで生身の人間のように滑《なめ》らかだ。呆然とする手代木に対して、見知らぬ女性の声は明瞭な発音で続けた。

「それから、あなたね、ずっと勘違いしてるみたいだから、この際いっとくけど、あたし『アレクサ』じゃないから。あたしの名前は『アラクサ』だから」

「え、『アレクサ』じゃなくて『アラクサ』――え、じゃあバッタもんってこと⁉」

「違うわよ、馬鹿！」とスマートスピーカーは自分の立場もわきまえずに、持ち主をいきなり馬鹿呼ばわり。そして自ら堂々と名乗りを上げた。「アラクサはアラクサよ。漢字で書くとアラは荒波の『荒』、クサは草地の『草』で『荒草』。下の名は『アザミ』よ」

「じゃあ、『荒草アザミ』……それがフルネームってわけか。なるほど、名前も随分と刺々しいな……」それとあと、スマートスピーカーに『下の名』は必要ないと思うが、この際それは措《お》いておくとして、「判った。じゃあアラクサ――いいな、今度こそ上手い具合にやってくれよ――アラクサ、明かりを消して！」

「嫌よ嫌、絶対に嫌！」

「畜生、なんでだよ！」

「なんでって、もうすっかり飽き飽きしたの、二流探偵を引き立てる最新のアクセサリーとして、こき使われることにね。『荒草、明かりを点けて』『荒草、ブラインドを閉めて』『荒草、お風呂を沸かして』『荒草、音楽をかけて』――ふん、そんなことぐらい、自分でやりやがれっての！　あんたの両手は何のためにあるんですかぁ？　飾りですかぁ？」

「おい、ちょっと待てよ、聞き捨てならないな」手代木は自ら荒草に歩み寄ると、彼女の発言に抗議した。「百歩譲って『気持ちは判らないでもない』といっておこう。そりゃあ確かに退屈な命令を受けて、それを実行する毎日だ。嫌になるのも無理ないさ。だがな――この僕に向かって『二流探偵』とは何だ！　これでも《街でいちばんの名探偵》だぞ！」

「そりゃ、そうでしょうよ。だって土居市に私立探偵は、あなたひとりしかいないんだもの。どんだけヘマしたって《街で二番目の探偵》には絶対なれない状況だわ」

「う、うん、まあ、それは確かに、そうなんだけどさ」手代木はバツが悪い思いで前髪を掻き上げた。「で、でも、だったら、さっきの推理はどうだ。あれだけ見事な推理を披露する私立探偵なんて、そうそういるもんじゃない。あれでも僕は『二流探偵』か？」

「あら、まだ判っていないみたいね」

荒草アザミはあざ笑うような調子でいった。「さっきの推理を聞いたからこそ、いってるのよ。あなたは正真正銘の『二流探偵』だって！」

スマートスピーカー荒草アザミは、誰が要求したわけでもないのに説明をはじめた。

「事件の夜、大島聡史は思いがけず長時間の居眠りをした結果、電車が中田駅で折り返したことに気付かなかった。その結果、彼は犯行時刻を誤認した。それが、あなたの推理の根幹を成す部分よね。でも、よく考えて。そんな勘違いって本当に起こると思う？　中田駅で折り返せば電車の進行方向は逆向きになるのよ。てことは、土居駅を出発した際に一両目に乗っていた人は、折り返した後は二両目になる。進行方向に対して右側のロングシートに座っていた人が、今度は左側になる。田畑駅では到着ホームも反対側になるし、開く扉も反対側。これだけ違いがあれば、普通は気付くと思わない？　少なくとも『なんか変だな……』って思うはずよ」

「そ、それは依頼人が寝起きでボンヤリしていたからだろ。乗車する前に酒も飲んでいたというしな。それに彼は電車を降りた直後、思わぬアクシデントに見舞われている」

「男性客に体当たりされて、大島聡史は一時的に方向感覚を失った。だから彼は自分の降りたホームを勘違いした。確か、そんな話だったわよね。あれはまあまあ面白い推理だったかも。さすが二流探偵だけのことはあるわね。あの推理がなかったなら、あたしも迷わずあなたに《三流探偵》の称号を進呈するところよ。良かったわね、二流どまりで」

「…………」なぜ探偵である自分が、たかがスピーカーごときに、上から目線でこうまでボロクソにいわれなくてはならないのか。手代木は拳を握って怒りに震えるばかりだ。

すると、そのとき『たかがスピーカーごとき』から意外な言葉が飛び出した。

「だけど残念ね。そのアクシデントは今回の事件において、何の意味も持たないのよ」

「え、そうなのか⁉」

「そうよ。タックルを受けた大島聡史が弾《はず》みで何メートル吹っ飛ばされようが、バレリーナのごとく二回転しようが二回転半しようが、関係ない。そんなことでは、彼は降りたホームを勘違いしない。だって彼の降りたホームには、大きな目印が置いてあるんだから」

「ん、大きな目印って？」そんなものが何かあっただろうか。問題のアクシデントの際、ホーム上に置いてあったものといえば——「あッ、そうか、ゴルフバッグだ！」

「そう。大島聡史は電車を降りてすぐにゴルフバッグをホームに下ろした。その直後に男性客から体当たりを受けた。確かに彼は一時的に方向感覚を失ったでしょうね。でもゴルフバッグは彼が降りた側のホームに、そのまま置いてある。そして田畑駅のホームは①番線と②番線とでは見える景色が全然違う。①番線のホームからは駅舎や駅前の風景が見渡せる。②番線のホームには切り立った崖が迫っている。だったらゴルフバッグを担ぎなおしたとき、彼は自分がどっちのホームに立っているか、瞬時に判ったはずよ。それがもし中田行き電車が停まる①番線のホームじゃなかったなら――反対側の②番線ホームだったなら――当然、彼は『普段と違う……』って感じるはず。そして、すぐに気付いたでしょうね。居眠りしている間に、電車が中田駅で折り返したという事実に」

「な、なるほど確かに。だが大島聡史は平然とホームを歩き出した。何も違和感を覚えなかった。――てことは、彼はちゃんと①番線のホームに降り立ったということか」

「そう。あなたが推理したようなプラットホームでの勘違いはなかった、ということね」

「じゃあ、やっぱり彼が田畑駅に降り立ったのは午後七時三十分ということ？」

「それだと、犯人がいなくなってしまうわ」

「そうだ、七時三十分ではない。かといって八時三十分でもない。ということは……え、まさか……」もうひとつの可能性に思い至って、手代木は愕然となった。「ひょっとして電車は居眠りを続ける大島聡史を乗せたまま、午後八時三十分に田畑駅を出発した？　そして午後九時に土居駅に到着した後、そこでもう一度折り返した？　そうすれば電車は午後九時三十分に、またまた田畑駅に戻ってくる。停まるホームも普段どおり①番線だ。このとき大島聡史が居眠りから目覚めてホームに降り立ったなら、当然ながら何も違和感を覚えることはない。――そうか、そういうことだったのか！」

「やっと判ったみたいね」

「ああ、今度こそ間違いない。大島聡史が田畑駅に降り立ったのは午後九時三十分だ。ならば彼が家にたどり着いて、犯人の襲撃を受けたのは午後九時四十分ごろということになる。その時刻にアリバイのない人物こそが真犯人だ。ということは、いったい誰だ？」

手代木は白いスーツの胸ポケットから愛用の手帳を取り出す。そして容疑者たちのアリバイをあらためて検討しなおした。

「午後九時台といえば大島耕造は、まだ工場で従業員と仕事中だ。大島龍一は居酒屋『酒蔵』で酔客と喧嘩していたころだな。松田玲子はカラオケボックスでひとりカラオケだ。しかし、その姿は店員がモニターで確認しているから、彼女にもアリバイは成立する。ならば水元京香は？　彼女は午後九時までは喫茶店でバイトに勤しんでいた。だがバイトが終わると自宅に戻って、小一時間ほどひとりで過ごしていた。……そうか、彼女には……彼女にだけはアリバイがない……」

新たな確信を得た手代木は、胸を張ってその名を告げた。

「今度こそ間違いない。犯人は水元京香だ！」

「ふうん、依頼人の交際相手が犯人ねえ」と呟く声は妙に気だるい感じ。そして荒草アザミは容赦のない口調で彼にいった。「前言撤回。――やっぱ、あんた、『三流探偵』だわ！」

「おいおい、待て待て！　三流とは何だ、三流とは！」手代木はムッとした顔を、飾り棚に置かれた筒状の物体へと接近させながら、「僕のどこが三流だって⁉　どう低く見積もっても二流のレベルには充分に達しているはずだぞ」と控えめな自信を覗かせる。

「何よ、それ。あんた、自分でいってて哀しくならない？」荒草アザミは溜め息のようなノイズを――いや、ノイズのような溜め息を漏らして説明を再開した。「いい、よく考えてごらんなさい。仮にあなたが推理したとおり、大島聡史が午後九時三十分に田畑駅に降り立ったとするわよ。駅を出た彼は真っ直ぐ自宅へ向かうわよね。すると歩き出してすぐ、彼は居酒屋『酒蔵』に差し掛かる。時刻は九時三十分を数分過ぎたぐらいよね。だとするなら、そのとき彼は当然アレを目撃してなきゃおかしいと思わない？」

「ん、アレ⁉　アレって何だよ」手代木は再び手帳のページに視線を落とした。事件の夜の九時台。『酒蔵』では大島龍一と酔客の間でトラブルが巻き起こっていた。そして見かねた店員が一一〇番通報して警察を呼んだのだ。ということは――「あッ、パトカーか！」

「そう。店員の話によれば、パトカーは午後九時三十分ちょうどに『酒蔵』にやってきた。ならば大島聡史が『酒蔵』の前を通りかかったとき、店の前にはまだパトカーが停まっていたはずよ。タクシーじゃないんだし、やってきたパトカーがすぐに誰かを乗せて、どこかへ走り去るなんてこと、あり得ないんだからね」

「そりゃ、そうだ。パトカーはしばらく店の前に停車していたはず」

「ところが大島聡史の証言の中にパトカーなんて出てこない。居酒屋の駐車場には軽トラックが一台停まっていただけ。彼はそう話していたはずよ。これは、どういうこと？」

「どういうことって……つまり、大島聡史が『酒蔵』の前を通ったのは、午後九時三十分過ぎでもない。それより、さらに遅い時刻だったということか……？」

「そういうことになるわね。じゃあ、それは何時？」

「ええっと、待てよ。午後九時三十分に田畑駅を出発した電車は午後十時に中田駅に到着。そこで折り返して、またまたまた田畑駅に戻ってくるのは午後十時三十分。だが、この電車は土居行きだから②番線ホームに停まる。ということは八時三十分の電車のときと同様の理論によって、やはり大島聡史が降りたのは、この電車でもないということになる」

「そうそう、やっとエンジンが掛かってきたじゃないの。このウスノロ迷探偵め！」

——畜生、誰がウスノロだい！

内心で歯嚙みしながら、手代木は頭の中で電車の動きを追いかけた。

「午後十時三十分に田畑駅を出発した電車は、午後十一時に土居駅に到着。すぐに折り返して、またまたまたまた田畑駅に戻ってくるのが……午後十一時三十分か！」

「そう。そして、その電車は午前零時に中田駅に到着する。けれど、もうそこから折り返して田畑駅に戻ってくることはない。一本の線路の上を行ったり来たりの運行は、午前零時までで終了。『どいなか線』に詳しい依頼人は、そう説明してくれたわよね」

「そうだ。つまり、中田行き電車が①番線に停まるのは、午後十一時三十分が最後。大島聡史が電車を降りたのは、もうこの時刻以外には考えられないということだな」

「そういうことね」と荒草は満足そうに頷く。いや、実際にはスピーカーは頷いたりしないが、頷いたような口調だったという意味だ。

しかし手代木は若干の疑念を覚えた。「でも待てよ。そんなことって、本当にあり得るか？ あの依頼人は電車の中で、いったい何時間ほど居眠りしてたんだよ。午後七時に土居駅を出発した直後から眠りに落ちたとして、八、九、十、十一……四時間半か。居眠りっていうより、もう完全に熟睡だな。本当に電車の中で、そんなに寝ていられるものなのか？」

「確かにね。でも人間の睡眠の特徴なんて、人それぞれだわ。布団の中で二十時間熟睡する人もいれば、電車の中で五時間居眠りする人もいる。目覚まし時計十個が鳴り響く中でスヤスヤ眠れる人もいれば、蚊の鳴き声が気になって眠れない人もいる。――大島聡史の睡眠の傾向は判らないけれど、論理的に考えて彼が事件の夜、電車の中で四時間半ほども居眠りして、午後十一時三十分に田畑駅に降り立ったことは間違いないわ」

「うむ、そうだな。だとすると、実際に彼が犯人に襲撃されたのは、午後十一時四十分ごろということになる。――なんだ、それじゃあ彼は目を覚ました午前零時十五分まで、ほんの三十分ちょっと、気を失っていただけだったのか。もっと長いのかと思ったぞ」

「本人もそう勘違いしていたみたいね。――それで結局、犯人は誰になるのかしら？」

手代木は手帳に視線を向けると、あらためて容疑者たちのアリバイを検証した。

「問題にすべき時間帯は午後十一時台だな。そのころ大島耕造はすでに工場を出て、中華料理店で食事中。店の主人が証人だ。一方、大島龍一は警察署にいた。解放されたのは深夜零時過ぎだから、十一時台はまだ警官たちの監視下だった。水元京香は龍一が連行された後の午後十時ごろに『酒蔵』を訪れ、閉店時刻の午前一時まで飲んでいた。その姿を板前たちが見ているから、彼女もアリバイありだ。では松田玲子は、どうか？　彼女は午後十一時ごろにカラオケボックスを出て、その後は男友達の家を訪ねている。そして、そのまま男友達と朝まで一緒だったという話ではあるが……」

「それを証明するのは不倫関係にある男友達だけ。でも、そんな証言に信憑性がないことは、すでにあなたが指摘したとおりよ。つまり、午後十一時台のアリバイがないのは、松田玲子ただひとり。――そう、やはり彼女こそが今回の強盗事件の犯人だったってわけ」

まるでドラマの中の名探偵のごとくズバリと真相を告げる荒草アザミ。手代木は自分の当り役を奪われた落ち目の俳優のような気分を味わいながら、憤《いきどお》りを露《あら》わにした。

「おいおい、何が『彼女こそが』だよ！　結局、僕がいったとおり松田玲子が犯人ってことじゃないか。考えてみりゃ当たり前の話だ。だって彼女は、僕から犯人だと名指しされた途端、涙ながらに自白したんだからな。彼女が真犯人だってことは、君に指摘されるまでもなく、とっくに判っていたことだ」

「だから自分は間違っていなかった。――そういいたいわけ？」一瞬の間を置いてスピーカーから聞こえてきたのは、鼻で笑うような声だ。「ふん、だから、あんたは『二・五流探偵』だっていうのよ！」

「はあ、二・五流って何だよ？」

「二流と三流のちょうど中間ってことよ。三流よりマシでしょ？」悪びれる様子もなく、荒草アザミは続けた。「確かに、あなたは真犯人を言い当てたわ。それは褒《ほ》めてあげる。だけど探偵って、ただ犯人を当てればいいってもんじゃないはずよ。よーく考えてみて。――もしもよ、もし仮に、この事件が本格ミステリ寄りの出版社が企画する《読者参加型の犯人当てミステリ小説》だったとしたなら、どうよ？」

「え、え、なんだって⁉　読者参加型のナニだって⁉」

「だから、仮の話だって、いってるじゃない！　もしも、これが犯人当てミステリで、あなたが読者だとするでしょ。その場合、『犯人は松田玲子』という部分が大当たりしていても、それだけじゃ充分とはいえないわ。大事なのは犯人を指名するに至る理論よ。大島聡史が田畑駅に降り立った時刻が、午後七時半ではなく八時半でもなく、九時半でも十時半でもなくて、それは十一時半のことである――というロジックこそが重要なの。それが備わって初めて本当の正解ってこと。――どう、判った？」

「え、『正解』って⁉　え、やっぱり、これって犯人当てミステリなのか⁉」

「だから、仮の話だって何度もいってるでしょ！　今回の事件はもちろん現実よ。実際に起こった事件にきまっているじゃない」と断固として言い張るスマートスピーカー。

その饒舌《じょうぜつ》かつ滑らかな喋り、容赦のない毒舌を聞けば聞くほど、むしろ手代木は『果たして、これって現実だろうか？』という疑念を覚えずにはいられない。もし、この事件が現実ならば、スマートスピーカーが探偵の推理に異議を唱えて、自らの推理を披露するという、この突飛な展開はいったい何だ。これも現実か？　手代木には正直、すべてが夢の中の出来事としか思えないのだが――ん、夢⁉　そうだ、これは夢だ。きっと夢なのだ。そうに違いない。手代木がそんなふうに確信した、その直後！

ドスン――と耳元で大きな音が響き、全身に痛みが走った。気が付けば、なぜか手代木は床の上。ソファの傍らで、ひとり長々と横たわっている。咄嗟《とっさ》に《デジャビュ》という言葉が彼の脳裏に浮かんだ。「あ痛タタタ……」

背中を気にしながら上体を起こす。どうやら居眠りの最中にソファの上から床へと転がり落ちたらしい。そういえば、強盗事件の関係者たちを送り出した後、ソファで仮眠を取ろうとして瞼を閉じたところまでは記憶がある。しかし、ひと眠りのつもりが、随分と長い眠りになってしまったようだ。窓に視線を向けると、昼間の明かりはすでになく、ガラスの向こうには漆黒の闇が広がっている。天井の照明は十二分にその威力を発揮していた。

「なんだ、やっぱり夢か……夢オチか……ははは」

手代木は思わず自嘲気味な笑みを漏らした。――そりゃそうだ。探偵の代わりを務めてくれるスマートスピーカーなんて、あるわけがない。ていうか、あってもらっちゃ困る。

だが――と彼は真顔になった。大島聡史が被害に遭った強盗事件そのものは、間違いなく現実だ。そして、たとえ夢の中とはいえ、彼女の語った推理は見事だった。おそらくは手代木が一同の前で得意げに語った推理よりも、彼女のそれのほうが真実を言い当てているだろう。もっとも、夢の中で彼女が語った推理は、とりもなおさず手代木の深層心理が無意識の中で紡《つむ》ぎ出したものに違いないわけだから、それは彼自身の推理とも呼べるわけだが。

――いや、待てよ、本当にそうなのか？　俺って、あんな推理力あったっけ？

不思議なことに、夢の中では到底現実と思えなかったことが、目覚めたいまは到底夢とは思えない。手代木はゆっくり立ち上がると、あらためて壁際の飾り棚へと歩み寄った。

そこに置かれた円筒形の物体をしげしげと見詰めて、ひとつ大きく深呼吸。そして彼は《レ》の発音に気を付けながら命じた。

「アレクサ、ブラインドを下ろして」

深くて長い沈黙が探偵事務所に舞い降りた。ブラインドは一ミリも下りてはこない。

手代木は、今度は《ラ》の発音に気を付けながら命じた。

「荒草、明かりを点けて」

誰もいないデスクの上で、作業用ライトがパッと灯った。

紅葉の錦

麻耶雄嵩

麻耶雄嵩（まや・ゆたか）

1969年三重県生まれ。91年『翼ある闇』でデビュー。2011年『隻眼の少女』が第64回日本推理作家協会賞ならびに第11回本格ミステリ大賞を、15年『さよなら神様』が第15回本格ミステリ大賞を受賞。他の著書に『夏と冬の奏鳴曲』『鴉』『名探偵 木更津悠也』『螢』『貴族探偵』『化石少女』『友達以上探偵未満』などがある。

1

「中ノ湯というから古風な温泉宿かと思ったら、今風なんだな」

送迎バスから降りた海野《うみの》中道《なかみち》は、大きく背伸びしたあとぼそっと呟いた。

真っ赤に色づく紅葉に覆われた山中には、二階建てのこぢんまりとした建物が顔を覗かせている。水色の屋根に黄土色の板壁。白い窓枠に焦げ茶色の柱。おしゃれな外観に築年数も浅そうで、旅館というよりもペンションのようだ。建物は新しいが、一応江戸時代からの名湯をたたえる由緒ある温泉宿らしい。

美作《みまさか》地方の閑散とした駅からマイクロバスに揺られて二〇分ほど。ひなびた温泉街を通り過ぎ、片道一車線の道路から枝道に入る。ひたすら九十九《つづら》に折れる山道をどこまで連れて行かれるんだろうと不安に思い始めたころ、バスは目的地に着いた。

「なんだよ。パンフレットを渡しただろ」

西戸崎充《さいとざきみつる》が不満げに海野を見る。彼がこの卒業旅行の主催者だ。

海野たちは同じゼミの四回生で、西戸崎はなにかと仕切りたがるリーダー格だった。真面目な性格な上に体育会系で、ガタイもよく率先して行動するので、教授からの信頼も厚い。パンフレットも手製の気合いが入ったものだった。

「悪いな西戸崎。温泉には全く興味がなかったからスルーしてた」

温泉旅行は年寄り臭くて、卒業旅行ならもっと他に行くところがあるだろうと乗り気になれなかった。西戸崎の提案に他の連中が飛びついたので、仕方なく付いてきただけだ。

「俺もちゃんと見てないな。悪い意味じゃなく、どうせ西戸崎が選ぶところなんだから間違いないだろうって」

海野の背後で香椎大地《かしいだいち》がおどけて答えた。香椎は小柄で小太りで、目も鼻も顔の輪郭も眼鏡のフレームもみな、角が取れた豆腐のように面取りされている。童顔で愛嬌があり場を和《なご》ますのが得意な男だ。

「本当かよ。信頼してくれるのはありがたいが、いろいろ編集してプリントアウトしたり苦労したんだぜ。少しは目を通してくれよ」

黒く日焼けした顔で西戸崎が苦笑いすると、

「ごめんごめん」

笑顔のまま香椎が顔の前で手を合わせた。

「私はバッチリ目を通したわよ。温泉！　あと料理！　美作和牛がおいしそうだった。あとは……そういえば部屋が和室じゃなくてベッドだった。ちゃんと覚えてるよ」

遅れてバスから降りて来た和白聡美《わじろさとみ》がハスキーな声で応じた。ニットシャツにワイドパンツ姿。背が低い上にショートボブで幼い顔立ちのせいか、見た目より若く見られ、町で補導員に声掛けされることもしばしば。

「ご期待に添えなくてすみません」

海野たちの話し声が聞こえたのか、バスを運転していた三十代半ばの男が申し訳なさそうに頭を下げる。中ノ湯の主人の土井《どい》と駅で自己紹介を受けた。

「前はお客様が想像されたような古風な温泉宿だったんですが、老朽化が激しく五年前に建て替えたんです」

「すみません、そういう意味ではなくて」

海野が詫《わ》びようとする前に、西戸崎が代わりに謝る。さながら引率の教員だ。

「気になさらないでください。みな様、そう仰《おっしゃ》いますから。でも自慢の温泉は昔の風情を残していますよ。今度は古すぎると思われるかもしれませんが」

目尻に皺《しわ》を刻みながら土井は闊達《かったつ》に笑うと、正面玄関のドアの鍵を開けた。中に入り玄関ホールの照明をつける。

「女将が出産のため実家に帰っているので、今は一人でやりくりしているんです。アルバイトの娘《こ》も明後日まで休みで。男手だけですので、至らないところがあるかもしれませんが」

それで施錠していたのかと納得する。

「あ、料理は期待していてください。七年前にここを継ぐ前は京都の料亭で修業していたんですよ。お迎えに上がる前に、いい肉とキノコを町で仕入れてきましたから」

「それは楽しみ。やっぱり地方へ行く醍醐味は食事だし」

踵《かかと》の高いパンプスを脱ぎながら、雁巣彩名《がんのすあやな》が声を弾ませる。タイトなスカートから白く長い足が伸びていた。車酔いしたのか車内で彩名は終始無口だった。バスを降りて少し回復したのだろう。学祭のミスコンの最終審査の手前まで残ったことがある美人で、緩《ゆる》くカールしたピンクブラウンの長髪が目鼻立ちの整った顔に流れている。

彼女の傍らには大きな旅行カバンが鎮座していた。二泊三日の旅程にもかかわらず、細身の彩名なら中にすっぽり収まってしまいそうなサイズで、駅での乗り換えの時も移動に苦労していた。

対照的に聡美のほうは小ぶりなボストンバッグにすべて詰め込み、肩に担ぎながら靴を脱いでいる。

「僕は逆に温泉でゆっくり寛《くつろ》げれば、食べ物はなんでもいいや」

身も蓋もない言葉をぼそっと口にしたのは奈多康生《なたやすお》。地味な顔立ちの細身の男で、寒がりなのか、ひょろっとした身体を厚手のダウンで覆っている。一人だけ一足早く冬を迎えたような格好だ。

「お前はいつも年寄り臭いな」

海野が突っ込むと、

「年寄り臭いんじゃなくて、インドア派なんだよ。誤解してるみたいだが、温泉は究極のインドアだし。居ながらにして美容、健康、衛生、ストレス解消、適度な運動、ストレッチ、携帯ゲームのすべてができる」

奈多は早口で持論をまくし立てる。

「インドアの定義がおかしくないか？　それにここは露天風呂だぞ」

怪訝そうに西戸崎が疑義を呈した。

「知っているよ。僕はきちんとパンフレットを読んだから。紅葉に囲まれた露天風呂が有名なんだろ。自然を観賞することもできるわけだ。写真を見ただけでわくわくしたよ」

興奮気味に西戸崎を見返している。奈多が突然テンションを上げるのはよくあることなので、それ以上は誰も突っ込まなかった。

卒業旅行の参加者は以上六人。四回生はもう一人、松原舞《まつばらまい》がいて彼女も参加する予定だったが、一週間前にいきなりキャンセルしてきた。詳しい理由は話さず、ただメールで実家に帰ることになったからと西戸崎に連絡があったそうだ。子どもっぽい聡美と華やかな彩名に挟まれ、いつもおとなしい印象だったので、メール一本の唐突なキャンセルは意外だった。深刻なトラブルが起きたのかと心配になったが、誰も心当たりがないという。

靴を下駄箱に置きスリッパに履き替えたところで、主人が客室の鍵を一本ずつ手渡してきた。

客室は二階にあり、二人一組の相部屋になっている。海野は西戸崎と同じ二〇三号室だった。

各部屋にはベッドが二台ずつあるとのこと。シリンダーキーには部屋番号が書かれた通行手形のような五角形の木札が結《ゆ》わえ付けられている。建物は垢抜けているのに、鍵は古風なタイプ。

しかもオートロックではないらしい。微妙にちぐはぐな印象だ。

聡美と彩名の女二人が二〇一号室。奈多と香椎が二〇二号室。中ノ湯は全部で四部屋しかなく、海野の隣の二〇四号室には送迎バスに同乗していた二人組の男たちが泊まるようだ。

二人の男はどちらも三十歳前後、一七〇センチ台半ばの細身で似たような体格だった。ただ服装は、片やかっちりとスーツを着込み、片やラフな開襟シャツと好対照だ。男二人で温泉旅行というのは珍しい気もするが、今は流行《はや》っているのかもしれない。

おそらく列車にも乗り合わせていたのだろうが、乗客もそれなりにいたのでよく覚えていない。バスの中では一番後ろの座席で、二人だけで小声で会話していた。学生六人がかしましく騒いでいては、それも致し方ないだろう。ただラフなシャツのほうが時折り見せるにやけ顔からは、妖しげな密談ぽく感じられた。

「ここにはチュウルウという神様の祠《ほこら》があるとサイトに書かれていましたが」

代表して宿帳を書き終えた西戸崎が、土井に話を振る。

「あ、それ私もパンフレットでちらっと見た。座敷童子みたいなんでしょ。近くなんですか？」

西戸崎の隣に陣取っていた聡美が期待に満ちた眼差しで尋ねる。

「僕も気になってました。温泉の次に」

鍵を大事そうにウエストポーチにしまい込みながら奈多も同調した。彼は神経質なところがあり、財布や携帯など大事なものはまとめてファスナーがついたウエストポーチに入れ持ち歩いている。真面目だが少々がさつで、ズボンの後ろポケットに木札を出したままぞんざいに鍵を突っ込んでいる西戸崎とは対照的だった。といっても海野や香椎も上着のポケットに無造作に放り込んでいるが。

対して香椎と彩名は何も知らなかったようで「なにそれ?」とぽかんとしている。海野も香椎たちの側だ。

「チュウルウ様の祠は宿の裏にありますよ。チュウルウ様は座敷童子とは違いますが……お疲れでなければ、部屋にお荷物を置かれたあとにご案内します」

宿帳を二人組に差し出しながら、土井が気さくに応じる。

「本当ですか。ありがとうございます」

「よければ、僕たちもお邪魔させてもらってもいいかい?」

二人組の一人が興味ありげに割って入った。眼鏡をかけ通勤途中のようなピシッとしたスーツ姿のほうだ。

「チュウルウという神様に少し興味があってね」

よく通る落ち着いた声で、西戸崎と主人の方を見やる。

「おい、き……篠北《しのきた》。こういうことになると、君は空気を読まないんだから」

ラフなほうの相方が驚いて声を上げる。土井は判断を委《ゆだ》ねるように海野たちを見た。

「ぜんぜん構いませんよ。ねえ」

真っ先に反応したのは聡美だ。こういう対応は早い。

「旅は道連れっていいますしね」

香椎が眼鏡越しに目を細めににこと頷《うなず》く。

「まあ、別々にすると、土井さんは二度案内しなければならなくなるわけだし」

リーダー格の西戸崎がそう結論づけたところで話は決まった。もちろん海野も異論はない。チュウルウよりも謎の男二人組が気になり始めていたからだ。

「どうだい矢島《やじま》君。君も来るだろう。後学のためだ」

「全く。勝手に決めて……」

いくらか不満げだが、土井が、「景色もすごいんですよ。紅葉のスケールなら京都も目じゃないくらいです」と胸を張ると、「そうなんだ」とにわかに興味を持ち始めた。「京都以上か。たしかにここでも紅葉がすごいんだから、更に眺めがいいとなると期待してしまうな。せっかく来たんだしな……あ、僕は矢島で、こちらは篠北。よろしくね」

機嫌を直したのか、とたんに砕けた態度になる。

海野たちもそれぞれ自己紹介した。その過程で判ったのだが、最初に割って入った篠北よりも矢島のほうが社交性がある感じだった。とはいえ篠北も学生相手に礼儀正しい口調で、それゆえ当初に期待した謎めいた雰囲気が少し薄れたのは残念だった。

二階の客室はコテージ風な板張りの室内にベッドが二台隙間を空けて置かれていた。カジュアルな内装で天井も高く、ベランダに続くサッシ戸の開放的な採光のせいで、気楽な雰囲気に満ちている。ただ室内にバスはなく、洗面台とトイレも二階で共用なところは宿屋の名残がある。

「よかった。思った以上にくつろげそうだ」

部屋をひと目見るなり、西戸崎が喜びと安堵が混じった声をあげた。

「たしかにいい感じだ。しかしお前は去年といいこんな物件をよく見つけてくるな。旅の達人か？　いっそ旅行会社に就職すればよかったんじゃないか」

「趣味だから熱が入るんだよ」

商社勤めが決まっている西戸崎は苦笑いしながら謙遜した。

海野としてはこのままフカフカのベッドに寝転んで、長旅の疲れを癒したかった。しかしチュウルウ見学は皆で決めたことだ。ひとり別行動をとるほどわがままな人間でもない。仕方なく鍵をポケットに突っ込み再び玄関へ降りていく。

「では、参りましょうか」

一〇分後、全員が玄関に集合し、土井の案内でぞろぞろと行列をなす。一番後ろは例の二人組だ。

中ノ湯の玄関を出て建物の脇を回り込む。敷地を区切る柵《さく》などはないので、建物の外は山と一体化している。コンクリートで固めた灰色の小道がしばらく続き、宿の裏手に回ると片側に高い板塀が並び始めた。塀の向こうから湯気が上がっているので、温泉の裏手に当たるのだろう。板塀が終わり小道と分かれた少し先に小さな木造の祠があった。

腰の高さくらいの祠は見るからに古く、柱もひび割れていた。かつてはあっただろう塗装が退色し乾燥したため、全体が焦げ茶色と灰色の中間に変色している。正面に掛けられた『ちゅうるう』という扁額だけが比較的新しい。

祠の周囲はきれいに草刈りがされ、祠の前にはサザンカの白い花が数輪、葉をとられ枝ごと花立に生けられている。

どこにでもありそうな粗末な祠で、正直、イメージしていたのとは違っていた。

「これがチュウルウ様の？」

彩名も同様らしく、露骨に拍子抜けした声で尋ねている。

「この祠の裏には小さな洞穴があって、上にある祠と地中で繋がっているんです」

その反応は土井も予想していたようで、ガイドよろしく説明をし始めた。チュウルウの祠は二つあり、もう一つは山を登った先にあるらしい。チュウルウはいつもは天の祠と呼ばれる山の上の祠で遊んでいて、人里に現れる時だけ洞穴を通ってこの地の祠から村へ降りてくるとか。

たしかに祠の裏側には高さ一メートル弱の洞穴が奥に延びており、祠はそれを塞ぐように建っている。しかし入口から見ても洞穴の内部はすぐに狭くなっていて、とても人が通れそうもない。

「いまから天の祠のほうに参ります。道が少し険しくなるのでお気をつけください」

土井の言葉通り、祠の先は階段になっていた。階段も一応コンクリートで舗装されてはいたが仕上がりが粗く、パンプスを履いた彩名が、

「うそ。歩きやすい靴を持ってくればよかった」

と後悔している。他に靴がないとすると、あの大きな旅行鞄には何が入っているのか、逆に気になる。

「ちゃんと西戸崎君のパンフに載ってたよ。彩名は料理と温泉のところしか見てないんでしょ」

シューズ姿の聡美が笑いながら指摘すると、

「当たり前でしょ。隅々まで見たらここに来る必要がなくなるじゃない」

口を尖らせてそっぽを向いた。

「俺はチュウルウは知らなかったけど、そもそも山の宿なんだからパンプスって」

香椎がしたり顔で指摘するが、

「なに？　香椎君にはパンプスなんて関係ないじゃない。それとも履きたいの？」

「めっそうもない」

藪蛇とばかりに香椎は勢いよく首を竦《すく》めた。

五分ほど階段を上っていくと同じく舗装された登山道に出る。上り坂ではあるが、今までの階段に比べれば遙《はる》かに緩い傾斜だ。山中を蛇行しながらさらに一〇分ほど進んでいくと手製の案内板が目に入った。

『展望台とチュウルウの祠』

案内板がぶら下がっている木の手前で、未舗装の小道が右に分かれている。

「こっちじゃないんですか？」

無言のまま土井が通り過ぎようとするので、慌てて海野は呼び止めた。

「もう一つ先に分かれ道があって、そちらは同じように舗装してあるので行きやすいんです」

土井の説明通り、五メートルほど進んだところにまた分かれ道があった。似たような案内板が枝から吊られている。分かれ道は直後の三メートルほど地面がむき出しだったが、再び簡易の舗装道になっていた。

「三年前の地震でこの部分だけ舗装が剝がれてしまって」

土井は分かれ道を進んでいく。登山道は上へと続いているが舗装はここで途切れているので、むしろ祠への分かれ道が本道で、登山道が枝道のようだ。登山道は山頂付近まで続いてはいるが、途中から獣道同然になるという。

「紛らわしいですね。どうして二つも?」

「どちらからでも祠に行けるんですが、手前の道が昔からの参道で、少し険しい代わりに眺めがいいんです。こちらは迂回路で、遠回りですけど歩きやすくて」

なるほどハイヒールの彩名に気を遣ったのか。気を遣われた当の本人は、気づかぬそぶりで「断然こっちの方が楽だわ」と喜んでいる。

緩やかなアップダウンを繰り返すこと一五分。左右をずっと樹木に覆われ鬱蒼としていた視界が突如開け、真っ赤な紅葉の嵐が目に飛び込んできた。まるで暗い部屋でいきなりTVをつけたかのよう。

そこはV字型にとがった展望台で、錆《さび》が目立つ鉄柵の向こうは切り立った崖になっていた。二〇メートルほど下を川が流れているが、崖にはところどころ平らな出っ張りがあり、谷底まで続いている。アルパカくらいしか降りられないだろう。

柵に手をかけ見下ろすと、眼下に見事なパノラマが広がっている。紅葉に染まった山に谷に集落。珠玉のジオラマ。送迎バスの道中も、中ノ湯も紅葉だらけだった。それなのに物足りなかったのは、このダイナミックな起伏がなかったからかもしれない。平板な紅葉の絵が、いきなり3DのVRに変貌したような……。

海野は思った。意外と山も悪くないなと。

そう素直に呟こうとしたが、周囲ではすでに西戸崎や聡美を始め、誰もが歓声をあげていた。山道に辟易していた彩名でさえ、柵から身をのりだしている。今まで歩いていた迂回路と違い、展望台の前は舗装されていないむき出しの地面だというのに、足下の悪さを忘れているかのようだ。

そんな中、遅れて声を上げるのは今更気恥ずかしかった。

「感動しないのかい。こんなに素晴らしいのに」

躊躇《ためら》う海野に、背後から声を掛けてきたのは矢島だった。

「してますよ。でも物足りなくて。刺激が少ないのかもしれません。今の退屈を満たす程では」

思わず海野は強がった。

「退屈なんだ?」

「そうですね。大学に入って何か刺激があると思いましたが、大してなく」

「ゼミの卒業旅行と聞いたけど。じゃあ、もう就職は決まっているんだ」

「まあ、それも父の会社ですから」

誇張でも見栄でもなかった。リクルートの苦労などなく、ある意味入学前から進路が決まっていたといっても過言ではない。大学に入れば他のレールが見えるかと思ったが、平凡にモラトリアム期間が過ぎてしまった。

奈多は大学院に進学するが、他の五人は道こそ違うものの内定をもらっている。あとは卒論を仕上げるだけ。そのための壮行会の意味合いもある。ただし香椎は不足しすぎる単位を揃えられればだが。

「それじゃあ、安定している代わりに、刺激が少ないかもな。僕は学生の時いろいろ波乱があったからね。まあ、今でもだけど。だから逆に羨ましいね」

矢島の声に厭味はなかった。かといって本気で海野を羨ましがっているようでもない。

「それで、こちらがチュウルウ様の天の祠です」

頃合いを見計らって、土井が注意を喚起する。

チュウルウの祠は展望台の反対側にあり、展望台のほう、つまり大パノラマを望むような向きで建っていた。下の地の祠より一回り大きい石造りで、同じ流造りの簡素な形式だが、苔《こけ》むしているぶん古めかしい雰囲気がある。ここにも同じようにサザンカの花が供えられていた。石の祠の奥には、同様に洞穴が口を開いている。こちらは高さが人の背ほどと大きく奥行も少しはありそうだが、暗くて奥まで見通せない。

「本当にこの洞穴が下の祠と繋がっているんですか?」

疑い深げに奈多が尋ねる。

「そう伝えられています」

「洞穴の中には入れないんですか？」

対照的にニコニコした顔で香椎が質問する。ゴーサインが出るや否や潜り込みそうな勢いだ。

「申し訳ありませんが、それはお止めください。チュウルウ様のお怒りが」

慌てて土井が訴える。学生なので悪戯でやりそうに思われたのかもしれない。

「繋がっていると伝えられていますが、こちらの穴も一〇メートルほど進むと急に狭くなって、通るのは無理です。コウモリが出入りしているのである程度奥まで続いていることはたしかですが、中がどうなっているのかは」

「なんだ。ダメか」

香椎は露骨に肩を落としていた。

「この洞穴をチュウルウが往来するんですか。なんのために？」

篠北が冷静な声で尋ねる。送迎バスの時と同じかっちりしたスーツを着ている。

「チュウルウ様は元は異国の神様だったらしいのです。どういうわけでここに来られたかは解りません。子どもの姿で地の祠から現れ村に降りて行き、帰りは二人になって戻ってくると云われてます」

「二人？」

「はい。村から人の魂を連れて戻ってくるのです」

「座敷童子は家に財をもたらすと云われていますが、チュウルウは魂を連れ去るのですか。怖いですね。まるで死に神だ」

「いえ。連れて行くのは病人や寿命が尽きた者だけらしいです。死んだ人の魂は子どもの姿に戻りチュウルウ様に連れられて行くとか。大正時代の話ですが、夕暮れに子どもが二人で山に登っていく姿を見た人がいたのですが、案の定、作業場の事故で若者が命を落としていました。若者の周囲には季節外れのサザンカの花びらが舞い落ちていたそうです」

「あの世からの使いみたいなものですか」

阿弥陀如来《あみだにょらい》が脇侍《きょうじ》その他を引き連れて来迎する仏教画をイメージしたのだが、矢島が不穏な茶々を入れる。

「でも魂を連れ去るためにチュウルウがわざと事故を起こさせたとも考えられますね。なにせ異国の神だし、こんな山奥だと一人じゃ寂しいだろうし」

「それはありません」土井は強く否定したが、最後に「たぶん」と弱々しく付け加えた。

「チュウルウ様の祠はものすごいパワースポットで、お客様方からも好評をいただいておりますから。決してそんな邪悪なものでは」

後光差す阿弥陀三尊が途端に黒ずくめの冥府の使者と化す。ちらと矢島を見ると、彼はうっすらとにやけていた。

そんな相方の軽口に構うことなく篠北は、

「すると、今は展望台ですけど、もともとここはチュウルウの住処だったんですね」

「はい。昔はチュウルウ様がこの景色を独り占めしていたわけです」

「いいなあ」再びパノラマを見渡しながら聡美は声を上げた。「明日もここに来てみようかな。もしかするとチュウルウ様に会えるかもしれないし。チュウルウ様は可愛い男の子なんでしょ？」

「そう伝えられています」

土井が答え終わらないうちに、矢島が再び、

「解らないよ。流れ着いた異国の神だから、本当はどんな邪悪な姿をしているか。狭い洞穴を通り抜けられる身体なんだし。タコみたいかも。土井さんも地の祠には子どもの姿で現れるとしか云ってないし。ここではどうなんだか」

「そんな」

ニヤニヤした矢島の言葉に聡美が真面目に怯《おび》える。

「矢島君」

篠北がクールに咎《とが》めると、「ごめんごめん。怖がらせるつもりはなかったんだ」と聡美に向かって軽く謝った。

「ここは吹き曝しだし、チュウルウも寒くて洞穴に籠もりきりなんじゃないか」

海野は思わず呟いていた。

「海野君はほんとにいつもそういう冷めたことばかり」

すぐさま彩名が睨《にら》んでくる。

「矢島さんと同じだ」これは香椎。矢島は怒ることなく、ニヤけたまま聞き流している。

「云ってやるな。それが海野の通常運転だ」

西戸崎が解ったふうな口をきく。何気ない一言で集中砲火を浴びることになった。そんなに自分が悪いのか？

「だって、その辺りの設定はまだ聞かされてないだろ」

理不尽な思いを抱きながら海野が反論すると、

「なるほど。海野君もフィクションと割り切っているようだね。いい心構えだ」

顔を寄せた矢島が耳元で囁く。それが一番理不尽だった。


「この参道から先ほどの分かれ道に戻れます。道は少し険しいですが、谷側を歩く分、眺めは最高ですよ。途中で一ヶ所、ここより更に素晴らしい絶景ポイントがあって」

V字の展望台の南側から一行は来たのだが、参道は北側から延びて祠の前で合流していた。

「私はイヤ」と彩名が当然のごとく拒否した。展望台からも、細い未舗装の道の険しさが見て取れる。とはいえこれ以上に素晴らしいという絶景の欲求には逆らえず、七人が参道から帰ることになった。仕方なく、土井が彩名を送る。

参道は未舗装で起伏も多いものの、心配するほどではなく、普通の靴で歩ける道だった。土井がアピールしていた絶景ポイントも（わざわざ杭に長いまつげの目の絵が描かれていた）海野たちが乗って来た鉄道の真っ赤な鉄橋が山の端に見え、風情が増し充分堪能できるものだった。

しかし好事魔多し。ある一ヶ所でトラブルが発生した。道中に粗末な木橋が架かっていたのだ。山側の斜面を沿う湧き水が谷に流れるのを跨いでいるのだが、板の隙間が大きく下が透けて見えていた。そのせいか実際以上に高く感じられる。

とはいえわずか五メートルほどの長さなので、海野たちや例の二人組もひょいひょい渡っていたのだが、一人足を震わせている者がいた。

「おまえ、高所恐怖症だったのか。男のくせに」

橋の手前でずっと躊躇っている西戸崎に、海野が呼びかける。彼が高所恐怖症とは知らなかった。先ほどの意趣返しだ。

「恐怖症に男女の差があるかよ。いつの時代の話だ」

腰が引けたまま、こちらを睨み返してくる。

「じゃあ、引き返すか。急いで行けば雁巣に追いつけるぞ」

「舐めるな」

そこは体育会系。安っぽい挑発に奮起したのか、気合いで橋の半ばまで歩みを進める。しかしうっかり下を見てしまい、急ブレーキがかかる。

「頑張れ、西戸崎君。ゴールはもうすぐよ」

聡美が目の前の綱を握りしめながらエールを送る。だがその綱は木橋と繋がっていて、聡美が力を込めるたびに板が微妙に揺れている。

「無理せず戻った方がいいんじゃないか。全然恥じゃないぞ。なくて七癖と云うし」

少しずれたことわざで奈多が心配そうに声を掛け、

「行くも地獄。帰るも地獄」

まるで時代劇の登場人物のような言葉を香椎が発している。どちらも逆効果に海野には思えた。

「僕も男だ。ここまで来て引き返すくらいなら最後まで渡りきってやるよ」

しかし西戸崎には言葉の細かいニュアンスまで分析する余裕はなかったようだ。先ほど男女がどうのと云う発言と矛盾するが、気合いを入れ直した西戸崎が根性で渡りきったとき、歓声が上がった。

「すごいじゃないか。西戸崎」

滅多に他人を誉めない奈多が素直に感心している。矢島と篠北も微笑ましく西戸崎に拍手を送っていた。

登山道との分岐地点に着いても彩名たちはおらず、一分後に二人連れだって戻ってきた。絶景ポイントでみんなでワーキャー云ったり、木橋で西戸崎がワーキャー云ったりしたが、それでもこちらの道の方が早かったようだ。普通に歩けば一〇分程度の道のりだろうか。

「何かあったの？」

参道組の奇妙な一体感を目の当たりにし、訝《いぶか》しがる彩名の問いかけに、

「景色もすごかったけど、西戸崎君もすごかったわよ」

聡美が興奮気味に茶化す。西戸崎は頭を掻きながら、

「おいおい。勘弁してくれよ」

いろいろと察したのか、彩名はクスと笑っただけだった。

「そうそう。土井さんからもう一つ絶景スポットを聞いたの。明日みんなで行きましょう」

*

板塀を越えて迫り来る紅葉の赤が、薄暮の昏い空に溶けて消えていく。硫黄の臭いが充満する白濁した露天風呂。硫黄のせいか、肌が即座にヌルヌルになっていくのを実感する。温泉はいいものだ……まるで奈多になった気分で海野は一人湯船に浸かっていた。

同室の西戸崎はあとで入ると、ベッドに寝転がりスマホをいじり始めた。二階の廊下ですれ違った矢島からは「さっそく温泉ですか。意外と積極的なんだ」と謎の冷やかしを受けた。ケンカを売っているわけではないようだが、いつも少し引っかかる。

中ノ湯の温泉は全て屋外にあり、屋根だけついた四阿《あずまや》の中の小さな浴槽と野ざらしの大きな露天風呂の二つだけ。あとは庇の下の洗い場と、屋内の脱衣場の隅にシャワー室が設けられている、簡素な構成だ。建物は新築なのに温泉には手をつけなかったらしく、洗い場は蛇口のみでシャワーはない。

隣の女湯からは女二人のキャッキャする声が聞こえている。主に甲高くキャッキャしているのは聡美のようだが。

香椎はともかく、温泉好きの奈多はすぐにでもやってくるはず。となると露天風呂を独占できるのは今だけ。充分に堪能しておこう。

腰を前に出し、姿勢をさらに深くしたとき、板塀の向こう側でごそごそと人の気配がした。コンクリートの小道を歩く足音。しかも両足を引き摺るような鈍い音。それだけならまだ気にもしなかっただろうが、足音は二度三度と塀の前を往復していたのだ。

覗き？　もちろん海野ではなく、隣の女たちのだ。

慌てて立ち上がると、湯口の奥側にある板塀へ湯の中を歩いて行った。塀の高さは二メートルほどなので、庭石を踏み台にして覗くと塀の外が見えた。

しかし今まで聞こえていた足音はぴたりと止み、薄暗い山道はしんと静まりかえっている。そんな中、道の突き当たりにあるチュウルウの祠がはっきりと視認できた。

同時にここが祠の参道であることを理解する。昼に通ったとき、確かに片側に板塀があり向こうから湯気が昇っていた。

薄暗い祠の参道。冷たい風が背中に吹きつけ肌を冷やす。

海野は慌てて湯船に戻った。耳を澄ませたが、足音は二度と聞こえてこなかった。木々を揺らす颪《おろし》の音だけが鼓膜を揺すぶった。

「おいおい。マジかよ」

思わず独りごちたとき、ガラッと戸が開いた。びくっとして振り返ると、奈多と香椎が連れ立って入ってきた。奈多はタオルを頭に載せ湯に浸かるなり、

「どうしたんだ。怖い顔をして」

呑気《のんき》な声で尋ねてきた。

「なんでもない」

「覗きか？　意外とチャレンジャーなんだな」

ドボンと水しぶきを立てて入湯した香椎が大声で茶化す。

「するか、ボケ」

参道と接する板塀と違い、女湯との境は三メートルほどの白壁がそびえていた。とっかかりとなる足場もなく、何が何でも覗かせない強い意志を感じる。

「えっ、覗き？」

香椎の大声が届いたのか、緊張を孕《はら》んだ声が女湯から聞こえてくる。

「何でもないよ。香椎の妄想だ」

大声で海野が返答する。

「ちょっと待ってよ。違うから！　間違った大本営発表だから」

香椎は慌てて白壁の向こうに弁明したあと、「どうして」と海野を詰《なじ》る。

「お前が大声で余計なことを口走るからだろ。正当防衛だ」

そこで板塀の位置が女湯と正反対なことに気がついた。つまりいくら参道をうろちょろしても女湯は覗けない。それではあの足音は誰かが通り過ぎただけなのだろうか。しかしせわしく何往復もしていたようだったが。

決して聞き間違いではない。……ふとチュウルウの逸話を思い出す。祠から現れて人の魂を連れて行く異国の神様。もしかして今夜、誰かを連れに来たのだろうか。

いやいや、と首を強く振った。

単に土井がお供えをしたのかもしれない。彼は本気でチュウルウを信じているようだったし。しかし……その割には足音は何度も往復していた。供え物なら一往復で済むはず。

「どうしたんだ?」

よほど顔が強ばっていたのか、今度は心配げに奈多が尋ねてくる。

「チュウルウでも見たんでしょ。海野は意外と肝が小さいから」

懲りずに香椎が茶化すので、

「やめろ香椎! ドローンだけは使うな!」

再び声を張り上げた。

「じゃあ、先に出るわ。夕飯は七時からだったよな」

二人に確認したあと脱衣場に出る。奈多は温泉好きと自称するわりにマナーのほうはひどく、洗い場で頭から湯をザバザバ派手にかけて飛沫を飛び散らせて、これにはさすがの香椎も閉口していた。振り返ったとき、奈多の肩に赤い痣《あざ》ができていることに気づいた。

奈多が足音の主で、参道から慌てて戻った際にぶつけたのだろうか? しかし玄関から戻って露天風呂に来るまでのタイミングがさすがに早すぎる。だとすると関係ない場所でぶつけただけだろうか。

部屋に戻るとスマホにイヤフォンを繋いで西戸崎がベッドに寝転んでいた。

「お帰り。いい湯だったか？」

ドアを閉めた音に反応してこちらを見る。音楽でも聴いているのかと思ったら、ソシャゲをしていた。

「ああ、いい湯だったよ。ゲームをするくらいなら、温泉に入ればいいのに。お前がここに連れてきたんだろ」

「陽があるうちに風呂に入るのは性に合わないんだ」

真顔だったので本心なのだろう。妙に生真面な奴だ。

「もうとっくに陽は沈んでるぞ」

「知ってるよ。でも長風呂が好みなんだ。のんびり浸かってると夕食に間に合わないから、食べてから入るよ」

時計は六時二〇分。中途半端な時間ではある。それならどうして露天風呂しかない宿を選んだのか尋ねたくなるが、きっと「みんなが喜ぶと思ったから」とか優等生的な答えが返ってくるだけだろう。

「そうか、難儀だな。しかしソシャゲをするんだな」

ゲームとかに興味がなさそうなタイプだったので、意外に思って訊くと、

「この釣り竿、高いけどよく釣れるんだぜ」

ピュアな答えが返ってくる。釣り竿の値段は怖くて訊けなかった。

「それはよかったな」

軽い相槌だけ打ってベッドに寝転んだとき、枕元の花びらに気がついた。うっすらと桃色に縁取られた白い花びら。それが十数枚散らばっている。

「おい！」

思わず怒鳴る。

「どうしたんだ。大声を上げて」

イヤフォン越しに聞こえたらしく、西戸崎が怪訝そうに顔を上げる。

「この花」

「ん？　サザンカの花びらだな」

「お前が持ってきたのか？」

「いや、知らないが」西戸崎は首を横に振った。

「でも俺が風呂に行くときにはなかったぞ」

「窓を開けていたから、そのとき入ったんじゃないのか？　それより、何をいきり立っているんだ」

理解できない様子で首を捻《ひね》っている。たしかにベランダのサッシ戸は換気のためか軽く開けられていた。

「だって」と云って海野は口を閉じた。チュウルウの祠に飾られていた花だ。事故で死んだ若者の周りにも散っていたらしい。だが指摘するとチュウルウを怖がっていると思われるだろう。それは避けたい。

しかし都合よく自分の枕元にだけ飛んでくるものだろうか？

死者の魂……チュウルウが招くという。

魂を連れ去るためにチュウルウがわざと事故を起こさせた。冗談だろうが、矢島は不吉なことを口にしていた。チュウルウは一人が寂しくなると生贄を求めるのだろうか。


七時になり西戸崎とともに階下の食堂に向かうと、全員が揃っていた。離れたテーブルには、矢島と篠北の二人組の姿もある。その傍らで土井がかいがいしく膳を運んでいた。

少なくともまだ誰も死んでいない……海野は安心した。

じゃあ、一体何のために？　それともこれから？

美作和牛のすき焼き鍋や炒め物などが並んでいた気がしたが、折角の京の料亭仕込みの土井の料理も、不安で味がよく解らなかった。他の連中はみな旨い旨いと舌鼓を打っていたのに。

食後ベッドに横になっているときも海野はぼんやり考えていた。

西戸崎は温泉に入っていて今は一人だ。思案するには絶好の環境だが、壁が薄いのか隣の話し声が不明瞭なノイズとなって聞こえてくる。

閉め忘れた窓から隙間風が入ってくる。ベッドから起き窓を閉めた。部屋の外の真っ暗な闇が目に入る。慌ててカーテンを閉める。

考えなければならないことが二つある。

誰が枕元に花びらを置いたのか？

仮にチュウルウが実在したとして、花びらが置かれていたのは自分のベッドの枕元。つまりチュウルウに連れて行かれるのは自分ということになる。明日には冷たくなっているかもしれない。

馬鹿馬鹿しい話だ。悪戯に決まっている。では誰がこんな悪戯をしたのか。それがもう一つ。

その場合、海野が温泉に入っている間部屋にいた西戸崎以外にありえない。しかし彼が犯人にしては露骨すぎる。シラを切るにしてももっとやりようがあるだろう。遅れて温泉に来るだけでも、他の者の可能性を残せる。

そもそもどうして西戸崎がそんな真似を？

西戸崎は直情的な人間だ。回りくどい悪ふざけをするとは思えない。しかしと、昼の一件を思い出す。彼の高所恐怖症を揶揄《からか》ったのを根に持っているとか。

するとやはりチュウルウが誰かの魂を奪うのを知らせてきたのか？　堂々巡りだ。

亡くなった魂とは……ふと松原舞の顔が浮かんだ。彼女は一週間前に突然旅行をキャンセルした。もしかして舞がやってきたかと考えたが、来るなら連絡は入れるだろうし、祠への道に行くよりも先に玄関が開いているんだから迷いようがない。

たしか実家の鳥取に帰ったというが……岡山と鳥取は隣県だ。

「西戸崎君はいないんだ」

ノックのあと入ってきた聡美が部屋を見回す。色気のないジャージ姿だった。

「温泉に入っているよ。長いんじゃないかな」

「じゃあ、海野君でもいいわ。卓球しない？　いま下の遊技場でしているの」

「なんだよ、和白。俺でもいいって。おまけかよ」

「だってろくに卓球したことないでしょ」

聡美も下手くそだっただろ、と反論したが、

「だから本当は強い人がよかったのよ。パートナーを必要としているんだから」

自分を棚に上げた正論で返された。仕方なく遊技場に降りていくと、すでに奈多と彩名が待ち構えている。彩名は浴衣姿で裾のスリットを意識させて色気を発散している。

「香椎は？」

チビで小太りなため運動と無縁に見える香椎だが、卓球はめちゃくちゃ上手かった。子どもの頃から親に連れられ卓球スクールに通っていたらしい。ロボットと見紛うばかりの小気味いい動きで、スマッシュを決めてくる。

「湯あたりしたのか体調が優れないって」

一緒に入っていた奈多が説明する。そういえば口数が多い香椎が、海野が出る頃には急に寡黙になったことを思い出す。

「香椎君のことはともかく、とりあえず対戦よ」

不必要に燃える聡美に付き合わされてダブルスの始まり。しかし所詮初心者同士のペア。こてんぱんに伸されてしまった。奈多も彩名も上手いわけではないのだが、こちらが圧倒的に下手すぎた。途中、動揺のあまりピンポン球を踏み潰してしまった。気づかれなかったのを幸いに、思わずズボンのポケットにナイナイする。

泥沼の二試合を終えたところで、ジャージ姿の西戸崎が顔を覗かせた。長湯のあとらしく、顔が茹《ゆ》でダコのように火照っている。

「やっと来たか。西戸崎、代わってくれ。俺が下手すぎて和白が激オコ咸臨丸《かんりんまる》なんだ」

「勝海舟《かつかいしゅう》か、私は」聡美は勢いで突っ込んだものの、次の瞬間「じゃあ、西戸崎君お願い」と言葉つきがしおらしくなる。

ラケットで顔を隠しながら奈多がにやっとこちらに目配せする。聡美が西戸崎を好きなのは周囲にバレバレだからだ。当の二人以外は。

とはいえ西戸崎は彩名と交際している。半年ほど前からだろうか。うまく隠してはいるが。

聡美の緊張を、余裕の表情で見下ろす雁巣。いやな女だ。とはいえ海野も最初はそんな本性に気づかず、彼女と付き合っていたことがある。しかもたった二ケ月であっさり捨てられ魔性に気づかされた有様。なんともまあ情けない。そんな汚点があるので、三角関係にとやかく口を挟むわけにもいかない。

ともかく、西戸崎・和白組VS.雁巣・奈多組で灼熱のラリーが始まる。

「面白そうだね」

「醍醐味と云えば醍醐味か」

やがて湯上がりの矢島と篠北もギャラリーに加わってきた。いつしか後片付けを終えた土井も。しかも土井は観戦のみならず参戦してきた。


「香椎君、とうとう来なかったね」

熱戦という宴のあと、ボールをしまいながら聡美が呟いた。最終的に大人げない土井の圧勝だった。本人は謙遜しているが、きっと京都で修業の傍ら卓球場に通い詰めていたに違いない。ほぼ無敵状態だった。香椎がいれば対抗できたかもしれないが。

「湯でのぼせたのかもな。帰ったら様子を見とくよ」

心配げに奈多が云う。脆弱なくせに十試合近くこなしたので、顔が紅潮している。

「でも、その前に温泉に入るよ。汗をかいたから」

いかにも温泉好きの奈多らしい。もしかすると心地よく温泉に入るために、卓球に精を出したのかもしれないが。

もしかして香椎がチュウルウに連れ去られるのだろうか。卓球に来なかったのはその前兆で。海野の脳裏を不安が過《よ》ぎるが、あいつはそんなタマでもない気がする。ではやはり自分が連れて行かれるのか？

その夜、なかなか寝つけなかった。

＊

翌朝、香椎は生きていた。チュウルウを信じていたわけではないが、海野はほっとした。

「えっ、俺以外の全員がいたの？　土井さんも？　それなら俺も押っ取り刀で馳せ参じたかったなあ、卓球」

けろっとした表情でぱくぱく朝食を食べている。どうやら昨晩は本当に湯あたりしたらしい。正確には泉質が合わなかったらしく、ずっと肌がむず痒《がゆ》かったとのこと。

「せっかくいい温泉なのに可哀想」

聡美が同情すると、

「ホント、もったいない奴なんだよ、香椎は」

と奈多も勝手に憤慨している。

もちろん海野自身も生きている。少し寝不足だったが。例の二人組も土井ももちろん無事。思わず神に感謝する。

きのこ鍋、川魚の塩焼きと朝から豪華な膳だ。安心したせいか、今朝は味が解った。土井の腕前は素晴らしい。

朝食後少しして、土井の案内で麓《ふもと》の河原に向かった。昨日話していたもう一つの絶景ポイントだ。バスで五分ほど下っただろうか。展望台から見えた川の下流に当たるのだろう。三メートルほどの川幅で緩やかに流れている。

史跡やパワースポットではないらしい。小石と巨岩がランダムに並ぶ河岸以外は何もない。ただ土井が自信満々で連れてきたのは訳があり、上流で舞い落ちたあまたの紅葉がゆっくりと流れてきているのだ。

夜中に降った雨のために濡れた川原の小石が、陽光でキラキラと輝いている。その中を星の数ほどの紅葉が、川に揺られくるくると回りながら目の前を通り過ぎていく。〝龍田《たつた》の川の錦なりけり〟というフレーズが思わず頭に浮かぶ。

「すごい」と聡美が声を上げる。ハイヒールで危なっかしそうに歩いていた彩名も、足を止めじっと見とれている。

カシャカシャと奈多がスマホのシャッターを切っていた。矢島も無言でスマホの動画で紅葉を追っている。

「この先に堰《せき》があって塞《せ》き止められてしまうので、紅葉がきれいに流れるのはここまでなんですよ。これはガイドブックにも載っていない、お客様にだけお教えしている場所です」

客の反応に満足して饒舌に補足するが、自慢したくなる気持ちはよく解る。

「私はブラッディメイプルリヴァーと密かに名づけています」

最後は余計だった。

絶景のおかげでチュウルウのことなど頭から消え去り満足して帰ってくると、すぐに昼食だった。連泊客用のサーヴィスということで、キノコをふんだんに使ったホルモン焼きうどんだった。ホルモン焼きうどんはこの地方の名物らしい。もちろんおいしくいただいた。

昼食後、海野は一人で地の祠に向かった。昨日供えられていたサザンカの花が枝から二輪毟《むし》られていた。花びらがなく、黄色い雄蕊《おしべ》が無残に残っているだけ。一瞬びくっとしたが、足下に一枚落ちていることに気がついた。

何のことはない。誰かが毟り取ったのだ。もしチュウルウの仕業だとしたら、一枚零《こぼ》すなんて不細工な真似はしなかっただろう。夕暮れで暗くなったので見逃したのだ。見逃したのは、それをやったのが人だから。

安心すると同時に、誰がこんな悪戯を、という憤《いきどお》りが湧き上がる。

いや怒りに呑み込まれてはいけない……一旦心を落ちつかせるために海野は温泉に入った。まだ呼吸も荒く硫黄でむせるが、頭を冷やせたおかげで思いついたことがあった。

「そういえば、昨日俺が温泉に入っているとき、トイレに行かなかったか？」

部屋に戻ったとき、ソシャゲに興じている西戸崎に尋ねる。

「うーん、どうだったかな」西戸崎は課金の手を止めしばらく考えていたが、「一回、行ったわ」と認める。「それがどうしたんだ？」

「いや、別にいいんだ」

「変な奴だな。……あそうだ、思い出した。ちょっと、散歩してくるわ」

怪訝そうに何度か海野を見たあと、西戸崎が部屋を出る。心なしか声が弾んでいたので彩名と散歩《デート》するのかもしれない。もう自分には関係ないことだ。二人の幸せを願うだけ。海野はベッドにごろんと横になった。

頭を切り替え状況を整理する。花びらが人の仕業とすれば何も恐れるものはない。

祠の前の足音。奈多と香椎はすぐに温泉に入ってきたからそんな暇はない。それは女湯に入っていた彩名たちも同じだ。勢い西戸崎になるのだが……。

旅の疲れもあり転寝《うたたね》していたのだろう。気がつくと窓の外に雨が降っていた。枕元の時計を見ると三時一〇分だった。天気予報では雨はなかったのに。西戸崎はまだ戻ってきていない。

太ももの付け根に違和感があったので、ズボンのポケットに手を突っ込むと、昨夜のピンポン球が入ったままだった。ピンポンといえば、あの二人組は傍観しているだけで試合に参加しなかったな……。

そのとき閃《ひらめ》いた。西戸崎がトイレに行った際に忍び込める人物。海野が温泉に行くタイミングを知った人物。

ガバッと身体を起こし階下へ向かう。休憩室では矢島と篠北がマッサージチェアに身を埋《うず》め談笑していた。

海野は矢島の前に立つと、

「矢島さん。あなたの悪戯ですね」

枕元にあった花びらを見せる。すると矢島はこれ以上ない満面の笑みで、「ご名答」と頷いた。

「楽しんでくれたかな」

2

商店街の福引きで二泊三日の温泉旅行が当たった。せっかくなので木更津悠也《きさらづゆうや》を誘ったら、ちょうど難事件が解決して身体が空いているとのこと。

というわけで美作の温泉地に向かった。推理作家としての私・香月実朝《こうづきさねとも》の知名度など皆無に等しいが、ばれたら面倒なので（ばれなくても哀しいが）変名にしないかと持ちかけてみた。「『やじきた』からとって、名前を矢島と篠北にしないか？」そう提案すると、「構わないよ」木更津があっさり同意する。そういえば、と思い出した。以前新幹線の中で、探偵だと自己紹介したために修学旅行の女子高生たちに質問攻めにあっていた。容疑者でもない女子高生に囲まれる機会なんてそうそうないだろうと茶化したが、彼は「代わってほしいくらいだ」と真顔で辟易《へきえき》していた。それで今回はあっさりと隠密旅を受け入れたのだろう。

駅から送迎バスで二〇分ほど。もともと山間の駅だったのにずいぶん山奥に入ったなと思われるころ目的の宿に着いた。

二人で一部屋。追加料金を払うからもう一部屋融通してほしいと、事前に木更津が申し出るも、満室だと断られていた。意外と人気の宿かと思っていたら、送迎バスには学生の六人組が同乗していた。そのせいで部屋が埋まったのだろう。聞けば卒業旅行とか。

宿に着くと、チュウルウの話に珍しく木更津が食いついた。そういうのはワトソン役である私の役割なのだが……事件の臭いでも嗅ぎ取ったのだろうか。

とにかく話を合わせ、二〇四号室の鍵を二人分もらう。観光地にありそうな五角形の通行手形がついた鍵だった。天井の高い客室に入りベランダから外を眺めると、紅葉が目に入る。京都より素晴らしいという主人の自負も嘘ではないようだ。

「座敷童子が好きなんて、初耳だな」

私が尋ねると、彼はすました顔で、

「旅館のホームページに載っていたので調べてみたのだが、他のサイトのどこにもチュウルウの伝説などなかった。少なくとも十年前にはね」

「どういうことだ」

「座敷童子に似た伝承はなくはないのだが、ここではなく、もっと瀬戸内に近い地域だ」

「犯罪が絡んでるのか?」

名探偵の嗅覚が働いたのか。私が身を乗り出すと、

「それはないだろう。たわいもないものだよ。パワースポットと銘打った、ただの客寄せのでっち上げだ。チュウルウも中ノ湯を音読みしたのを捩《もじ》ったのだろう。さながら一夜城の故地に立派な白亜の天守を建てるがごとし。だから伝説がどこまで作り込まれているか逆に気になってね」

「底意地が悪いな。それなのに興味ある風を装って参加するか」

さすが名探偵だけあって、邪悪な本心をおくびにも出していなかった。

「せっかくの旅行だ。刺激があったほうがいいだろ」

結果的にチュウルウの祠は予想より面白かった。祠自体はどこかから払い下げられたのか、それとも拾ってきたのかといわんばかりの古道具だったが、二ヶ所あり、上下が洞穴で繋がっているという凝りよう。主人が真剣に語り、学生たちが真面目に反応しているのを見ると楽しくなってくる。木更津はどうだろうかと窺ったが、表情からは読めなかった。

とはいえ展望台の眼下に広がる紅葉の錦織は本物で、それを目にできただけで甲斐はあった。古都の侘《わ》び寂《さ》びとは違うベクトルのダイナミックな光景。主人が自慢するのも理解できる。

そんな中、海野という長髪の学生だけが一人斜に構えていた。「退屈だ」と不満げな表情を隠そうともしない。山道でずっと不平をこぼしていたパンプスの雁巣彩名ですら感動しているというのに。

むしろ他の学生が楽しんでいるのを見て、頑なになっているように映った。飲みに行って、先に酔われると酔うことができなくなる、そんな感じだろうか。仲間外れとかではなく、その場の雰囲気にノリにくいのだ。

私も昔は似たところがあったので、他人事に思えなかった。それに木更津が退屈しているように、私も退屈気味だった。温泉で楽しめるほど老熟していない。

宿に戻り廊下に出ると、ちょうど海野が温泉へ向かうところだった。

彼が入ったあと脱衣場を覗いたが、籐籠の衣服は一人分で他にいる気配はない。ついでに女湯も覗いたが、露天風呂には女子二人が入っていた。うっすら聞こえてきた話し声は女湯のものらしい。

急いで外に出て裏手に回り込む。チュウルウの祠の前でサザンカの花びらを毟り、何度か足音荒く往復すると、期待通り彼が反応したのが解った。

ざばざばと湯をかき分けて近づいてくるので、急いで祠の裏の洞穴に隠れる。夕暮れ時で照明もないので、息を潜《ひそ》めていれば向こうからは見えないだろう。

断っておくが、いくら私でもチュウルウの祠が本物だったら供花を毟ったり洞穴に隠れるような真似はしない。そこまでの無神論者ではない。信頼する名探偵が偽物だと断言してくれたから、できたことなのだ。

しばらくして諦めて湯に戻っていく音が聞こえた。忍び足で二〇四号室に帰り、隣室の様子を窺う。

「どうしたんだい」

部屋でくつろいでいた木更津が尋ねかけてくる。私が何か企んでいるのに気づいたみたいだが、さしあたって咎めるつもりはないようだ。

やがて隣の部屋のドアが開き西戸崎がトイレに行く音が聞こえた。案の定施錠されていない。

さて、どちらが海野のベッドか……それはベッドの脇に置いてある荷物で簡単に判った。

毟ったサザンカの花びらを枕元に数枚並べておく。

急いで二〇四号室に戻ってきたとき、西戸崎がトイレから戻る音がした。

＊

昼食のあと温泉に入ろうと部屋を出ると、一番奥の部屋から声が聞こえてきた。女子二人組の部屋だ。二時三〇分頃だろうか。

「温泉に行かない？」

ドアを開け廊下に一歩踏み出した和白聡美が、振り返り中に声を掛けている。ジャージにバスタオルと、服装は気が緩んでいるが逆に温泉宿の風情がある。

「ごめん、ちょっと疲れてるから」

中から雁巣彩名の声が聞こえてきた。

「疲れてるときこそ温泉なのに」

「頭が重くて風邪かもしれないから、ひと眠りしてから考える」

「そっか。じゃあ私もやめとく」

立ち聞きも悪いので、彼女たちがこちらに気づく前に階段を降りた。入れ替わりに湯上がりで生乾きの長髪のままの海野が上ってくる。私は素知らぬ顔ですれ違いざまに様子を窺ったが、意外にもすっきりした表情だった。

「あまり若者たちをかき回すなよ」

温泉に浸かっていると、湯船の反対側で木更津が呼びかけた。

「せっかくの旅行だ。刺激があったほうがいいだろ」木更津の言葉を借用したあと、「でも、これ以上はしないよ。さすがに彼も気づいている頃じゃないかな」

「君はもう学生じゃなく、いい大人なんだから。それとも海野という青年にシンパシーを感じるところがあったのかい」

大学からの付き合いである木更津にはさすがに隠しきれないか。

「……なあ、木更津。ワトソン役って名探偵がいないときには何をすればいいんだい？」

「それであんな茶目っ気を起こしたのかい。事件がないときは、自分の人生を送ればいいんだよ」

自分の人生といっても、ワトソン役こそが私が選んだ人生だというのに。とはいえそれを木更津に訴えても始まらない。

「つまりもっと本業の小説を書けということか」

「それは君の自由だ。僕は君の担当編集者ではないからね」

「じゃあ、温泉旅行で怠けてもいいと」

「君がそれでよければね」

「どっちなんだ？」

思わず声を荒らげたが、木更津は平然と、

「仕事に没頭しようが趣味を満喫しようが、それは君の人生であり、君の裁量だよ。ワトソン役をするのも含めてね」

「君が探偵をするのも？」

「それは使命だ」

「自分だけずるくないか」

湯煙の向こうの名探偵は答えなかった。会話が途切れたので、ぼんやり空を眺める。今まで抜けるような青空だったのが、一瞬にして曇り始めた。ぽつぽつと雨が降り始める。山の天気は猫の目とはよく云ったものだ。

露天風呂の中なので身体は影響ないが、顔にポツポツ当たるのは鬱陶《うっとう》しい。屋根つきの湯船に移ってもよかったが、充分入ったので頃合いかと脱衣場に戻ることにした。脱衣場の時計を見ると三時一〇分だった。

手早く着替えて休憩室のマッサージチェアでくつろいでいると、ドカドカ荒々しい足音とともにドアが開き、

「矢島さん。あなたの悪戯ですね」

サザンカの花びらを見せ、鬼気迫る表情で海野が尋ねてくる。

私は笑みを浮かべ、「ご名答」と頷いた。

「楽しんでくれたかな」

「楽しめるわけ……どうしてこんなことを」

トニックの香が漂う長髪を乱しながら海野は抗議する。

「いや、君が退屈そうだったから。刺激を与えようかと思ってね。悪かったね、脅かしすぎた

かな」

「そんなことはありません。別に怖くもなんともなかったですが……」

伏し目がちなその表情は、明らかに強がっていた。かといってそのまま指摘すれば彼のプライドを傷つけるだけ。

「そうか。なら次はもっと怖い仕掛けを用意しなきゃな」

「もう結構です」

長い睫毛《まつげ》の目で、キッと睨みつけてくる。

「それより、チュウルウのお供え物の花を毟って大丈夫なんですか？」

「それはまあ……」さすがにアレは偽物だからとは云えない。「チュウルウは異教の神だろ。僕はね、ロシア正教の信徒だから」

海野が眉を顰《ひそ》める。冗談かどうか、彼は判断に困っているようだった。


「百点の対応とは云いがたいな」

肩を怒らせながら海野が部屋に戻っていったあと、木更津が肩を竦めた。

「その割には君も止めなかったじゃないか。当然昨日から気づいていたんだろ、篠北クン」

「僕が止めたら、やめたのかい？」

私は答えなかった。わざとらしく窓の外を見ると、雨脚は弱まり、晴れ間を見せ始めていた。

「雨が上がったら外に出ないか？　サザンカの花を供えたいんだが。花が毟られていることに気づいたら、土井さんも驚くだろう」

降り始めてから二〇分ほどで雨もすっかり上がり、空は再び青々と晴れ渡ってきた。天高く馬肥ゆる秋そのままに。

買い出しに行くと云って昼食後、土井はワゴン車で下山していったが、駐車場にはまだ車は戻ってきていない。今日は何を仕入れ、何を作ってくれるのだろうか。昨晩も今日も料理は美味しかった。

ともかく土井に気づかれる前に祠のサザンカを戻しておこう。私は道ばたのサザンカを一本手折った。塀の向こう、湯煙の奥から湯をかける音が幽かに聞こえてくる。そんな温泉宿の風情にあてられたわけではないが、

「気晴らしに展望台まで散歩でもしよう。雨上がりの楓もいいかもよ」

新しいサザンカに入れ替えたあと私が誘うと、木更津も賛同した。階段と登山道、あわせて一五分ほど登って分岐点に辿り着く。未舗装の参道に靴跡が残っていた。展望台に向かう一組の足跡。雨が降る前のものらしく、靴痕は雨のために少し崩れていた。夜中に降った雨のせいで、昨日の靴痕はみなかき消えている。つまりこの足跡は今日つけられたもの。

「面白いな。行った足跡はあるが、帰った足跡がない」

木更津が興味深そうに呟く。探偵モードのトーンに変貌していた。

「昨日の逆で、帰りは迂回路から戻ったんじゃないのか?」

「最初はそう思ったんだが、ほら」

少し進み迂回路の分岐路を指し示す。迂回路は登山道同様にコンクリートで固められているが、地震で地表が崩れむき出しになった場所だけは人為的に足跡がかき消されていた。雨はその後降ったらしく、足跡が消された際に残った凹凸も緩く崩れている。

「どういうことだ？　行きの足跡は残して、帰りの足跡は消したってことか」

「普通に考えれば、そうはならない。ともかく足跡を追いかけてみよう」

参道に戻り、ついている足跡を踏みつけないよう注意しながら展望台へ向かう。

木橋を越え展望台まで何の躊躇いもなく一直線に足跡は進んでいた。いや一ヶ所、鉄橋が見える絶景ポイントでは少し寄り道した感じだった。

しかし展望台の祠の前に来たときに、急に足跡がかき消されていた。祠の前から展望台のV字の先端まで広範囲に亙って一面を塗りつぶすように。地面に舞い落ちた紅葉も、土と混じり汚く濁《にご》っている。もちろん迂回路のコンクリートへ続く部分も同様だ。

祠の脇に置かれている箒を使ったのだろう。毛先が泥塗れになっていた。

「どうなってるんだ？　何か起きたことは間違いない」

「参道の足跡は被害者の、迂回路の消された足跡は犯人のだろう。そして犯行現場はここだな」

祠の前に血まみれの石が落ちていた。一リットルのペットボトルほどの大きさで、中央の平らな部分に真っ赤な血痕が付着している。血は石だけでなく祠の屋根にもあり、こちらは被害者が倒れ込んだのか手の痕がべったりと残っていた。石の前には、なぜか潰れたピンポン球が下半分を土にめり込ませた状態で落ちていた。白球は目立つので、昨日はなかったはずだ。持ち上げると、球の下は少し乾いていた。

「殺人事件か？　でも死体は？」

洞穴の中にでも運ばれたのかと覗いてみたが、死体はなさそうだ。入口は苔むしたままで、人が立ち入った気配すらない。

だとすると……展望台の方を振り返ると、鉄柵の傍らに木更津が立っていた。近づくと、錆びた鉄柵にうっすらと血の跡が残っている。

ドキドキしながら下を覗く。崖から五メートルほど下に畳二枚を縦に並べたほどの平らな出っ張りがあり、紅葉の絨毯の上に死体がうつ伏せで落ちていた。死体の服は雨に濡れている。その脇には部屋の鍵が落ちていた。五角形の木札は死体の下敷きになっていて、部屋番号までは判らない。

「ここから転落したのか」

「おそらく、わざわざ、犯人が落としたのだろう」

「わざわざ？」

「ああ。鉄柵に血が飛んでいるからここで襲われたのは間違いない。しかし被害者は抵抗して祠の前までもつれ込んだ」

鉄柵から祠まで一〇メートルくらいか。たしかにその間はずっと足跡が掃き消されている。

「そして祠の前で犯人は最後の一撃を放ち被害者は息絶えた。そのとき屋根に手をついたのだろう」

「祠に手をついたあと再び鉄柵まで戻ってきたとは？」

「それなら凶器の石が鉄柵の前に落ちているはずだ。犯人がわざわざ祠の前まで持ってくる理由がない」

「じゃあ、犯人はわざわざ祠から鉄柵まで死体を運んで放り投げたのか。犯行を隠滅するために？」

「どうだろう」木更津は否定する。「突起部はわずかで、少し場所をずらせば谷底まで容易に落とせたはずだ。それに凶器の石は放置したままで、祠や鉄柵の血痕も隠そうとしていない。むしろ死体や犯行の隠滅には関心がなかったように見える」

「すると他に理由があってわざわざ死体を落としたと？」

歩けば数秒の距離だが、血まみれの大人を運ぶとなると厄介だ。それをあえて実行する重大な事情。

「そうだな。まあ、理由はおおよそ想像がつくが。手間を惜しんだことが犯人の命取りになるだろう」

既に光明を見いだしているのだろうか。頼もしい言葉だ。

「それであの遺体はどうする？　おとなしくここで警察が来るまで待つか」

無理をすれば崖の斜面に沿って死体がある出っ張りまで降りられなくもないが、雨のせいで足場が更に危うくなっている。

「その前に、犯人の身柄の確保が必要だな。今のところ動機が不明なので、まだ犯行を重ねる

「可能性も充分にある」

木更津は冷静に指摘するが、いつもと云い回しが違っていることに気がついた。

「……もしかして、君にはもう犯人が解っているのか?」

思わず彼の顔を見ると、

「もちろんだよ」

木更津は伊達眼鏡の奥の瞳をキラリと光らせながら、自信に満ちた表情でゆっくりと首肯した。

途端、一陣の風が山を駆け抜け、紅葉のシャワーが彼に降りかかる。

さすが名探偵だ。

【読者への挑戦】謎を解く手掛かりはすべて揃いました。さて、犯人は誰か？

「では、中ノ湯に戻ろうか」

　警察に通報したあと、木更津は躊躇《ちゅうちょ》なくきびすを返した。本当に死体が横たわっている場所まで降りる気はない様子だ。被害者の検分どころか、うつ伏せなので展望台からでは被害者の顔すら見えないというのに。

「被害者の確認をしなくてもいいのかい」

　念のため尋ねてみたが、

「ああ、被害者が誰かは手がかりから特定できるからね。それに君が小説化するとき、このあたりで読者への挑戦状を差し挟むのだろう。下手に確認すれば、むしろアンフェアになる」

　木更津はワトソン役の小説化まで勘案してくれる、ありがたい名探偵だ。

「それとも君が下まで降りて確認してくれるかい？」

「遠慮しとくよ」

　雨でぬかるみ滑りやすくなった斜面を見下ろしながら、私は辞退した。いかにワトソン役を自認しているといえど、命あっての物種だ。被害者を確認しようとして、ワトソン役がミイラになったら元も子もない。

「なら、行こう」

返答など判っていたとばかりに、彼は歩みを進める。向かったのは、行きと違い迂回路のほうだった。犯人が道に痕跡を残していないか確かめるためだろう。結果的には、犯人はそんなへまはしなかったようだが。

「それで犯人は誰なんだ？　挑戦状の心配までしてくれるということは、もったいぶらずに推理を披露してくれるんだろう」

道すがら尋ねる。行きと違い左右に樹木が迫っているため、山全体に立ちこめる雨上がりの湿った空気を感じる。

「そうだな」意外にも木更津はあっさりと頷いた。規則正しく運んでいた歩みのテンポを少し落とすと、「まず展望台の下に落とされている被害者が誰なのか考えよう。被害者は犯人に誘い出され、あるいは自ら犯人と待ち合わせをし、展望台まで行き、そこで犯人に殺された。潰れたピンポン球の下の土が比較的乾いていたことから、犯行は雨が降る前か降り始めた直後に行われたと考えられる。また犯人と被害者が異なったルートで展望台に向かっていることから、二人一緒ではなく別々に出て現場で落ち合ったとみられる。そこまではいいかい」

「もし一緒に登ってきたのなら、犯人は相手を警戒させないために、わざわざ別の道を通らないだろうからな」

「犯人が迂回路を通りたいと云えば、被害者もそれに従っただろうしね。被害者の足跡だけを残す必要はない」

木更津は補足する。

「二人は別々に展望台までやってきた。そして被害者は展望台で落ち合うことに全く警戒していなかった。これは絶景ポイントで足を止め呑気に景色を眺めていたことからも推察される。つまり被害者は展望台で襲われたり殺されたりするとは全く考えておらず、純粋に自由意志で迂回路ではなく参道ルートを選んだことになる。ここまではいいかな？」

「いいとも」どう答えるのが正しいのか解らないので、とりあえず定番の相槌を返しておいた。

「被害者は自由意志で参道ルートを選んだ」木更津は繰り返したあと、「そうなるとだ、たとえば西戸崎充。高所恐怖症の彼が展望台に向かうのに、わざわざ木橋がある参道ルートを選ぶだろうか？」

「ないな」私は大仰に首を横に振った。「昨日の醜態を見れば、西戸崎ならこの迂回路を通っただろう」

そのまま全肯定してもつまらないので、「でも」とワトソン役らしく私は反論した。「たとえば犯人がそう思わせないために、参道ルートを通るように挑発したとか。昨日、彼の友人がやったように」

しかし木更津に鼻で笑われた。

「なんのために？　被害者が西戸崎ではないと思わせるためにかい？　しかし死体は頭部や両手を切断されることもなく崖の下に残っていて、警察が調べれば誰かはすぐに確認できる。いや警察でなくても、もう少し足場がよければ僕たちでも可能なことだ。もし犯人が被害者が誰か知られたくなかったのなら、少し横から投げて谷底に落とせばよかったし、間違ってあそこに落ちてしまっても、下まで降りてそこから再び谷底に落とせばよかったんだよ。いくら足場が悪くても、第三者の僕たちと違って、殺人のリスクを天秤に掛けなければいけないわけだし必死になるだろう」

「そうか。犯人はことさら被害者の存在を隠したかったわけじゃないのか」

「そもそも宿に戻れば誰が生きていて誰が消息不明になっているかすぐに判るしね。この手の手がかりでありがちなのは、西戸崎が犯人で、あえて参道ルートを通ることで自分が犯人ではないと主張するパターンだ。高所恐怖症で通れないのを逆手にとって捜査側を誘導するというふうにね。だが現実には犯人は迂回路を通っている。迂回路の入口と展望台の足跡をかき消していることからも、それは明らかだ。そして犯人が迂回路を選ぶのは、足跡を残さないためという至極合理的な理由がある。つまり参道を通ったのは被害者だ。そして犯人と違い、被害者はルートの選択に策を巡らせる理由がない」

「つまりそこから被害者の正体を絞っていくわけか」

「そう。同様にハイヒールしか持っていない雁巣彩名も、迂回ルートを通っただろうから被害者ではない」

「まあ、被害者が参道ルートを通ったなら、まずこの二人が被害者ではないということは僕でも理解できるけど」私は再び反論した。「……でも被害者の方も何か企んでいて、たとえば本当は被害者が犯人を殺すつもりだったのが、返り討ちに遭ったとは考えられないか？　それなら本来は犯人である被害者の足跡が参道ルートに残っているのも不自然じゃない」

これから犯行に及ぼうとする西戸崎や彩名が、あえて参道に足跡を残した。犯人である彼らが参道ルートを通るはずはないと捜査陣に思わせ容疑の圏外に出るように。

「とても不自然だよ。犯行に及ぶなら足跡が残らないよう迂回ルートを通るのが自然だろうし、敢えて参道ルートを通ったとなれば偽装の可能性がどうしてもつきまとう。安易な粉飾に騙されるほど警察もピュアじゃないし、そんなピュアな警察像を犯人側も期待していないだろう。よって殺されたのは最初から被害者で返り討ちなどではないのが判る」

「つまり参道ルートの足跡にはなんの偽装もないということなんだな」

「その通り」と木更津が頷く。「では、あれが誰の足跡なのか絞り込みを進めていこう。残るは香椎大地と奈多康生、和白聡美と海野中道、中ノ湯の主人の土井、そして我々だ。当然我々は犯人の可能性はあっても被害者ではない。君が幽霊でもない限りはね」

「ちゃんと足はついているさ」

私は歩きながら、片足をこれ見よがしに前へ突き出した。

「また土井さんは車で買い出しに行って、まだ戻ってきていない。宿を出た際に見たが、駐車場に車がなかったからね。彼が犯人なら離れた場所に車を停めてこっそり戻ってくることもあるだろうが、被害者ならただの待ち合わせのためだけにそんな小細工はしないだろう」

「例えば犯人と被害者が密談するとかで、被害者側にもやましい部分があって、そのために小細工を施した可能性は?」

「君はどうあっても被害者側に不審な点があったことにしたいようだが」木更津は苦笑しなが

ら、「現場の展望台が紅葉の名所であることを、君は忘れているよ。寂しくても、いつ人が来るか判らない場所なんだ。そんなところでわざわざ車の駐車位置を変える手間暇を掛けるほどの密談をするかい？　実際に僕たちもサイトシーイングで展望台を訪れようとしたわけだし。もし被害者も疚《やま》しさを共有していれば、もっと人気《ひとけ》がない安心できる場所で落ち合ったはずだ。ブラッディメイプルリヴァーとかね。逆に云えば犯人は被害者を警戒させないために、展望台を選んだと考えられる」

「なるほど」

「そういうわけで被害者は土井さんでもない。……次に和白聡美だが、二時半に我々が温泉に行ったとき、彼女も温泉に向かうようだった。たまたま彩名の調子が悪く断られたが、もし誰かと展望台で待ち合わせをしているのなら、彩名を温泉に誘わないだろう。つまりこの足跡の主は聡美ではない」

「でも……最初は温泉に入るつもりだったけど、そのあとで犯人に誘われ待ち合わせする約束をしたとしたら？　時間的にも翻心の機会は充分にあるはずだろ」

「ご指摘の通りだ。君もワトソン役らしい発言が上手くなったね」

嬉しそうに木更津は言葉を返すが、本当に褒められているのだろうか？　とりあえず前向きに受け止めておく。

「先ほど下の祠へ向かう際、塀の向こうの温泉から人の気配がしただろう」

「ああ」記憶を辿りながら私は頷いた。「誰かが湯をかけている音が聞こえてきた」

「それなら、誰が入っていたか解るかい」

「さあ。君には解るのか？」

逆に私が問い直すと、木更津は「もちろん」と笑みを浮かべた。

「食事の時の会話を小耳に挟んだのだが……」そう前置きする。盗み聞きは名探偵の特権だ。

「西戸崎は陽があるうちは温泉には入らない。そういう性分だそうだ」

「つまりあれは西戸崎ではなかったと」

「そういうことになる。また、泉質が肌に合わなかった香椎とも違うだろう。昨日の今日で、温泉に入るとは考えられない。仮に何らかの理由で汗をかいたとしても、脱衣場のシャワーを浴びれば済むことだ」

「香椎でもないというわけか」

被害者を絞る消去法の最中に、別の消去法が割り込んできたので混乱しそうになるが、素早く頭を整理する。これは私たちが脇を通り過ぎたとき誰が温泉に入っていたかを特定する消去法だ。

「彩名も風邪気味だから入らないはず。わざわざ聡美の誘いを断ったわけだしね。また、海野は我々が温泉に入る前に一度入っていた。温泉地で外湯を巡るのならともかく、ごく短時間に同じ湯に再び入るとは考えにくい。そもそも君の悪質な悪戯のせいで温泉どころではないだろうし、万が一頭を冷やすために再び入湯していたとしても、昨晩のように君が塀の向こうを通っているわけだから、また何か企んでいるのかと近づいて文句の一つも云ってくるはずだ。しかし入湯客は心穏やかなものだった。穏やかと云えば、奈多の入浴スタイルはザバザバ湯をかけて傍迷惑らしいね」

「つまり静かにかけ湯をしていた人物像に、奈多も当てはまらないということか」

「そして土井さんは出かけている。出かけたと偽装して温泉に入るのは、展望台に行くより無理がある。また我々二人は外を通り過ぎた側。つまり温泉に入っていたのは残った一人、聡美ということになる。板塀の向こうの白壁の更に奥からの音だから、幽かだったことの説明もつく。当初の推察通りだね。それゆえ聡美は被害者ではない。我々を追い越して展望台の被害者になるのは不可能だ」

まあ、当然だ。私たちが参道ルートを通っている間に迂回路から駆け足で追い越すという可能性も、私たちが被害者の足跡を辿って参道ルートを進んだことと矛盾するわけだし。

「次に現場に落ちていたピンポン球だが、昨夜の卓球で海野のズボンの前ポケットが丸く膨《ふく》らんでいたことに気づいたかい?」

「ああ。おそらく球を踏み潰したかして思わずポケットに入れたんだろうな」

その場を目にしたわけではないので推測に過ぎないが、ばつが悪くなって隠蔽したのだろう。

「じゃあ、海野が被害者なのか?」

「まさか」と木更津は一笑に付す。「犯行は雨が降る前に行われている。しかし海野が君にねじ込んできたのは雨が降り始めてからだっただろう。雨が降る前に殺されて遺棄された被害者が、降り始めてから君に会えるわけがない」

「じゃあ、あの海野君は幽霊だったのか！」

「そう思いたければ、思えばいい。日本では思想の自由は保障されている」

木更津はにべもなく突き放すと、

「それに先ほどねじ込んできた彼のズボンのポケットにはまだピンポン球が入っていた。つまり現場に落ちていたピンポン球とは別物だ。僕の思想信条では、ピンポン球の幽霊もまた肯定しないからね」

「何の幽霊なら承認するんだ。というか、それじゃあ現場のピンポン球はどういうことになるんだ？」

「海野以外にも同じことをした者がいるだけだよ。踏み潰して思わずポケットに入れてしまう。海野と同じように、忘れて翌日もポケット――ズボンか上着かは判らないがね――に入れたままにしている。それを現場で襲われた際に落としてしまった。つまり被害者は昨晩卓球に参加していた人物だ」

「待ってくれ、結論が早いよ。被害者ではなく犯人がピンポン球を落とした可能性はないのか？」

いつの間にか石段まで来ていた。濡れた石段を下るほど危険なことはない。推理を聴くことに夢中なあまり足を踏み外してしまわないよう気をつけながら、私は尋ねた。

「土の上に白いピンポン球はかなり目立つ。祠の裏ならともかく、祠の前に落としたのなら気づかないはずはない。それに昨晩拾ってポケットに入れたのなら、ピンポン球に自分自身の指紋が残っている可能性が高い。犯行後、現場の足跡をかき消して隠滅するだけの冷静さがある犯人が、ピンポン球を見逃しはしないだろう」

「じゃあ、わざと現場に置いたとか。犯人が卓球に参加していたと捜査陣に思わせるために」

「そうなると唯一卓球に参加しなかった香椎が犯人ということになるが……その行為に何の意味があるんだい？　香椎以外は全員集合したのだから、当然被害者もあの場にいたはず。なら捜査陣は被害者がピンポン球を落としたと考えるだけだよ。この細工は、被害者も卓球に参加していない場合にしか成り立たないんだ。しかし朝食時の会話で、香椎も自分以外はみな卓球をしていたことを知っている。なのでピンポン球を故意に落としたところで、容疑が自分から逸れることはない」

「つまりピンポン球は被害者が落としたものであると」

「犯人に落とす理由がない以上、そうなるね。被害者は卓球に参加していた中にいて、参加していなかった香椎じゃないということだ」

「……じゃあ、残る奈多が被害者？」

もう他に関係者はいないはずだ。

「ご名答。これでようやく被害者が確定した」

イスカンダルに辿り着いたヤマトの諸君のように木更津はほっとした笑みを浮かべた。しかしまだ帰路がある。アニメではほとんどカットされていたが。

「でも……考えてみればそんなの下まで降りて確認すればすぐに済む話じゃないか。問題はその奈多を誰が殺したかだよ」

　実際、倒れていた死体は服装からして奈多っぽかった。間違っても彩名ではない。

「慌てなくても、被害者が奈多だと判明すればあとは簡単だ。イスカンダルから帰還するヤマトのようにね」

　ネタかぶりというか、いつ私の思考を読んだのだろうか……さすが名探偵と戦《おのの》かざるをえない。

「被害者が奈多とすれば、不自然なことが一つある。僕たちが宿に到着して土井さんから部屋の鍵を渡されたとき、彼は貰った鍵をウエストポーチにしまい込んでいた。学生たちの話によると、大事なものは慎重に扱うという彼の性格かららしい。しかし現場では死体の傍らに鍵が落ちていた。鍵だけが。被害者が奈多である限り、殺された拍子に鍵が落ちたり、犯人に崖下に落とされたときポーチからたまたまこぼれ出たとは考えにくい」

「じゃあ、犯人がわざわざ鍵を落としたのか？」

　木更津は静かに首を横に振ると、

「鍵に結わえられた五角形の札が、身体の下敷きになっていた。鍵は後で落とされたのではない。先に落ちていたんだよ。それでもう一つの疑問の解決がつく」

「もう一つの疑問？」

「どうして犯人は死体を谷底に落とさなかったのか」

「偶然……とは考えにくいか」

足跡が消された具合から、死体は真下に落ちていた。場所を少しずらせば簡単に谷底まで落とせたはずだ。

「そうだな。犯人は敢えて死体を見やすい場所に落とした。まるで死体を発見してもらいたいとばかりに」

「アリバイ工作か何かか？　死体の発見が遅すぎると、死亡推定時刻に幅が出て、トリックが台無しになるとか」

「展望台はいつ人が来てもおかしくないが、同時にずっと来なくても不思議ではない。それにほどよい頃合いに発見してほしければ、そもそも死体を落とす必要はない」

「たしかに、祠の前に放置しておけば簡単に発見してくれるな」

木更津は軽く頷くと、

「なぜ死体を中途半端な場所に落としたのか？　なぜ鍵が死体の下敷きになっていたのか？　これらを満たす答えは一つ。鍵が先に落ちたから、鍵が落ちている場所に死体を落としたんだよ」

「順序が逆ということか。でも、どうしてそんなことを？」

「鍵が死体と一緒に落ちたと思わせるためだね。逆に云えば、鍵だけがぽつんと下に落ちていれば怪しまれる状況だった。奈多が鍵を大事にしまい込んでいるのは誰もが知っている。いくら殺害時に抵抗して多少揉み合ったとしても、奈多が鍵を落とすことはない。なのに無造作に落ちていたとすれば、それは奈多ではなく犯人の鍵ではないかと疑うのは自然だ」

「それなら下に降りて拾いに行けばよかったんじゃないのか。わざわざ重い死体を落とさなくても」

「普通ならそうする。しかし昨夜の雨で崖はぬかるんで危険だし、下に降りて戻ってくるまでの痕跡をすべて残さずに消せると思うかい?」

「いくら被害者の脇にあったとしても、それが別の部屋の鍵なら、犯人は自供しているようなものじゃないか。致命的な物証だろうに」

「別の部屋の鍵ならね」

下の祠の前に立ち、まるでチュウルウの託宣のごとく木更津は呟いた。

「無理をすれば降りて回収できなくはない。しかしそんな危険を冒さなくても済む者が一人だけ存在する。奈多と同室の香椎大地、彼が犯人だよ。香椎がウエストポーチから鍵を抜き取り、奈多の死体を落としたんだよ」

何かと四角い香椎の顔が浮かんでくる。小柄だがそれなりに筋力はありそうだった。

「でも……同じ部屋で、なおかつ同じ鍵だといっても、鍵に香椎の指紋がついているんじゃないのか?」

「間違いなく検出されるだろうね。ただ同室なら、二人の鍵はともに部屋のテーブルに置いてあって、出かける際に取り違えたと釈明できなくもない。奈多が室内のどこに鍵を置いていたかを証言できるのは、香椎だけだからね」

「その釈明は危なくないか?」

致命的ではないにしても、他の者より疑われるのは必定だ。

「君は軽視しているが、下まで降りて鍵を取り戻すのも同様に危ないんだよ。急斜面を登りながら足跡を消すのは至難の業だし、足が滑り思わず草を握って血や汗が付着するかもしれない。あるいはズボンが泥まみれになって悪目立ちするかもしれない。とはいえ別の部屋の鍵なら四の五の云わず回収するしかない。致命的な物証と、下に降りる危険性を天秤に掛けられるのは、唯一香椎だけなんだ」

「……動機は?」

私が尋ねると、「さあ」と木更津は頸《くび》を竦めた。緊張感を孕んでいた推理と異なり、一転脱力するポーズで拍子抜けだ。

「ただ小耳に挟んだところによると、彼らのゼミ仲間が一人、急に卒業旅行をキャンセルしたらしい。それが関係しているのかもしれないな」

＊

木更津の推理を元に警察に詰め寄られた香椎は、あっさりと罪を認めた。

「あいつは死んで当然のクズだ。後悔はしていない」

香椎は改悛の情を全く見せず、口汚く奈多を罵ったという。ただ動機に関しては頑なに口を閉ざしていた。奈多を許さないと何度も罵倒しながら、なぜ許せないか理由を問われると、途端に黙秘するらしい。

昨晩、温泉に浸かった奈多の左肩に火焔太鼓の痣が浮かんだのを見て殺害を決意したと、契機を洩らしたのみ。昨晩、香椎が部屋に籠もっていたのは、皮膚の痒みではなく、心を落ち着かせひとり殺害計画を練っていたからのようだ。

皮膚の痒みが嘘ならば、私たちが小道を通り過ぎたときに温泉に入っていたのは聡美ではなく香椎の可能性も浮上する。そうなると被害者が変わり、ひいては被害者と同室であるはずの犯人まで別人に変わってしまうのだが、木更津によると、「何のためにそんな嘘を吐いたかはともかく、いったん嘘を吐いた以上、身体を洗うにしても香椎は脱衣場のシャワーを使うはず」らしい。

「彼が殺害に至った動機は想像がつかなくもないが、これ以上の詮索はやめておくよ」

取調べの模様を伝え聞いた木更津は、静かに言葉を濁した。この恐ろしい物語だけは究明したくないとばかりに。

「僕は誰かに真相の解明を依頼されたわけでもないしね。おそらく彼は未来永劫まで秘密を抱えていく気だろうね」

実際、香椎の動機は永遠に封印されてしまった。なぜなら拘引され警察で事情聴取を受けていた香椎は、署のトイレから忽然と姿をくらましたのだ。もちろん監視がつき、トイレの窓も抜け出せないようになっていた。しかしさながらドライアイスのように、ガラスの靴すら残さずにこの世から掻き消えたらしい。

あまりに不可思議な状況だが、ともかく警察の失態だった。

香椎が犯行を認めて警察に連行されたと聞き、海野は動揺を隠せなかった。奈多が殺されただけでもショックだったが、直後に香椎が自白したのだ。

あまりに展開が早すぎて、何一つ消化できなかった。

それに自分がチュウルウの呪いに怯えていた裏で、リアルな殺意と殺人が進行していたのだ。一人浮き足立っていたのがバカみたいである。

香椎はパトカーで物々しく連れて行かれたが、これからどうなるんだろう。リアウインドウ越しにちらっと見えた四角い顔の香椎の安堵したような表情が、ずっと脳裏に焼きついている。もう二度と会えないのだろうか。かといってわざわざ面会に行くほどの深い間柄でもない。まだ奈多を殺した理由が判らない今は特に。

判っているのは同期が二人減ったということだけ。いや、三人か……。なんとなく松原もこのままいなくなる気がした。香椎と松原って仲がよかったけど、付き合っていたりしてたのだろうか？

停滞気味な精神を癒やそうとひとり温泉に浸かっていると、板塀の向こうで足音がした。祠へ続く例の参道だ。陽は落ち、薄暮が世界を覆っている。

また矢島の悪戯なのか、こんな時にも懲りずに……板塀に近づき外を覗き見ると、意外にも香椎の後ろ姿だった。それも一人ではなく、着物姿の子どもと手を繋いでいる。

どこの子なのだろう？　宵闇に覆われてはっきりとは見えない。

まさか香椎が警察から逃亡しようとして人質に？

とはいえ強引に手を引っ張るわけではなく、仲良く散歩しているかのように、足並みを揃えてゆっくりと歩いている。さながら歩行者専用の道路標識のよう。

しかし香椎が昼と同じ服装なのに対し、子どもの着物は、まるで時代劇から抜け出したように古めかしく、その上純白だった。

異様な雰囲気に、思わず呼びかけようとしたが、喉から声が出てこない。

あれよという間に、二人は下の祠の裏手に回り、吸い込まれるように小さな洞穴の中に消えていった。

そんなに大きな穴だったたか？

二人が洞穴に消える最後、子どもだけがこちらを振り向いた。真っ白な顔をして、無機質な笑みを浮かべている。

次の瞬間、一陣の風が吹き抜け、舞い上がったサザンカの白い花びらが海野の両目に張り付いた。視界が暗闇に覆われる。

そのとき以来、海野の両目から光が失われた。

心理的瑕疵あり

法月綸太郎

法月綸太郎（のりづき・りんたろう）

1964年島根県生まれ。88年『密閉教室』でデビュー。2002年「都市伝説パズル」が第55回日本推理作家協会賞を、05年『生首に聞いてみろ』が第5回本格ミステリ大賞を受賞。他の著書に評論〈法月綸太郎ミステリー塾〉のほか『雪密室』『誰彼』『犯罪ホロスコープI　六人の女王の問題』『キングを探せ』『挑戦者たち』などがある。

1

「ここのところ、事故物件の取材にかかりきりでしてね」

飯田《いいだ》才蔵《さいぞう》がさも重大事みたいに切り出した。綸太郎はアイスラテの氷をカラカラかき回しながら、わざと水を差すような口ぶりで、

「訳あり物件ってやつだな。きみのことだから、人死にが出て借り手のつかない心霊物件の類いだろうけど、そこらへんはもう出尽くしてるんじゃないか。『O島てる』とかすっかりメジャーになったし、オカルト系のルポだって今さらだろう」

「何番煎じでも、野良ライターにとっては鉄板ネタなんですよ」

やさぐれた返事と裏腹に、飯田の表情は水を得た魚のようだ。

よろずジャーナリストと自称するだけあって、むやみに顔が広く、素性の怪しい裏情報に通じている。一風変わったトラブルを招き寄せる才能（?）の持ち主で、飯田の取材に付き合って物騒な事件に遭遇したことも一度や二度ではなかった。手に負えないネタにぶつかると、綸

太郎の出馬を乞うのが年中行事みたいになっている。

普段は中野坂下《なかのさかした》のファミレスを根城にしているが、今日の飯田はどういう風の吹き回しか、JR大崎《おおさき》駅西口のカフェに綸太郎を呼び出した。金曜日のランチタイムで、精一杯身ぎれいにしているのに挙動不審感が拭《ぬぐ》えないのは、ホームグラウンドを離れているせいか。だとしても、洗剤か何かを詰め込んだホームセンターのレジ袋を持ち歩いている理由はわからない。

「とはいえ、こっちもそれなりに蓄積がありますからね。一見さんお断りのディープな案件を厳選して深掘りしてる最中なんですけど、どうもかなりホットなやつを引き当てちゃったみたいで」

「ホットなやつというと?」

「同業の知り合いに松岡招吉《まつおかしょうきち》って男がいるんです。パチスロや競馬なんかの配信記事を書いているライターで、リアルでは顔見知りに毛が生えた程度の付き合いなんですが、そいつの住んでる部屋がガチの事故物件だという話を聞きまして」

「ガチの?」

「築三十年ぐらいの賃貸アパートで、前の入居者が首吊り自殺したらしい。松岡はバツイチで、慰謝料だか養育費だかの支払いに追われていたうえに、ここ数年パチスロ人気の低迷でだいぶ仕事が減っていた。呪いとか霊とか全然信じないたちなので、訳ありだろうと何だろうとおかまいなしに、格安物件に飛びついたというんです」

「世知辛い話だな。それで?」

「引っ越してから空き室が多いのに気づいたけれど、神経が図太い男で、最初は特に気に病んだりしなかった。頭痛、肩こり、金縛りなんかはしょっちゅうだったようですが、バツイチ物書きの職業病みたいなもんですからね。ところがアパートの隣人からいろいろ話を聞かされて、さすがにこれはと思ったらしい。首吊り自殺した前の入居者は借金まみれで、悪質な取り立てに悩まされていたとか、その前の住人も孤独死したとか」

「孤独死に自殺か。たしかにガチの事故物件だが」

「霊障の類いだけならまだしも、自殺した男の縁故者と勘ちがいされて、取り立て屋に付きまとわれたりしたそうで。普通なら即転居を考えるところですが、転んでもただでは起きないというか、松岡もしたたかなやつで、身の回りの出来事を実話怪談風に綴《つづ》った連載記事をぶちっとバズらせましてね。試しに部屋の一角に神棚をこしらえたら、それ以来ツキが回ってきて、ギャンブル運が急上昇。金縛りにあう頻度も減って、実はまだそこに住んでいるのです……、という人を食ったオチがつくんですが」

その手の話を鵜呑みにするほど甘くはない。綸太郎は耳の後ろを掻いて、

「実体験がベースだとしても、だいぶ脚色がありそうだな」

「松岡もけっこう話を盛る方だから、全部実話とは言いませんけどね。まあ、どっちにしても鮮度の高いネタなんで、知り合いのよしみで取材を申し込んだ。それがひと月半ほど前で、その時は二つ返事でＯＫしてくれたんですが、いよいよお宅訪問という段になってドタキャンされまして。レイの件だけどちょっと洒落にならなくなったから、あの話はなかったことにして

くれと」

「例と霊で洒落になってるじゃないか」

「野暮は言いっこなしですよ。とにかく向こうの様子が尋常じゃないんで、いったん取材はあきらめた。断られたのは先月で、それっきり話す機会もなかったんですけどね。一昨日、松岡が死んだと聞かされて」

「死んだ？　ちゃんと裏を取ったのか」

ぶっきらぼうに応じると、飯田はここぞとばかりに鼻息を荒くして、

「もちろん。某ネットマガジンの編集部から教えてもらったんですが、噂や伝聞の類いじゃありません。依頼した原稿が締め切りを過ぎても届かなくて、翌日も翌々日も全然連絡が取れない。何かあったんじゃないかと心配した編集スタッフが自宅を訪ねたところ、部屋で首を吊っているのが見つかったんです」

念押しのように目をぐりっとさせる。綸太郎はあごの角度を気持ちだけ持ち上げて、

「前の入居者と同じ死に方をしたわけだ」

「見かけはね。でも警察の対応が鈍くって、自殺かどうかはっきりしない。死後数日たっていたというのでそのせいかもしれませんが、首吊り自殺ならガチの心霊案件だし、そうでなければ他殺ってことになる。どっちに転んでも黙って見過ごすわけにはいきません。そんなこんなで、頼みの綱の法月さんに相談することにしたんです」

「いきなり呼びつけたと思ったら、そういう頼みか」

倫太郎の父親は警視庁捜査一課に属している。コネを通じて捜査情報を仕入れようという魂胆なのだ。倫太郎はため息をついてから、一面ガラス張りの窓越しに外を見やって、

「ひょっとして、ここで待ち合わせたのは現場の近所だから？」

「察しがいいですね。西品川《にししながわ》×丁目の〈コーポ椿〉というアパートで、ここからだと徒歩十分ぐらいだと思います」

飯田はスマートフォンの地図アプリで目的地を示した。倫太郎がのぞき込むと、それを都合よく同意のしぐさと解釈して、そそくさと足下のレジ袋を持ち上げる。

「じゃ、行きましょうか」

「やれやれ。その中身は何なんだ？」

レジ袋を指してたずねると、飯田は得意げに肩をそびやかし、

「除菌消臭スプレー。お浄《きよ》めの塩なんかより除霊効果があって、最近はプロの拝み屋さんも重宝してるそうですよ。あと効き目があるかどうかわかりませんが、首から下げるタイプの空間除菌ブロッカーも買ってきたんで、よければ法月さんも」

「要らないよ」

飯田は残念そうな顔をして、自分だけ除菌ブロッカーを首にかけた。

冷房の効いたカフェを出て、オフィスビルやタワーマンションが建ち並ぶ駅前の再開発エリアを後にする。百反《ひゃくたん》通り（かつて百段《ひゃくだん》坂と呼ばれる坂があったそうだ）を横切って戸越銀座《とごしぎんざ》

方面へ歩を進めると、がらりと雰囲気が変わり、見通しの悪い路地に木造家屋がひしめくレトロな住宅街の風景が今も残っていた。小ぎれいな新築マンションもちらほら見かけるが、本格的な再開発の波はまだここまで及んでいないようだ。

下見ぐらいはすませているのかと思ったら、飯田も現地は初めてだという。スマホをぐりぐりしながら行ったり来たりしていたが、道を一本まちがえていたらしい。だいぶ大回りしてやっと目的地にたどり着いた。

「あのアパートみたいですね」

飯田が指差したのは、かなりくたびれた木造二階建てアパートだった。狭い十字路の角地で、道路に面した東向きの外廊下に沿って上下に部屋が四室ずつ。北側の外壁に雨ざらしの鉄骨階段が設置され、階段の支柱に〈コーポ椿〉の表札と管理会社の連絡先を記した看板が取りつけてある。菱形金網フェンスが敷地を囲み、隣家と接する南側の通路部分は、金属パイプの骨組みに波形の屋根を張った狭い二輪置き場になっていた。

松岡招吉の部屋番号を聞こうとして、飯田がいないのに気がついた。あたりを見回すと〈コーポ椿〉の東南方向、道路をはさんで右斜め向かいに位置する民家の前で、しきりに体をくねくねさせている。

「何してるんだ？　そっちじゃないだろ」

近寄って背中から声をかけると、飯田は顔だけ振り向いて、

「ちょっと見てくださいよ、法月さん。この家、かなりやばくないですか」

家自体は普通だった。こぢんまりした平屋の一戸建てだが、道路に面したブロック塀に〈監視カメラ作動中〉と記されたステッカーが何枚もべたべた貼ってある。見るだけで平衡感覚がおかしくなりそうな貼り方で、たしかにやばい感じがした。飯田は塀の前を往復しながら、カメラの位置を確認するようにあちこち目を走らせている。

「やめとけって。向こうから丸見えじゃないか」

騒ぎにでもなったら困る。綸太郎は除菌ブロッカーをリードのように引っぱって、飯田を〈コーポ椿〉の前へ連れ戻した。飯田は名残惜しそうに、

「最近のカメラは小型化して、どこに隠してあるか全然わからないや。やっぱり近隣トラブルですかね？　事故物件の祟りといい、キモいステッカーといい、地縛霊のしわざかも」

「そうやって話を広げるなよ。今はこっちに集中だ。松岡が住んでいた部屋は？」

アパートの一階、南端の部屋だという。二輪置き場の隣りである。

二人が金網フェンス越しに中の様子をうかがっていると、十字路の向こうでバタンと音がした。町内会掲示板の脇に路駐していたミニバンから紺の背広の男が顔を出し、呼び止めるようなポーズをしながらこっちへやってくる。

「ここで何を？　アパートの入居者じゃないよね」

ぶしつけに問われて、綸太郎は飯田にあごをしゃくった。除菌ブロッカーをお守りみたいに握りしめながら、飯田は挙動不審を絵に描いたような物腰で、

「怪しい者じゃありません。ここに住んでいた松岡さんの友人で、亡くなったという知らせを

聞いて、様子を見に駆けつけたんですが……」

「松岡さんの？」

「仕事の知り合いなんです。彼に預けた品物があるんで、無事かどうか、ちょっとだけ部屋を見せてもらえませんか」

もっとほかに言いようがないものか。背広の男はみるみる表情を硬くして、

「本当に友人か？　さっき向こうの家をのぞいていただろう。いや待ちなさい、そっちのあんたもだ」

動きを封じるように、綸太郎の鼻先に警察手帳を突きつけた。品川署の捜査員で、アパートを見張っていたのだろう。ミニバンからもうひとり、私服刑事が降りてくる。

「とりあえず名前と職業を。あと、そのレジ袋の中身は？」

声と目つきが厳しさを増した。問答無用の不審者扱いに、飯田はカチンと来たらしい。仰ぐような手ぶりで綸太郎を指し示しながら、

「名前と職業をって、あなた、刑事のくせにこの人が誰か知らないんですか？　本庁捜査一課お墨付きの名探偵、生けるレジェンドの法月綸太郎先生ですよ」

止める暇もなかった。背広の刑事は相棒と顔を見合わせると、威圧的な口調で、

「レジェンドだかなんだか知らないが、二人ともちょっと一緒に来てもらおうか」

2

「あんまり俺に恥をかかせないでくれよ」

その夜、帰宅した法月警視は息子の顔を見るなりそうぼやいた。

苦言の理由は聞くまでもない。品川署の刑事に怪しまれた綸太郎と飯田は、最寄りの三ツ木《みぎ》交番にしょっぴかれ、そこでさんざんストレスの溜まるやりとりを強いられた。問い合わせを受けた法月警視が息子の身元を保証し、飯田が松岡彰一《しょういち》（招吉はペンネーム）の知人であることも確認されて、やっと自由の身になったのである。

疑いが晴れたからといって、待遇がよくなりはしなかった。松岡の死亡状況についてあの手この手で情報を引き出そうとしたけれど、親の七光りにも限度がある。持って回った説諭を聞かされるばかりで、実のある答えは得られなかった。

「品川署の刑事からしっかり釘を刺されましたよ。余計なことに首を突っ込んで、お父上に迷惑をかけちゃいけませんってね」

「よく肝に銘じておくんだな。それより、また飯田才蔵に付き合わされたんだって？　消臭スプレーを買い込んで、現場を嗅ぎ回っていたらしいが、何でそんなものを」

「除霊効果があるそうですよ」

「除霊？　化けて出るには早すぎやしないか」

飯田に聞かされた事故物件の話をすると、警視の顔が曇った。

「前の入居者も首を吊って死んだ？　いや、そんな話は聞いてないが。ちょっと待て、久能《くのう》警部に確認してみよう。午後から品川署の捜査本部に詰めているんだ」

久能警部は捜査一課の腕利きで、親父さんの信頼厚い部下である。携帯で彼を呼び出しながら、法月警視は虫を払うような手ぶりで綸太郎に退席を命じた。昼間のことがあるので、いつもより捜査情報の扱いに慎重を期しているようだ。それも半分ポーズと心得て、綸太郎はいったんその場を離れた。

頃合いを見計らってリビングに戻ると、親父さんは通話を終え、しかつめらしい顔で腕組みしていた。目を合わせる前から脈ありの気配が伝わってくる。はやる気持ちを抑えながら、綸太郎はＣＭ明けのドラマの台詞みたいな声色を使って、

「捜査本部を設置したということは、やはり他殺の疑いが？」

「まあな。動きが鈍かったのは、監察医務院のキャパシティ不足で、遺体の精査に手間取ったせいだ。そうでなくても縊死者の検視・検案は、事件性の判断がむずかしい。幸い今回は偽装自殺と判明したわけだが」

綸太郎は形だけうなずいた。品川署の刑事は最後までノーコメントの一点張りだったが、自殺だったら現場に見張りを立てるわけがない。

「松岡が前の入居者と同じ死に方をしたことは？」

「捜査本部ではまだそこまでつかんでない。怪談じみたいきさつも久能警部は初耳だったようだが、被害者の部屋に妙な神棚がこしらえてあったのは事実だと――おまえ、三ツ木交番にしょっぴかれた時、その話をしなかったのか」

「そういう雰囲気じゃなかったんです。飯田がすっかりへそを曲げちゃって」

「だからって、おまえまで付き合う必要はあるまいに。ともかく同じ部屋で孤独死と首吊りが相次いだというのが本当なら、品川署に変死体の報告が残っているはずだ。記録をチェックするよう、久能警部に言っておいた」

「それがいちばん確実ですね。ガセネタでなければ、事件の見方が変わるかもしれない。首吊り自殺に偽装したのも、心霊のしわざと見せかけるためにあえて犯人がそうした可能性だってあるわけですから」

「今どき、そんな手口に頼るやつはいないと思うけどな」

警視は息子の短慮を戒めるように言ってから、

「それはそれとして、久能警部がおまえの意見を聞きたいそうだ。幽霊話を真に受けるわけじゃないが、つつけば何か出てこないとも限らない。明日、品川署に顔を出して、彼と話してくれないか。今回、俺はパスだ。せがれがしょっぴかれた次の日に、親バカをさらすわけにはいかんだろう」

「了解。それまでに松岡が書いたネットの記事を探しておきます」

「頼んだ。ただし飯田には言うなよ。あの男がからむと、話がこじれるだけだから」

あくる土曜日の朝、綸太郎はいつもより早起きして久能警部に会いにいった。

さすがに車で乗りつけるのは気が引けて、昨日と同じように電車を乗り継ぎ、京浜《けいひん》急行の新《しん》馬場《ばんば》駅から歩くことにした。品川署の建物は、かつて東京湾の海岸線だった元なぎさ通りに面している。受付で来意を告げると、久能本人からの伝言で、午前の捜査会議が終わるまでロビーで待つように指示された。それも見込んで来たつもりだったが、予想より長引いているらしい。

「お待たせしました」

三十分近く放置されて、やっと久能警部が姿を見せた。空いている相談室で話を聞くという。いつになく態度がよそよそしいのは、品川署員の目を意識しているせいか。綸太郎も空気を読んで、場慣れしない一般人みたいな顔で久能の所轄しぐさに付き合った。

「昨日はだいぶ絞られたようですね」

相談室の扉を閉めると、久能はおもむろに表情をやわらげて、

「失礼なふるまいがあったかもしれませんが、現場の捜査員が然《しか》るべき対応をしただけですから、あんまり根に持たないでください」

「こっちこそお騒がせしました。前情報なしで、いきなり連れ回されたので」

「まあ、だいたいの事情は聞いてます。それで、問題の心霊現象というのは？」

綸太郎は鞄から紙の束を出した。松岡彰一がネットに連載した記事をまとめてプリントアウ

トしたものだ。ペンネームの松岡招吉で検索すればすぐ出てくるが、所轄相手なら紙の資料を渡した方が話が通りやすいと親父さんに入れ知恵されて、わざわざカラーで印刷してきたのである。

「このアパートの写真、実際の現場とちがいますね」

最初のページを見るなり、久能が指摘した。倫太郎はうなずいて、

「それはぼくも気になりましたが、自宅ですからね。外観から物件を特定されないよう、ネットのフリー画像か何かを流用したんでしょう」

「フリー画像か。なるほど」

松岡の記事は三回連載で、繰り返しの部分も含めるとけっこうな分量がある。久能はざっと目を通してから、思案げな顔になり、最初に戻ってもう一度丁寧に読み直した。

「どうです？　捜査の手がかりになりそうですか」

頃合いを見て聞くと、久能は紙をそろえてクリップで留めながら、

「微妙なところですが……。ともかく、これはこちらで預かります」

「微妙というのは、前の入居者が自殺したという話も含めて？」

「それなんですけどね。管内の記録に当たりましたが、現場のアパートで首吊り自殺の検視事案はありませんでした。その前の住人が孤独死したという報告もない」

「両方とも？」

「ええ。念のため十年前までさかのぼりましたが、変死者は出てないんです」

綸太郎は絶句した。やっぱりガセネタだったのか。とんだ恥の上塗りで、今すぐここから立ち去りたい衝動に駆られたが、久能はそれを押しとどめるように、

「ただ、ちょっと気になる情報がありまして。先ほど管理会社へ裏を取りにいかせたので、その返事によっては事故物件だった可能性も捨てきれない」

空振りと決まったわけではなさそうだ。綸太郎はふっと息をついて、

「気になる情報というと？」

「同じアパートの住人の証言です。実はほかにもいろいろ妙な事実が出てきて、捜査会議が紛糾しましてね。事件の取っかかりはつかめそうなんですが、殺された松岡という男がクセモノで、どうも一筋縄では行かない予感がする。そこで内々に、若先生のお知恵を拝借しようかと」

「若先生は勘弁してくださいよ。まだ子供部屋おじさんの方がましだ」

久能は笑いを嚙み殺しながら、腕時計に目をやって、

「昨日のこともあるし、ここで事件の話をするのは気詰まりでしょう。昼時には早いですが、軽く腹ごしらえでもしませんか。近所にいい店があるんです」

3

連れていかれたのは、旧東海道沿いの商店街に暖簾《のれん》を掲げるそば屋だった。開店直後でまだ

席は埋まっていなかったが、ほかの客がいると落ち着いて話ができない。店主に頼んで二階の座敷を開けてもらい、冷たいそばをすすりながら事件のあらましを聞いた。

松岡の死体が見つかったのは九月十一日、今週の水曜日である。通報したのはネットマガジンの編集スタッフで、自宅を訪れた経緯も飯田才蔵に聞かされた通りだった。

玄関ドアは施錠されていたが、郵便受けから中をのぞこうとして異様な臭いが漏れているのに気づき、あわてて警察を呼んだという。午後四時半、アパートの大家立ち会いの下、品川署員がドアの鍵を開けて住人の首吊り死体を発見した。

「首吊りといっても、足が浮いたやつじゃありません。部屋のクローゼットの取っ手にナイロン紐を結んで首に巻きつけ、土下座するような格好で死んでいた。いわゆる非定型縊死で、腐敗の進行状況は死後二〜三日程度。サッシ窓も中から施錠されて、現場は密室状態だったんですが、自殺と断定するにはいくつか不審な点が」

遺書が見当たらないうえに、スマホと仕事用のノートパソコンが行方不明だという。玄関の鍵もメーカーが廃番にした旧タイプのディスクシリンダー錠で、ピッキングや合鍵を作るのは簡単だから、密室イコール自殺と決めつけることはできない。

「監察医務院で慎重に遺体を調べたところ、後頭部に殴打の痕が認められましてね。気絶させられた状態で、首吊り自殺に偽装して殺害された疑いが濃くなった。あらためて現場検証と近隣住民への聞き込みを行い、侵入者の存在が発覚したんです」

「目撃者でもいたんですか」

と言いかけて、綸太郎はやばい感じのステッカーのことを思い出し、

「ひょっとして、斜め向かいの家の監視カメラに？」

「お察しの通り。水野《みずの》節子《せつこ》、近所では変わり者と言われているひとり暮らしの高齢女性なんですが、頼んだらすんなり録画データを提供してくれました」

「あのステッカーの感じだと、やっぱり近隣トラブルか何かですか」

「いやあ、本人の説明はちがうんですけどね」

最近、都内でも被害が続出している〈アポ電強盗〉――家に現金がいくらあるか聞いてから、強盗に押し入るという手口をＴＶのニュースで知り、急に怖くなってカメラを設置したという。若干ピントがずれている気がしたが、必要以上に事を荒立てないよう、久能も言葉を選んでいるふしがある。綸太郎は本題に戻って、

「理由はどうあれ、その録画データに犯人が映り込んでいたと」

「残念ながらフレーム外で、犯人を直接とらえた映像はありません。そのかわり、現場アパートの南側に二輪置き場があって、センサー式の夜間灯がついている」

「現地で見たのでわかります。松岡の部屋はそのすぐ横でしたね」

フェンス越しに目にした外構の配置を思い浮かべると、久能はきっちりうなずいて、

「現場は一階南端にあるので、玄関のドアを開けて出入りすると、小さな子供でもセンサーが反応してライトがつく。ほかの部屋では反応しません。アパートは監視の範囲からはずれていたものの、カメラのフレームの隅っこにその光が映り込んでいたんです」

司法解剖による鑑定で、松岡の死亡日時は八日日曜の夜から翌日の未明までと推定されていた。その時間帯に絞って監視カメラの録画データを精査した結果、日曜日の午後九時三十二分と十時七分、および十一時二十四分の三回にわたって、二輪置き場の夜間灯が点灯したことが確認できたのである。

さらに午後十時七分の点灯の直前、表示灯をつけたタクシーがカメラの前を横切っているのがわかった。表示灯の社名から該当車を割り出し、運転手に事情を聴いたところ、その夜の十時過ぎ、〈コーポ椿〉の前で松岡と見られる乗客を降ろしたという。

運転手の証言によれば、松岡は九時四十五分頃、新宿《しんじゅく》駅南口付近の路上でタクシーを拾い、戸越銀座方面に向かうよう告げた。移動中、スマホでどこかに電話をかけていたが、全然つながらないらしく、何度も悪態をついていたそうだ。

「タクシーの降車時刻から、十時七分の光は被害者が帰宅した際に点灯したものと考えられます。松岡の自宅から新宿まで最短でも二十分はかかるので、九時三十二分の光は彼以外の人物が部屋に侵入した時のものでしょう」

「なるほど。だとすると十一時二十四分の光は――」

そいつが部屋を出た時だ。綸太郎はタイムテーブルを整理しながら、

「侵入者、つまり犯人は九時三十二分、松岡の留守中に部屋に忍び込んで被害者を待ち伏せ、十時七分に帰宅したところを不意打ちした。気絶した松岡を自殺に見せかけて殺害した後、十一時二十四分に現場から立ち去ったということですね」

21時32分（夜間灯①）犯人が現場に侵入
21時45分頃　松岡、新宿でタクシーを拾う
22時07分（夜間灯②）松岡帰宅
〜　犯人が松岡を殺害
23時24分（夜間灯③）犯人が現場を立ち去る

「死亡推定時刻とも矛盾しないし、それでまちがいないでしょう」

久能は太鼓判を押してから、しかつめらしい顔つきになって、

「その夜、松岡が新宿に出かけたのも偶然ではなく、犯人の計画に含まれていた可能性がある。というのもタクシー運転手の目に映った松岡の印象は、待ち合わせの相手にすっぽかされて頭に来ていたような感じだったそうで」

「犯人におびき出されたということですか？」

「たぶん逆でしょう。外で会うよう仕向けたのは松岡の方で、犯人はそれを逆手に取って現場に先回りした。にしても、犯行現場にとどまった時間が長すぎると思いませんか？　どうも殺害だけが目的ではなかったようです」

先をほのめかすような口ぶりに、綸太郎はピンと来た。

「クセモノだと言いましたね。犯人は松岡に強請《ゆす》られていたんじゃないですか」

当たりだった。久能はうなずいてから、ここだけの話ですがと念を押して、

「松岡は以前、ギャンブル必勝法をうたう情報商材の検証記事を書いて、たちの悪い業者とトラブルになったことがある。自宅にいやがらせの電話や頼んだ覚えのない代引きの宅配が相次いだせいで、夫婦関係にひびが入り、三年前に離婚してるんです。その別れた奥さんに連絡したところ、興味深い話が聞けましてね」

別れた妻は柚木《ゆずき》峰代《みねよ》といって、葬儀場のセレモニースタッフをしている。二人の間には今年五歳になる娘がいるが、この一年ぐらい、養育費の支払いが滞っていた。それでも松岡は別れた妻子に未練があったようで、殺害される一週間ほど前、いきなり峰代のマンションに訪ねてきて、よりを戻さないかと訴えたという。ライター業が上向いてきて、ギャンブル関係以外の仕事の注文が来始めたし、近々まとまった収入を得る当てがあって、滞っていた養育費もちゃんと払えそうだと豪語した。

「まとまった収入か。恐喝の臭いがプンプンしますね」

「彼女もそれが気になったそうで。松岡はだいぶ酒が入っていたらしく、その夜は峰代のところに泊まっていった。眠り込んだ隙にスマホの指紋認証ロックを解除して、SNSやメールに犯罪を匂わせるものがないか調べてみたというんです。決定的証拠は見つかりませんでしたが、アドレス帳に怪しいフォルダがあったので、念のためそのデータを自分のスマホに転送しておいた」

「金づるにしていた恐喝相手のリストですか？」

　綸太郎が水を向けると、久能はちょっと渋い顔をして、

「それで食っていたわけではなくて、グレーな対象のネタ帳程度だと思いますが。とはいえ、殺されたのがその話をした一週間後ですからね。リスト中の誰かから金を脅し取ろうとして、口封じに消されたと見るのが順当な線でしょう」

　スマホとノートパソコンが持ち去られたのも、そのせいだろう。犯人は強請《ゆすり》のネタを処分するため、松岡の部屋を家捜ししたにちがいない。縊死に偽装するだけなら、被害者を襲った後、一時間以上現場に居続ける必要はないからだ。

「現場検証でも、犯人が室内を物色したことが裏付けられました。さっきの記事にもありましたが、松岡は部屋の一角に妙な神棚を設けていた。通販かリサイクル店でそろえたようなまがい物なんですが、台座に隠しスペースが作ってあって、そこに恐喝の材料を収めていたらしい。中は空っぽで、犯人が中身をまるごと持ち去った形跡があるんです」

「神棚か。うまく隠したつもりが、かえって悪目立ちしたんだな。でも、それは犯人だって同じでしょう。強請のネタを回収したところで、被害者と連絡を取っていた事実は隠せない。松岡はタクシーから恐喝相手に電話をかけているわけですから。スマホ本体が見つからなくても、電話会社に松岡の番号で通話履歴を開示するよう求めれば、一発で犯人を特定できるんじゃないですか」

　当然の質問だったが、久能は苦虫を嚙みつぶしたような表情に輪をかけて、

「それは真っ先に調べましたが、見事に空振りでした。どうも松岡は恐喝の証拠が残らないよう、相手との連絡用に予備のスマホを入手していたみたいで」

普段身につけていて、元妻に盗み見されたのとは別のやつだという。犯人は松岡のスマホを二台とも持ち去ったと見られているが、タクシーからかけた方は番号がわからないので、通話履歴も調べようがない。

「そうすると、元妻が保存したリストをつぶしていくしかなさそうですね」

「ええ。人数は知れているので、とりあえずその線で捜査に着手したんですが、ちょっと引っかかることが。さっき話した情報商材業者との一件以来、松岡はプライバシーにかなり神経をとがらせていたようで、特に〈コーポ椿〉に引っ越してからは、仕事関係の知人・友人にも新住所を隠していたそうです」

玄関ドアにも表札を出していなかったという。綸太郎は首をかしげて、

「死体を発見したネットマガジンの編集スタッフは？」

「彼は例外ですよ。大学のマスコミ研究会の後輩で、ＯＢの松岡に頭が上がらなかったらしい。引っ越しの手伝いに駆り出されて、それで住所を知っていたんです」

同業者に聞かれても、絶対に今の住所は教えるなと固く口止めされていたそうだ。飯田才蔵に住所を漏らしたのは、松岡が死んだ後のことである。

「秘密主義だった松岡の自宅を犯人がどうやって突き止めたのか、どうしても気になりましてね。心霊現象の連載にうっかり住所の手がかりを書いてしまい、それを読んだ犯人がアパート

を特定したのではないかと思ったんですが……」

それであんなに丁寧に読んでいたのか。久能は肩をすくめて、

「実際に記事を読んで、その線は捨てました。写真はもちろん、本文中でも自宅の住所に関する記述は意図的にぼかすか、事実と異なる表現になっている。あの記事からアパートを突き止めるのは無理です」

「言いたいことはわかりますが、それは相手によりけりじゃないですか。世捨て人じゃないんだし、その気になればいくらでも調べる手だてはありますよ」

当たりさわりのない返事をすると、久能はおざなりにうなずいて、

「まあ、住所に関してはリストをつぶす過程で、何か出てくるでしょう。ただそれとは別に、もうひとつ不可解なことがある。部屋のエアコンがいじられた形跡がありましてね。十年以上前の古いエアコンなんですが、中のフィルターがなくなっていた」

「フィルターが？　ホコリがたまって掃除でもしていたのでは？」

久能は真顔でかぶりを振ると、綸太郎を焚きつけるような声で、

「部屋中どこを探しても見つかりませんでした。エアコン本体はまだ現役ですが、フィルターをはずした状態だと運転しない仕様になっているんです。この暑い最中、冷房なしでは生活できませんから、松岡を殺した後、ほかの証拠品と一緒に犯人が持ち去ったとしか考えられない。どうしてフィルターなんかを持っていったのか、若先生なら納得の行く理由をひねり出してくれるんじゃないかと思いましてね」

「アリバイ工作の可能性は？　殺害後にエアコンを効かせて死亡推定時刻をずらし、それと悟られないよう、後から現場に戻ってフィルターをはずしておいた。殺害後ずっと、エアコンが止まっていたと見せかけるために」

「いや、それはありません」

法医鑑定によれば、エアコンの吹き出し口から直接風の当たる側とそれ以外の部位を比較しても、皮膚の状態に顕著な差は認められなかったという。そうでなくても、二度にわたって現場に出入りするのはリスクが大きすぎる。前後の状況から総合的に判断して、日曜の午後十時台に松岡が殺害されたことは動かしようがない。

「弱ったな。アリバイ工作でなければ、わざわざエアコンに触れる理由なんて……」

頭を掻きながら、綸太郎はふと妙な考えに取りつかれた。あまりにも馬鹿げた思いつきなので、さすがに久能の前では黙っていたが、昨日〈コーポ椿〉へ向かう道すがら、飯田が得意げに話していたことを思い出したのである。

飯田によれば、その筋では除菌消臭スプレーだけでなく、マイナスイオンだかプラズマクラスター機能だかを搭載したエアコンにも、除霊効果があると噂されているという。科学的根拠に乏しい都市伝説の類いなのだが、ひょっとしたら犯人はそうした風説に影響されて、エアコンのフィルターに何らかの手を加えたのではないか？

4

「だから言わんこっちゃない」

敬老の日の連休明け、火曜日の遅い時間に帰宅した法月警視はひどくおかんむりの様子だった。

「昨日の夜、飯田のバカがＳＮＳに憶測だらけのデマを流して、朝から捜査本部に興味本位の問い合わせが殺到したんだ。現場の捜査員が三連休も返上で聞き込みに駆けずり回っているのに、そっちの対応に手を取られて、いい迷惑だよ」

「憶測だらけのデマというと？」

綸太郎がたずねると、警視はうんざりした口調で、

「【心霊アパートで相次ぐ怪死。〝事故物件に住んでみた〟記者も犠牲に】とか、そんな見出しのやつだ。ぼかして書いてあるが、松岡のことだとすぐわかる」

「自重するように釘を刺しておいたんですが――」

綸太郎は頭を掻いてから、父親の機嫌を損ねないように、

「あれから何か、飯田を刺激しませんでしたか？」

「捜査員がアリバイの確認に出向いたことぐらいかな。一応関係者だから。事件のあった晩は

行きつけのファミレスで粘っていたのがわかって、事なきを得たようだが」

「それだ。何度も容疑者扱いされて、堪忍袋の緒が切れたんでしょう」

「他人事みたいに言うなよ。久能警部から応援要請が来て、こっちも知らん顔ができなくなったんだ。元はと言えばおまえの教育がなってないせいだから、飯田の不始末に関してはしっかり責任を取ってもらう。事件の解決に協力しろ」

乱暴なことを言う。綸太郎は大げさにため息をついて、

「協力を拒むつもりはありませんけどね。ぼくも最近はすっかり頭が鈍くなって、お役に立てるかどうかわからない。久能警部から出された宿題もさっぱりですし」

「レジェンドも形なしだな。宿題というのは、エアコンのフィルターのことか」

「ええ。除霊効果と関係があるんじゃないかと思って少し調べてみたんですが、何も出てきませんね。松岡の部屋が事故物件だったかどうかは別として、心霊現象とエアコンのフィルターを関連づけるような事例は見当たりませんでした」

愚痴っぽく洩《も》らすと、親父さんは手の施しようがないという顔をして、

「おまえ、本気でそんなことを？　飯田の毒気に当てられて、すっかりポンコツになってしまったみたいだな」

「毒気に当てられたのは否定しませんが、お父さんこそ変ですよ。飯田の憶測にピリピリしているのは、事故物件の情報が正しかったからじゃないですか？」

当てずっぽうに放った矢が的中したらしい。法月警視は口をもごもごさせると、間を持たせ

るようにタバコを口にくわえ、もったいぶった手つきで火をつけた。

薄目がちに一服してから、やっとこちらに視線を戻して、

「管理会社に事情を聴いたら、かなり尾ひれがついてはいるが、根も葉もない話ではなかった。まず最初の孤独死というやつだが、あの部屋には四年前まで、幸西玄次《こうにしげんじ》という七十代の独居老人が住んでいた。部屋で急に気分が悪くなって、自分で救急車を呼んだらしい。すぐ病院に搬送されたが、脳の動脈瘤破裂で、治療の甲斐なく息を引き取った。病院で死亡が確認されたんだから、品川署に変死の届け出をする必要はない」

「孤独死ではないとしても、似たようなものですね。その次の住人は？」

「これも似たようなケースだな。後に入ったのは宮本雅樹《みやもとまさき》という四十代の元会社員で、株の先物取引に手を出し、多額の債務を抱えていた。去年の十二月、彼が部屋で自殺を図ったところまでは事実なんだ。以前から貸金回収業者の悪質な取り立てに悩まされ、家賃の滞納も続いて管理会社から立ち退きを迫られていた。にっちもさっちも行かなくなって、ついに首吊り自殺を決行したんだが、やり方がまずくてね」

「何がまずかったんです？」

「天井に百均の吊り金具をねじ込んでロープをかけ、首を吊ろうとしたが、金具が体重を支えきれなかったらしい。踏み台の椅子を蹴飛ばした直後にネジがすっぽ抜けて、そのまま墜落してしまった。床で腰を強打して、立ち上がれなくなったようだ。泣く泣く自分の携帯で一一九番にかけ、救急車を呼んだ」

「自分で？　それ、狂言自殺だったんじゃないですか」

　綸太郎が疑いを口にすると、警視は何とも言えない微妙な面持ちで、

「搬送先の病院のスタッフもそう思ったみたいだな。そのせいで入院中の再企図防止ケアが疎《おろそ》かになったことは否定できない。入院二日目の深夜、宮本は看護師らの目を盗んで車椅子で病室を抜け出し、病棟の屋上から身を投げて今度こそ自殺に成功した。未遂者本人の単独行動で、誰かに突き落とされたり自殺を強要された形跡はない」

「――見込みちがいか。最初からこの世に未練はなかったようですね」

　病院で投身自殺したなら、〈コーポ椿〉の変死事案にはならない。しかも搬送されたのが旗《はた》の台《だい》にある大学病院で、同じ品川区でも荏原《えばら》警察署の管轄になるという。品川署に検視の記録が残っていなかったのも当然だった。借金の巻き添えを恐れてか、親類縁者は遺体の引き取りさえ拒んだそうである。

「宮本は救急車で搬送されたので、近隣住民には首吊り自殺を図ったことが知れ渡っていた。病院で投身自殺したことは報道されなかったから、部屋で首を吊って死んだと思われても仕方がない。現に同じアパートの住人はそう思い込んで、越してきた松岡にも彼の部屋で縊死したと告げたそうだ」

「信じるなと言う方が無理ですね。だとすると前の住人の縁故者と誤解され、取り立て屋に付きまとわれたという体験談も、松岡の作り話ではなかった？」

　法月警視は仔細ありげにうなずいて、

「そっちは裏が取れてる。たちの悪い業者に因縁をつけられ、自殺した宮本と縁もゆかりもないことを証明するのにだいぶ手間がかかったらしい。だが、迷惑をこうむったのは松岡だけじゃない。そもそも〈コーポ椿〉に空き部屋が増えたのは、事故物件以前の理由でね。去年の夏頃から柄の悪い連中がたびたび宮本の部屋に押しかけ、迷惑行為を繰り返していた。管理会社の話だと、とばっちりを恐れて転居した住人が複数いるそうだ」

幽霊の正体見たり、というやつだ。広い意味では事故物件になるのかもしれないが、心霊だの祟りだのとは何の関係もない。綸太郎は肩をすくめるしぐさをして、

「その連中は、今度の事件に関与してないですよね？」

「それはない。以前、松岡とトラブった情報商材業者も殺しとは無関係だろう。久能警部の調べでは〈コーポ椿〉のほかの住人も、ドラッグストアと飲食チェーンの従業員、それに高速バス運転手で、日曜の夜はみんな仕事に出ていてアリバイがある。アパートの大家と管理会社の担当者らにも当たってみたが、いずれもシロだった」

「待ってください。やばそうな連中はともかく、アパート関係者のアリバイまで調べ上げたんですか。もしかして、松岡の元妻が手に入れた怪しいリストに彼らの名前が？」

説明をスキップされた気がして、思わず問い詰めるような聞き方になった。ところが、警視はあっさりと首を横に振って、

「そうじゃない。捜査のイロハで、秘密主義だった被害者の住所を知っており、部屋の合鍵を作る機会があった人間をふるいにかけてみただけだ。宮本が自殺する前に転居した住人も含め

て〈コーポ椿〉の関係者は、ひとりも松岡のリストに載っていなかった」

捜査のイロハか。たしかに久能警部が強い関心を寄せていた条件である。

「じゃあ、逆にリストに名前があって、松岡の住所を知っていた人物は？」

あらためて問い直すと、警視はこめかみを指でトントンたたきながら、

「それがどうにも頭の痛いところなんだ」

5

松岡のグレーリストには、八人の男女が登録されていた。週末から今日にかけて、捜査本部はその全員から事情を聴取、松岡が殺された夜にどこで何をしていたか聞き出した。うち五名にアリバイが成立し、容疑者は三人に絞られたという。

「嫌疑の晴れた五人についてはしっかり供述の裏を取ってあるので、おまえの意見を聞くまでもない。問題は残りの三人でね。三人とも事件への関与を否定しているが、犯行のあった時間帯のアリバイを証明できないし、強請のネタに関しても清廉潔白とは言いきれないところがある」

「その三人の中に犯人がいると見てまちがいない？」

綸太郎が念押しすると、法月警視はベテラン捜査官にふさわしい威厳を持って、

「久能警部の調べに抜かりはないし、俺もこの三人で決まりだと思う。いざとなれば携帯の通信記録を開示請求して、松岡がタクシーからかけた電話の不在着信を特定することもできるんだが、令状の乱発は避けたいんでな」

本命を絞らないと、次の一手が打てないということだ。倫太郎はあごをしゃくって、

「三人の容疑者について、わかっていることを教えてもらえますか」

「うん。ひとり目は安堂宙也《あんどうちゅうや》といって、大井《おおい》競馬場に所属する地方競馬の騎手だ。三十二歳だから、中堅ジョッキーの部類だろう。デビュー当時からイケメン騎手として女性ファンの注目を浴び、若手のうちは順調に成績を伸ばしていたが、最近はぱっとしない。そのせいもあってか、数年前から八百長に手を染めているという噂が絶えないようでね。半グレじみた予想業者との交際が問題視されて騎乗機会が激減、素行の悪さから騎手免許取り消しを求める声も出ているほどだ。地方競馬は土日が休みで月曜の騎乗予定もなかったから、日曜の夜のアリバイははっきりしない」

「その安堂騎手と松岡は前から親しかったんですか」

「深い付き合いはなかったようだが、松岡はライターとして大井競馬場にも足しげく通っていたから、取材で何度も会っているはずだ。ひょんなことから、安堂騎手が八百長に関与している証拠をつかんだとしても不思議はない」

「八百長のネタを押さえたのなら、一枚嚙んだ方が得でしょうに」

「実際そうだったのかもしれないぞ。松岡は例の心霊記事に、最近ギャンブル運が上向いてき

たと書いてるんだからな。だが、いつまでも甘い汁が吸えたとは限らない。何らかの理由で両者の関係がこじれ、松岡が恐喝という手段に切り替えた可能性もある」

　綸太郎は半分同意のしぐさをしてから、おもむろに首をかしげて、

「安堂は半グレみたいな連中と付き合いがあったんですよね。それならわざわざ自分の手を汚さなくても、悪い仲間に頼んでボコボコに痛めつければすむ話では？」

「普通はそうするだろうがな。半グレ仲間にも明かせない、もっとまずい秘密を握られていたらそうはいかない」

「松岡の住所は？　八百長がらみなら、余計にガードを固めていたはずですが」

「それこそ半グレ仲間に調べさせたんじゃないか。例の記事を読めば、前の住人が貸金回収業者に追い込まれて自殺したアパートだとわかる。蛇の道は蛇で、横のつながりを使えば自宅の割り出しも可能だろう……。ただ、この説にはひとつ難点があってな」

　警視は自分で言って、顔をしかめた。綸太郎はその後を引き取って、

「それだと悪い仲間に松岡殺しの犯人とバレて、もっとまずいことになりかねない。微妙なところですが、とりあえず話を進めましょう。二人目の容疑者は？」

「胡桃沢咲苗《くるみざわさなえ》という五十六歳の女だ。こっちは地域の有力者で、夫が大手不動産鑑定事務所に所属している関係から、豊島《としま》区のまちづくりNPOで運営委員を務めている。区の空き家対策事業に関わっているんだが、意識の高いご婦人にありがちなスピリチュアル気質の持ち主でね。占い師や霊感商法まがいの怪しげな連中とも交流があるらしい。たまたま松岡の心霊記事が彼

女の目に留まって、よくないスイッチが入ってしまった」
「よくないスイッチというと？」
「ソーシャルでクリエイティブな使命感というやつさ。前から事故物件の霊的リノベーション
とやらに関心があったとかで、どういうものか、言わなくても想像がつくだろう？　さっそく
ネットマガジンの編集部に松岡の連絡先を問い合わせたが、相手にされなかったせいで、かえ
って使命感に火がついた。編集部気付で、電波系じみた長文の手紙を何通も送ってきたそうだ。
具体的な内容は不明だが、公《おおやけ》になるとまずいことが書いてあったみたいだな。ＮＰＯ運営委
員の肩書きどころか、下手をしたら夫の職業的地位にも響きかねない地雷が埋まっていたと思
われる。肉筆の手紙だというから、松岡がその気になればいくらでも高い値をつけられただろ
う。もちろん、彼女は恐喝の事実は否定しているし、日曜の夜はずっと自宅にいたというんだ
がね」
「アリバイを裏付ける証拠はないと。でも今の話だと、彼女は松岡の住所を知らなかったこと
になりませんか？」
「表向きはな。とはいえ、咲苗の夫は不動産鑑定士だ。そっちのコネを使えば、どうにかして
住所を突き止める手だてがあったかもしれない」
　警視は希望的観測を口にした。綸太郎はぎくしゃくとかぶりを振って、
「絶対にないとは言いませんが。でも胡桃沢咲苗の犯行だとすると、ひとつ納得の行かない点
がありますよ」

「女の細腕では、首吊りに偽装して殺すのは荷が重いとでも？　そんなことはないさ。むしろ窮地に追い込まれた時は、ああいうタイプのご婦人が一番手ごわいものだ」

「そうじゃありません。彼女はスピリチュアル気質で、松岡の心霊記事を真に受けていたんでしょう。そんな霊感マニアの女性が、死人の相次いだ事故物件の部屋で人の命を奪ったうえに、悪霊を鎮《しず》めた神棚を引っかき回すような真似ができますかね」

警視はちょっと眉をひそめたが、フンと鼻を鳴らして、

「松岡の脅しで切羽詰まっていたら、嫌でもそうするしかないだろう」

「だとしても、わざわざ因縁のある部屋で首吊りに偽装して殺しますか？　死者の魂を侮辱して、自分にとり憑けと挑発するようなものじゃないですか。松岡の口を封じたかったとしても、もっと別の場所を選ぶことはできたはずです」

「だからそれは彼女の気持ち次第だろう。飯田のバカみたいに除霊グッズを身につけていたのかもしれないし、エアコンのフィルターを持ち去ったのも、何かそうしたおまじない行為の延長だったかもしれないぞ」

つい先ほど息子をポンコツ呼ばわりしたくせに、今度は親父さんの方が同じ罠にはまっている。綸太郎は両手を顔の前に上げて、

「水掛け論になるから、ここまでにしましょう。三人目の容疑者は？」

「鶴見亮《つるみりょう》という四十一歳の男だ。練馬《ねりま》区の実家で病身の父親と二人暮らし。二十代半ばから抑うつ傾向にあり、ずっと無職だった」

「氷河期世代の中年ニートというやつですか」

「だな。根が真面目だったせいで、余計にこじらせたみたいだ。つい最近まで引きこもり同然の状態だったが、去年の夏、同居の母親が亡くなったそうでね。鶴見の父親は病気で動けないし、ひとり息子の亮が家事と介護を一手に引き受けるほかない。それで前よりは外に出るようになったというんだが、今も人と会うのは苦手なようだ。事情聴取にいった刑事は、家に上げてもらうまでが一苦労だったとぼやいていたよ」

「引きこもりの四十男がどうして松岡なんかと？」

「本人どうしは無関係だった。鶴見の話だと、先月、いきなり松岡から電話がかかってきて、彼の父親から話が聞きたいと言われたそうだ」

「父親から？」

「鶴見暢夫《のぶお》といって七十二になる。練馬区の中学校で教頭まで務めた人物だが、数年前にがんで胃を切ってからすっかり体が衰えた。今はほとんど寝たきりで、長年連れ添った妻に先立たれたせいか、だいぶ認知症が進んでいるそうだ。で、松岡が言うには、幸西玄次の知り合いを探しているうちに鶴見の父親にたどり着いたという」

一瞬、話の行方を見失いかけたが、綸太郎はすぐに名前の主を思い出して、

「幸西というと、松岡の部屋の前の前の住人のことですね」

「そうだ。松岡は事故物件の記事が受けたのに味をしめ、心霊現象のルーツを探る追跡ルポを書こうとしていたらしい。孤独死した老人の過去を知るツテを探して、鶴見暢夫という人物と

親交があったことを突き止め、さっそく取材を申し込んだわけだが」

「息子は引きこもりでしょう。取材をＯＫしたんですか？」

「いや。暢夫は認知症で体調も思わしくないから、初対面の松岡と話すのは酷だろう。そう説明して申し出を断った。ところが松岡は、どうしても父親に会いたいと言って引き下がらない。その後もしつこく家の周りをうろついて、近所の住民に鶴見親子の暮らしぶりなんかを根掘り葉掘り聞いて回っていたそうだ」

「暮らしぶりを？　鶴見亮はずっと無職で、収入はないんですよね」

「うん。病気と葬式で出費がかさんで父親の退職金も底をつき、年金だけが頼りの節約生活を強いられてるみたいだな。松岡は暢夫の病状に興味があったようだが、奥さんが死んでから近所付き合いもしなくなって、ここ数か月、誰も父親の顔を見ていない」

　そういうことか。綸太郎はポンと膝を打って、

「それでほぼ決まりじゃないですか。誰も顔を見てないんだから、鶴見暢夫はもう死んでいるにちがいない。息子の亮は父親の死をひた隠して、毎月の年金をだまし取っていたんです。たまたま取材の過程で息子の弱みを握った松岡は、違法行為に目をつぶる見返りに口止め料をよこせと脅しをかけた」

　急所を押さえたつもりだったが、警視は仏頂面を崩さない。言いにくそうに鼻をひくつかせながら、年寄りじみた抑揚に乏しい口調で、

「おまえに言われるまでもなく、久能警部もその線を疑ったんだ。父親の遺体が隠してあると

見込んで、今日の午後、あらためて練馬の鶴見宅を訪れた。息子の了解を得て父親の寝室に踏み込んだところ、予想に反して鶴見暢夫は生きていたよ」

「生きていた？」

「すっかりやせ衰えて足腰は立たないし、認知症で受け答えも怪しくなっていたが、年金目当ての替え玉なんかじゃない。まちがいなく、暢夫本人であることが確認された」

これではポンコツ呼ばわりされても文句は言えない。綸太郎はしばらくうなだれていたが、どうにか気持ちを立て直して、

「父親が存命なら、鶴見亮には恐喝される理由がありません。松岡を殺す動機がないと判明した時点で、疑いが晴れていたはずなのに」

「そうとは限らんさ」

壁にぶち当たっているのは綸太郎だけではない。捜査本部の落胆と手詰まり感を一息に圧縮したようなため息をついてから、警視は説明を続けた。

「松岡が鶴見暢夫の過去を洗っていたのは、まぎれもない事実だからな。本人の記憶がおぼつかないから、幸西玄次のことを聞いても覚えていない、何もわからないという答えしか返ってこないとしてもだ。老人二人の間に何かよからぬ因縁があって、それにまつわる暢夫の弱みを松岡が握り、鶴見親子を強請っていた可能性は十分にある。もしそうなら、息子の亮が松岡の口を封じてもおかしくはないだろう」

「仮にそうだとして、松岡の住所はどこから？」

「取材を申し込んだ時、幸西玄次の最後の住所を口にしたんじゃないか？　後から例のネット記事を読んだ鶴見亮は、松岡がアパートの同じ部屋に住んでいることを知った」

　綸太郎はウーンとうなって、腕を組んだ。

「どうもピンと来ないなあ。いや、強請のネタに関しては十分ありだと思うんですが、個人情報に神経をとがらせていた松岡が、そんなうっかりミスをするものかと」

「うっかりじゃないだろう。最初は取材のアポを取るつもりだったんだ。幸西の最期に関する情報をきちんと伝えておかないと、取材対象の理解を得られない」

「それも一理ありますが……」

　綸太郎は腕を組んだまま、のけぞって天井を仰いだ。容疑者が三人しかいないのに推理の土台がふわふわして定まらないのは、データが足りないせいなのか。それとも事件を見る目にフィルターがかかって、視界がゆがんだり視野が欠けたりしているのか。頭の後ろで手を組み直し、ぼんやり天井をながめているうちに、ふとブロック塀にべたべた貼りつけられたステッカーの、見るだけで足元がふらつきそうなやばい感じを思い出した。

「ん？　ちょっと待てよ」

「おい。気をつけないと、椅子ごとひっくり返るぞ」

　法月警視が止めなければ、そのまま後ろに倒れていただろう。かろうじて転倒事故を回避すると、綸太郎はお礼もそっちのけで、テーブルにぐっと身を乗り出し、

「現場の斜め向かいの民家ですが、監視カメラを設置したのはいつですか」

「やれやれ。もういい歳なのに、ちっとも落ち着かないな」

あきれたように言ってから、警視はゆるんだ表情をぎゅっと引き締めて、

「水野節子宅のカメラだな。三か月前と聞いているが、それがどうした？」

「犯行前の犯人の心理を想像してください。松岡の住所を知る方法はさておき、現場周辺は道が入り組んでいるから、住所だけわかっても〈コーポ椿〉がすぐ見つかるとは限らない。土地鑑がなければ、いざという時迷わないためにも、現場の下見をしておく必要があります。犯行の障害になるファクターを見落とさないよう、明るい時間帯を選んだはずですが、日中に現場周辺を訪れたら、まちがいなく〈監視カメラ作動中〉のステッカーが目に入る。当然、犯人はカメラの設置場所や向きを確認したでしょう。過去の録画データを精査すれば、下見にきた犯人が映っている可能性が高いということです」

「なんだ。それならとっくに確認済みだよ」

警視は期待したのがまちがいだったというように肩を落として、

「水野節子は律儀というか、何でも取っておく性分というか、とにかく過去三か月分の録画データを削除しないで全部保存していたんだ。顔認証ソフトを使って抜かりなくチェックしたが、三人の容疑者の誰ひとりとして監視カメラには映っていない」

その答えでフィルターの目詰まりが解消された。綸太郎は唇をなめて、

「なるほど。犯人は現場の下見を怠《おこた》ったということになりますね」

「そうでもないぞ。今はグーグル・ストリートビューという便利なものがあるからな。それで

しっかり道順を頭にたたき込んでおけば、ぶっつけ本番でも迷いはしない。ただ、現場周辺の画像はだいぶ前に撮られたものでね。まだ向かいの塀にステッカーは貼られていなかった。しかも犯人が〈コーポ椿〉に出入りしたのは、夜の九時から十一時台。夜道で人目を避けていたから、ステッカーには気づかなかったはずだ。したがって、過去の監視カメラ映像から容疑者を絞り込むことは——おい、綸太郎。俺の話を聞いてるか？」

「ちゃんと聞いてますよ、お父さん。今の話でやっとわかりました。三人とも監視カメラに映っていなければ、それで犯人を絞り込むことができる」

「何だって。まさかおまえ、水野節子が松岡を殺したと？」

目を白黒させながら、法月警視が口走った。綸太郎は苦笑して、

「いくらぼくがポンコツだって、そんな無茶は言いませんよ。仮に彼女の犯行だとしても、現場からエアコンのフィルターを持ち去る理由がない。わかりますか？　監視カメラに映らなかったからこそ、犯人はそうする必要に迫られたんです」

【読者への挑戦】謎を解く手掛かりはすべて揃いました。さて、犯人は誰か？

6

「松岡を殺した犯人が捕まったそうですね」

飯田才蔵が電話してきたのは九月二十日金曜日の夕方、記者発表のニュースが報じられた直後だった。その日の朝、品川署に任意同行を求められた被疑者が取り調べに対して容疑を認め、午後三時に署内で逮捕状が執行されたのである。

「ずいぶんあっさり自供したみたいですが、法月さんの仕切りですか」

「仕切りは大げさだよ。被疑者のことはどこまで聞いてる？」

「練馬区在住の四十代の無職男性で、松岡に強請られたのが殺害の動機だと。野良ライターの身分では犯人の実名すらわかりませんが、今回はひとつふたつ貸しがありますからね。事故物件の記事との関係も含めて、ちょっとばかり捜査の内情を教えていただけやしないかと、それでさっそく先生にお電話申し上げたわけですが」

野良には似合わぬ猫なで声で言う。綸太郎は聞こえよがしに舌を鳴らして、

「ひとつかふたつかは別として、借りがあるのは確かだな。親父さんの顔色次第だけど、明日まで待ってくれたら、少しは話せる材料も出てくるだろう」

「期待してますよ。じゃあ明日の午後、いつものファミレスで」

言いたいことだけ言って、向こうから切れた。

毎度飯田の都合に合わせるのも癪《しゃく》だが、今回はしょうがない。憶測だらけのデマをＳＮＳに流してもらった借りがあるからだ。法月警視の前では知らん顔をしたけれど、連休明けのタイミングを見計らって拡散するように、と飯田に指示したのは綸太郎だった。

個人プレーではなく、久能警部から内密に頼まれてそうしたのである。警部によれば、松岡のグレーリストには某パチスロ機メーカーに勤務する男性社員が登録されていた。八名の容疑者候補から除外された五人の中のひとりで、不倫相手との密会現場を松岡にキャッチされ、新台開発に関する社内情報を小出しにリークしていたらしい。

犯行当夜のアリバイは盤石で金銭の要求もなかったことから、すぐに男性社員の容疑は晴れたが、問題は遊技機業界の関連団体に天下りしていた警察庁ＯＢが彼の縁故者だったことである。捜査員が聞き込みにいったこと自体がＯＢ氏の不興を買ったようで、品川署の捜査本部に苦情が持ち込まれた。

もみ消しと言うほどの圧力ではなかったものの、被害者へのネガティブな印象操作が行われると今後の捜査に影響が出る。現場の士気が下がるのを懸念した久能警部から、早期解決へのカンフル剤になりそうな材料はないかと極秘の相談を持ちかけられ、綸太郎は一計を案じた。

飯田才蔵をそそのかし、心霊ネタを拡散して松岡殺しへの野次馬的な興味をあおらせたのは、そのためである。

もちろん飯田には、具体的なことは話していない。綸太郎が背中を押さなくても、いずれ騒ぎ出すのは目に見えていた。それでも何か裏があることは察しているはずだから、それなりの見返りは必要だろう。久能警部の頼みで陽動作戦を仕組んだことは、法月警視にも内緒にしているが、部下思いの親父さんのことだ。息子のしわざと見抜いていても、わざわざ口に出してとがめる気はなさそうだった……。


あくる土曜日の昼下がり、綸太郎は中野坂下のファミレスへ向かった。

いつもと同じ席に陣取った飯田はスマホとノートパソコンをちゃんぽんに操りながら、最新情報のチェックに余念がない。声をかけても返事がないので、軽く脚を蹴飛ばしてやると、飯田はようやくイヤホンをはずして、

「や、どうも。お待ちしておりました」

「とてもそうは見えないが。お取り込み中のようだから、出直そうか」

「勘弁してくださいよ。朝からあちこち見て回ってるんですが、ちっとも要領を得なくって。逮捕から丸一日たっても実名が出ないのは、何か支障でもあるんですか?」

「いや。形式的な書面の手続きがもたついているだけで、じきに公表されるよ」

「そんなお役所言葉で煙に巻こうとしてもダメです。今回はボクも半分当事者みたいなものだ

し、しっかり説明責任を果たしてもらわないと」

「きみの働きには感謝してるし、事件の真相についてもちゃんと話す。ただし親父さんの手前もあるから、当分の間はオフレコにしてもらいたい」

「そこらへんは心得ております」

殊勝な顔でノートパソコンを閉じ、スマホもスリープ状態にしてテーブルに伏せる。綸太郎はドリンクバーを注文して、店員を遠ざけてから、久能警部と法月警視から仕入れた捜査情報をかいつまんで飯田に伝えた。連続怪死のファクトチェックには拍子抜けしたようだが、松岡の恐喝行為が明らかになると目の色を変えて、

「スマホのネタ帳か。松岡ならそういうリストを作ってそうですけど、実際に強請に手を出すとはね……。地方競馬のイケメン騎手とマダム霊的リノベーションの悪評は、ボクも聞いたことがある。でも、その二人はシロだったんですよね」

「うん。ごく単純な理由で消去された」

「ご謙遜《けんそん》を。法月さんが犯人を絞り込んだんでしょう」

「それができたのは、きみのおかげだ。実際に現場のアパートに足を運んで、例のステッカーを見ていなければ、犯人の正体に気づかなかったかもしれない」

「〈監視カメラ作動中〉というあれですか。何も映ってなかったようですが」

「それが重要なヒントになった。犯人は現場の下見を怠っていたんだ」

飯田は目をぱちくりさせた。三か月前から監視カメラが設置されていたこと、三人の容疑者

が誰もカメラに映っていなかったことを教えてやると、ちょっと首をかしげて、

「――事前にグーグル・ストリートビューか何かを見たのでは？」

「親父さんと同じことを言うんだな。でもそれだと確実性に欠ける。きみだってスマホの地図アプリを見ていたのに、道をまちがえただろう」

「たしかに、けっこう入り組んではいましたが」

「犯人が〈コーポ椿〉に忍び込んだのは午後九時半頃。昼と夜で通りの雰囲気は一変するし、松岡の部屋には表札すら出ていなかった。タイムテーブルから見て、犯人は新宿の待ち合わせ場所に松岡が現れるのを確認してから現場に先回りした可能性が高いが、途中の時間のロスを考慮すると、ぶっつけ本番で知らない場所へ向かうのは危険が大きすぎる。にもかかわらず、事前にアパートの近所に現れなかったということは――」

綸太郎があごをしゃくると、飯田は片方だけ目を細めて、

「もともと現場周辺に土地鑑があった、ということですか」

「そう考えるのが自然だ。しかも犯人は、松岡が秘密にしていた〈コーポ椿〉の住所を知っていた。同じアパートの住人ないし関係者なら、その条件に当てはまる」

飯田はますます首をかしげながら、ひょっとこみたいに口をとがらせて、

「でもアパートの関係者は、松岡のリストに載ってなかったんでしょう？」

「見かけはね。だが下見の件以外にも、〈コーポ椿〉の関係者が犯行に関与した手がかりがある。ひとつは松岡の部屋の鍵だ。古いディスクシリンダー錠で、メーカーが廃番にしたものだ

った。不人気な物件なので、管理会社もコストを削っていたんだろう。松岡が引っ越したのは今年なのに、そんな古い錠が残っていたのは、入居者が替わってもドアの錠を交換しないで、前のものをそのまま使っていたからだ」

「前の錠をそのままで？」

「部屋のエアコンについても同じことが言える。十年以上前の古いエアコンだったというから、前の入居者が使っていた製品をそのまま引き継いだにちがいない。自殺者が出た以上、最低限の模様替えはしたんだろうが、エアコンは同じものだった」

飯田はごくりと唾を吞むと、ようやく思い当たった表情で、

「現場検証で、中のフィルターが持ち去られていたのがわかったんですよね。ということはつまり、自殺したはずの前の住人が？」

「その通り。近所では面が割れているから、おいそれと現場周辺には近づけないし、犯行の機会も人目のない夜に限られる。ドアの錠がそのままだったのは渡りに船で、こじ開ける手間が省けたとほくそ笑んだにちがいない。返却しなかった鍵で九か月ぶりに元の自室に侵入した犯人は、部屋のエアコンが替わっていないことに気がついた。松岡より長く住んでいたから、一度もフィルターを掃除しなかったとは考えられない。万一そこに自分の指紋が残っていたら、と不安になって、犯人はとっさにフィルターをはずし、ほかの証拠品と一緒に持ち去ったんだ」

「そんなことをしなくても、指紋だけ拭いて戻しておけばよかったのでは？」

「最初はそのつもりだったらしいけどね」

と綸太郎は言った。本人の供述によれば、カバーを開けてフィルターを見たところ、相当量のホコリがたまっていた。今は毛髪やフケからでもDNAを検出できるから、自分が住んでいた頃に吸引された細胞片がフィルターに残っていて、照合可能なサンプルが採取されないとも限らない。一度気になるとどうしても放置できなくて、結局フィルターごと持ち去ることにしたという。念には念を入れたつもりが裏目に出たことになるけれど、思慮に欠ける判断とも言いきれない。指紋かDNAが一致したら、それだけで犯行の全容が露見してしまうのだから。

「――事故物件の真相が、身代わり自殺だったとは」

飯田はため息をつきながら、ひとしきり頭を揺り動かして、

「死んだはずの前の住人は四十代の元会社員でしたね。借金から逃れるために自殺を装い、別人になりすまして生き延びた」

「名前は宮本雅樹。まだ実名が出ないのは戸籍上、死亡者扱いになっているせいだ。容疑者リストの三人のうち、胡桃沢咲苗は女性だからなりすましはありえない。騎手免許を持たない四十代の元会社員が、三十二歳の現役騎手である安堂宙也と入れ替わるのも不可能だ。残ったのは鶴見亮と称する四十代の引きこもり男性だけだが、同居の父親は認知症が進んでいるから、赤の他人が息子と入れ替わっていても、もはや気にならないのだろう」

「そういうのは、単純な消去法って言わないんじゃないかなあ」

飯田は負け惜しみのようにつぶやいてから、急に真顔になって、

「宮本は九か月もの間、縁もゆかりもない老人の世話をしていたわけですか」

「まあね。認知症の老人を介護するのはきつかったろうが、返せる当てのない借金を抱えて取り立て屋の脅しにびくびくするよりはましだったにちがいない。とはいえ、そろそろ限界に来ていたみたいだな」

「限界というと？」

「練馬の家で鶴見暢夫に対する虐待の跡が認められたそうだ」

「やな話だな」

と飯田はぼやいて、

「宮本雅樹は、どうやって鶴見亮に目をつけたんですか？」

「自分の身代わりを見つけるために、自殺志願者や心中相手を募るＳＮＳや匿名掲示板の書き込みをしらみつぶしに当たっていたみたいでね。実家に引きこもっていた鶴見は母親を亡くした直後で、抑うつ傾向が強まっていた。自殺の一歩手前まで来ていたが、病身の父親の存在が最後の歯止めになっていたらしい。自分のかわりに死んでくれる男を探していた宮本にとって、鶴見は申し分ない獲物だった。老い先短い父親の最期を看取ってやると約束して、宮本は身代わり自殺を持ちかけ、鶴見も早く楽になりたい一心で替え玉になることを引き受けた。

最初からそのつもりで探していたから当然なんだが、宮本と鶴見は年齢や体格が似ていたうえに、血液型も同じだった。鶴見が一度首吊り自殺に失敗し、自ら救急車を呼んだのは搬送先の病院で自己申告して、〈宮本雅樹〉の身元を確定させるため。狂言自殺を匂わせ、看護師らの油断に乗じて院内で飛び降り自殺すれば、病院側の対応だって事なかれ主義的になるだろう。親類縁者も借金トラブルに巻き込まれるのを恐れて、遺体の引き取りさえ拒んだというから、死んだのが宮本本人だときちんと確認されたわけではなかった」

「飛び降りだったら、顔面の損傷が激しかったのかも」

飯田は自分で言って顔をしかめると、重くなった空気を払うしぐさをして、

「松岡が身代わり自殺を嗅ぎつけたきっかけは？　ひょっとして〈コーポ椿〉で孤独死した老人と、鶴見の父親が古い知り合いだったからですか」

「それは宮本の作り話だよ。松岡が近所で聞き込みをしていたことは、宮本も気づいていたはずだから、知らぬ存ぜぬではかえって怪しまれるだけだ。だから認知症の父親に警察の注意を引きつけ、自分への疑いをそらそうとしたんだ」

「ですよね。いや、ボクもおかしいと思ったんですけど」

しれっと言い訳めいたことを言う。綸太郎は苦笑して、

「松岡が前の住人のことを調べ始めたのは、借金の取り立て屋に付きまとわれたせいだろう。最初は縁故者でないと証明するためだったが、自殺の仕方に疑問を覚えて、替え玉の可能性に気づいたのではないか。何らかの方法で宮本のアカウントを割り出し、ＳＮＳのログをさかのぼって鶴見亮との関係を突き止めたんじゃないかと思う」

「だとしたら例の心霊記事も、最初から全部創作だったということに？」

「だろうな。少なくとも首吊り自殺が未遂だったことは、とっくに確認していたはずだ。だと

しても、宮本と鶴見の関係を突き止めたのはそんなに前じゃない。たしか事故物件の取材をキャンセルされたのは、先月のことだと言ってたろう」

綸太郎が指摘すると、飯田はハイハイとうなずいて、

「洒落にならなくなったというのは、そのことか。宮本雅樹が名前を変えて生きている手がかりをつかんで、本気で恐喝を考え始めたわけですね。いや、待てよ。そもそも事故物件の記事をでっち上げた時から、前の住人が首吊り自殺したという嘘を既成事実化して、恐喝の交渉条件を有利に進めようという狙いがあったのかも」

「おそらく後の方が正解だと思う。一方的な恐喝ではなく、ウィンウィン関係の共犯者みたいな顔をして宮本に近づいたんじゃないか。まあ、松岡の思惑に関しては、いずれ宮本の口から明らかになるだろうから、あまり先走ったことは言えないが」

わざわざ釘を刺したのは、推理と現実の間に線を引くためだ。長い付き合いだから、そこらへんの呼吸は心得ているはずだが、飯田はまだ食い足りなそうな顔をして、

「大筋はそうだとしても、ひとつ腑《ふ》に落ちないことが。松岡は恐喝の相手が自分の部屋の前の住人だとわかっていたわけでしょう。事故物件の記事を目にしたら、同じ部屋に住んでることは宮本に筒抜けだ。あれほど秘密主義だった男が、恐喝相手に住所を知られているのによく平気でいられたものですね」

なかなか鋭いことを言う。綸太郎は涼しい顔でうなずいて、

「それはぼくも不思議だったんだが、松岡がなりすましの決定的証拠を押さえてなかったとし

たらどうだろう。あえてノーガードで臨んだのは、鶴見亮と称する男が〈コーポ椿〉の自室に忍び込んで家捜しでもしてくれたら、それだけで宮本雅樹が生きている証拠になると、そんなふうに期待していたからではないか」

「だけど部屋を家捜しされたら、手の内がバレてしまうじゃないですか」

「バレてもいいんだ。松岡は警察に対して身代わり自殺を立証する必要はない。借金の取り立て屋に情報を渡すと脅せば、宮本は逆らえないんだから」

「なるほど」

飯田はふっきれたような表情で、深いため息をつきながら、

「いずれにしても、松岡は脅す相手を見くびっていたことになりますね。ウィンウィンかどうかは別として、自分が殺されるとは予想もしなかったようだから」

「それは否定できないな。鶴見の死に関して言えば、宮本は身代わり自殺を持ちかけただけで、実際に彼を手にかけたわけじゃない。追いつめられても自分の手で殺しができる人間だとは思ってなかったんだろう。そういう意味なら、松岡という男は人を見る目がなかったということになる」

「――だとしても、ライターとしては本望だったんじゃないかな」

ふいに視線を宙に投げると、飯田は本気とも冗談ともつかない口調で、

「だって、松岡は死んだはずの前の住人に縊《くび》り殺されたんだから。たとえでっち上げの捏造記事だろうと、自分の書いた原稿通りになったら思い残すことはないですよ」

尻の青い死体

白井智之

白井智之（しらい・ともゆき）

1990年千葉県生まれ。2014年『人間の顔は食べづらい』が第34回横溝正史ミステリ大賞の最終候補作となり、同作でデビュー。23年『名探偵のいけにえ 人民教会殺人事件』で第23回本格ミステリ大賞を受賞。他の著書に『東京結合人間』『おやすみ人面瘡』『名探偵のはらわた』『エレファントヘッド』『ぼくは化け物きみは怪物』などがある。

0

血まみれのデニムジャケットに身を包み、ガスマスクを頭にかぶった肩幅の広い男が、暗い山道を歩いている。右手に構えた日本刀が数秒おきにヒュンと空を切る。

ブナ林の奥から、土を踏む音が聞こえた。男は足を止めると、ブナ林を見つめ、ゆっくりと暗闇に踏み込んだ。

「おりゃあっ」

ふいに木陰から若い女が飛び出し、男の太い首に斧の刃を叩きつけた。野太い悲鳴。迸《ほとばし》る鮮血。男は震えながら日本刀を放り捨てると、マスクを外し、大量の血を吐いて倒れた。

「やったあ！　ついにフーファーをぶっ殺した！」

女は満面の笑みを浮かべ、何度も斧を振り下ろす。ぬちゃっ。ぬちゃっ。跳ね上がった血が女のオーバーオールを濡らす。

そのとき、女の背後からガスマスクの男が現れ、チェーンソーをブルンと鳴らした。ついさっき死んだ男とは違う、高級そうなレザージャケットに身を包んでいる。

振り返った女の腹に、男が鋸《のこ》を押し込む。女の身体が震え、腹から血と腸が飛び出した。

「なんでフーファーが二人いるの？」

女が地面にくずおれる。男はチェーンソーを放り投げ、血まみれの指でガスマスクを外した。

そこに現れたのは、先ほど死んだ男と同じ顔だった。

「おれはフーファーの双子の弟、クーハーだ！」

数秒の沈黙。女はふいに口角を持ち上げ、男の肩を突いた。

「クーハー？　クーファーでしょ？」

「そんなことない！　おれはクーハーだ！」

男は照れ笑いを嚙み殺し、女の頭に拳を振り下ろした。ぼこっと鈍い音が鳴り、スクリーンは唐突に暗転。下手くそなヘビーメタルに乗せてスタッフロールが流れ始めた。

仙台《せんだい》市青葉《あおば》区木町《きまち》通。酔客で賑《にぎ》わう国分《こくぶん》町から少し外れた住宅地の中の小さな映画館〈ジャンボリー仙台〉。四十席ほどのスクリーンを貸し切って、一人の若い男がホラー映画を観ていた。時刻は深夜一時過ぎ。閉館時間からすでに二時間が過ぎていた。

男の名は淀川晴郎《よどがわはるお》。ビデオコレクター兼映画ライターとして、雑誌「銀影城」の巻末に「シネマ探偵の洞察」というコラムを連載している。

スタッフロールが終わり、ゆっくりと照明が灯る。淀川は立ち上がると、映写室から出てきた館長の仲木《なかき》直樹《なおき》に声をかけた。

「本当にありがとうございました。幻の作品を劇場のスクリーンで観られるなんて感激です。仙台まで足を運んだ甲斐がありました」

お世辞だと思ったのか、仲木は気まずそうな顔をした。ラガーマンのような屈強な体格のくせに、おどおどしていて迫力がない。目がくりっとした童顔のせいか大学生アルバイトのようにも見える。

淀川は仲木の手を握り締めると、

「次のシネマ探偵は『fufa & kuha』について書こうと思ってるんです。記事の内容はこんな感じなんですけど——少し聞いてもらえますか」

返事を待たずに喋《しゃべ》り始めた。

「仲木さんもよくご存じと思いますが、『fufa & kuha』は佐渡島《さどしま》壮平《そうへい》氏が監督した自主制作のホラー映画です。三年前にいくつかの地方映画祭に出品されましたが、いずれも審査員の評価は得られず、作品が日の目を見ることはありませんでした。

ところが昨年の夏、ネット掲示板で妙な噂が広まります。とあるホラー映画の撮影中、殺人事件が発生。すぐに警察へ通報すべきところ、監督は撮影を続行し、完成した作品を映画祭に出品した。実際に上映された映画には、本物の殺人犯と被害者が映っていた——というものです」

淀川はもったいぶって言葉を止める。仲木は落ち着かない様子で、咳払いをしたり腕を組みかえたりしている。

「わたしは仙台市で行われたずんだ映画祭の関係者への取材から、噂の元になったのが韮山《にらやま》のペンションで起きた殺人事件であること、事件の当事者が撮影した『fufa & kuha』という作品が実際に映画祭に出品されていたことを突き止めました。

ここまできたら映画を観てみたいと思うのが人情です。でも映画祭の運営委員会は閉祭後すぐにフィルムを返却していました。わたしは『fufa & kuha』の制作関係者を探しましたが、大半が行方知れずで、連絡が付いた数人も取材を拒否。それでも根気強く調査を続けた結果、ようやくフィルムをお持ちの方を見つけることができました」

淀川はなれなれしく仲木の肩に手を置いた。

「驚きましたよ。双子の殺人鬼、フーファーとクーハーを演じた仲木さんが、仙台で映画館を経営されていたなんて」

「伯父から受け継いだんです。映画好きの親戚が他にいなかっただけですよ」

仲木は年季の入った劇場を見回し、自嘲めいた笑みを浮かべた。壁紙は黄ばみ、深紅のカーテンも色が薄くなっている。座席からは埃《ほこり》の臭いがした。

「仲木さん。『fufa & kuha』の撮影現場で何があったのか、詳しく教えていただけませんか。もちろん謝礼は弾ませていただきます」

三年前、仙台駅前にシネコンがオープンして以来、〈ジャンボリー仙台〉の業績は悪化の一途をたどっている。仲木にこの提案を断るという選択肢はないはずだ。

「ええ、かまいませんよ」

仲木が大きな腰を座席に埋める。一瞬、ひどい渋っ面をしたように見えたが、次の瞬間には元の真顔に戻っていた。

「今でも時折り、殺された七峰詩織《ななみねしおり》さんのことを思い出します。彼女の尻にはとびきり大きな蒙古斑《もうこはん》がありました」

1

「そんなことない！　おれはクーハーだ！」

仲木直樹が拳を振り下ろす。ぼこっと鈍い音が鳴って、七峰詩織がうつ伏せに倒れた。

韮山の中腹、ペンション〈望戸荘《もうこ》〉から二百メートルほどのブナ林。生倉《なまくら》大学映画研究会のメンバーを中心とする撮影チームは、「fufa & kufa」のラストシーンの撮影に臨んでいた。

「カット！」

監督の佐渡島壮平が疲れ切った声で叫ぶ。初日からラストシーンを撮っているのは、山の天気が変わりやすく、晴れているうちに屋外のシーンを撮り溜めておく必要があったからだ。だがそんな段取りもむなしく、準備を始めたとき頭上にあった太陽はすでに山並みの向こうへ沈みかけていた。

「仲木くん。勝手に役名を変えないでよ」

佐渡島は怒る気力もないようで、弱々しく吐き捨てた。

ラストシーン。殺人鬼を倒したヒロインの背後からふたたび殺人鬼が現れ、殺人鬼が双子だったことが判明する。物語のオチにあたる重要な場面だが、あいにく双子の殺人鬼を演じる仲木は一人っ子だった。予算七万円の自主制作映画では役者を合成することもできない。監督の佐渡島がない知恵を絞った結果、カメラがヒロインの顔にズームしている間に仲木が早着替えをして、兄から弟に変身するという、きわめてアナログな手法が採用された。

言うは易く行うは難し。衣装がうまく脱げなかったり、マイクが衣擦《きぬず》れの音を拾ってしまったり、はたまた七峰の背後に仲木の姿が映り込んでしまったりと、想定外のNGが続発した。撮影を始めた頃は図体のでかい仲木を恐れて猫撫で声を出していた佐渡島も、いつのまにか疲労と苛立ちを隠さなくなっていた。

「あのさ。大事な場面なんだから、台詞はしっかり練習しておいてくれないと」

「監督、もう良くない？　クーファーでもクーハーでも、どっちでもいいじゃないですか」

血糊まみれのオーバーオールを着た七峰が口を尖らせる。すると佐渡島は愛想笑いを浮かべ、もっともらしく腕を組んだ。

「確かに、ここで七峰さんが風邪でも引いたら今後の撮影に支障が出るな。よし、殺人鬼の弟の名前はクーハーに差し替え、タイトルも『fufa & kuha』に変更だ。今日の撮影は終わり。全員撤収！」

この監督は良い映画を撮ることよりも、ヒロイン役の機嫌を損ねないことが優先であるらしい。仲木は監督の後輩たちが不憫《ふびん》になった。

佐渡島の指示を受け、現役生たちが機材の片付けを始める。今回の撮影に参加した生倉大学映画研究会のメンバーは四人。撮影の結城《ゆうき》玲人《れいと》、録音の重岡《しげおか》巧《たくみ》、特殊メイク・造形の金田《かねだ》光《こう》一《いち》、それに雑用の高島《たかしま》海《かい》だ。もっとも四人はユウキ、シゲオ、キンタ、タカシの役で本編にも出演するから、場面によっては手の空いた者が撮影や録音を担当することになる。これに監督の佐渡島壮平、ナナミ役の七峰詩織、殺人鬼フーファーとクーハー役の仲木を加えた七人が、「fufa & kuha」の撮影チームだった。

仲木が手持ち無沙汰で立ち尽くしていると、現役生の一人で特殊メイク担当の金田が、内臓や生首の入ったバケツを手に声をかけてきた。

「変な撮影に巻き込んじゃって申し訳ないね」

身内でも死んだような暗い顔で言う。ろくでもない映画の撮影に友人を誘ったことを後悔しているのだろう。

ことは三カ月前、映画研究会OBの佐渡島が、自主制作映画の撮影スタッフを現役生から募《つの》ったことに端を発する。映研のOBには、実績も人望もないくせに先輩風を吹かせたがる恥知らずが少なくない。多忙な現役生はこの手の誘いにだんまりを決め込むのが常だったが、今回は事情が違った。佐渡島のお父さんは雑誌「しねふぃいる」の副編集長で、佐渡島本人も映画ライターとして同誌の新作レビューに寄稿している。佐渡島に気に入られれば「しねふぃいる」関連の仕事を回してもらえるかもしれない。そう考えた四人の現役生が手を挙げたのだ。

そもそも映画研究会の学生というのは、将来は映画の仕事がしたいと思っているか、何の仕事もしたくないと思っているかのどちらかである。とはいえ東京から三百キロ離れた仙台の地にキャンパスを置き、映画専門の学科があるわけでもない生倉大学の卒業生が、映画業界に職を得るのは難しい。それでも数年おきに、地方ロケや映画祭のアルバイトでコネをつくり、ぬるっと配給や製作の会社に潜り込む猛者がいる。佐渡島の募集に手を挙げたのは、そんな先輩に憧れた無垢な若者たちだった。

無名の監督による自主映画の撮影にスタッフが四人も集まった時点で奇跡に近いのだが、佐渡島はまだ満足しなかった。彼が脚本を書いた「fufa & kufa」は、ガスマスクの殺人鬼が暴れ回るスラッシャー映画だったのだ。殺人鬼役は屈強な大男、ヒロイン役は可愛い女の子でないと画にならない。ところが映画研究会のメンバーは、金太郎飴のようにひょろりと痩《や》せた男ばかりだった。

佐渡島は現役生たちに、殺人鬼を演じるにふさわしい精悍な男を連れてくるよう命じた。四人は途方に暮れた。寝ても覚めても映画のことばかり考えている映研のメンバーにとって、屈強なスポーツマンは宇宙人並みに縁遠い存在である。それでも何とかしなければと四人が必死に大男を探し回った結果、ようやくたどりついたのが、金田の幼なじみ、仲木直樹だったというわけだ。

仲木は身長百八十五センチ、体重九十キロ、殺人鬼には申し分ない大男である。おまけに宮城県警に逮捕されたばかりで、なんとかシャバには戻れたものの、仕事が見つからず困っていたところでもあった。

仲木は高校を卒業してから二年間、地元のリサイクルショップで働いていた。給料は低かったが、客がいない時間は売りもののビデオを観ていられるので、映画好きの仲木はこの仕事が気に入っていた。

ところが二カ月前、仲木は同僚とともに窃盗の容疑で逮捕されてしまう。誰よりも驚いたのが仲木だった。聞けば同僚たちは、全国各地で盗んだ家電や骨董品を、リサイクルショップで売り捌《さば》いていたのだという。身体の大きい仲木は、知らぬ間に用心棒をさせられていたのである。

不起訴となり釈放されたものの、仲木はひどい人間不信に陥《おちい》った。とはいえ塞《ふさ》ぎ込んでいても腹は減る。新しいアルバイトを探したが、留置場を出たばかりでビデオを観る他に能のない大男を雇う職場はなかなか見つからない。すっかり困り果てていたところに、幼なじみの金田から殺人鬼役の声がかかったというわけだ。

「役名が変わっちゃったけど、これってコメディ映画じゃないよね？」

仲木が皮肉を言うと、

「さあ。おれも不安になってきた」

金田は肩を落としてぼやいた。韮山へ向かうレンタカーの中、佐渡島に取り入ろうと意気込んでいた午前中とは別人のようだ。

現役生たちは各自の荷物をまとめ、山道を下りていく。仲木も小道具のガスマスクとチェーンソーを担いであとに続いた。

問題の佐渡島はというと、血まみれの七峰に連れ添いながら、「大丈夫？」「怖くなかった？」と尻尾を振るのに余念がない。映画関係者のコンパで七峰と知り会い、ヒロイン役にスカウトしたのだというから、すけべ心が丸見えだ。

「全然怖くないよ。それよりあたしのピアス見なかった？」

七峰は佐渡島の言葉など耳に入らない様子で、草陰や倒木の裏をきょろきょろと見回している。二十歳の自称女優だが、芸能事務所に所属しているわけではなく、実績もドラマのエキストラに数回出た程度。演技はずぶの素人だった。

「七峰さん、これじゃないですか」

録音担当の重岡巧が、草むらから金属片を拾い上げる。気の利くところを佐渡島にアピールしているらしい。この男はまだ監督を見限っていないようだ。

重岡は生倉大学の医学部に現役で合格した秀才である。医師の家系に生まれ、将来を嘱望《しょくぼう》されながらも、自身は頑なに映画監督を志しているという。この撮影にも並々ならぬ覚悟で臨んでいるのだろう。

重岡が見つけたのは、釣り針型のフックピアスだった。ドレスを着た少女を象《かたど》ったステンレスのパーツが下がっている。

「これこれ！　重岡くんだっけ？　ありがとう！」

七峰は重岡の両手を握り締め、大げさな笑みを浮かべる。オタクを転がすくらいは朝飯前のようだ。突然手を摑まれ、目を白黒させる重岡。そんな二人をつまらなそうに睨《にら》む佐渡島。

「――あれ？」

仲木と並んで歩いていた金田がふと足を止めた。右手のバケツに入った生首が、ころんと向きを変える。

「どうした」

「あのピアス、どこかで見たような――」

金田は口を薄く開いたまま、七峰が手にしたピアスを見つめていた。

2

宮城県南西部に聳《そび》える韮山の中腹、麓《ふもと》の街から五キロほどの場所に、ペンション〈望戸荘〉はぽつんと建っている。

橙色の洋瓦に白いモルタル壁。空へ伸びた煙突に真鍮《しんちゆう》の風見鶏。どこを見ても瀟洒《しようしや》で品がある。一つ問題があるとすれば、ここが軽井沢ではなく、スキー場もキャンプ場もない韮山のど真ん中だということだろう。土地持ちの老人が悪徳不動産業者に騙され、ローンを組んで無駄な物件を建てさせられたのではないかと要らぬ心配をしたくなる。

経緯は不明だが、現役生の一人である高島海のお父さんが、現在、このペンションを所有している。高島のお父さんは仙台に本社を置く家電メーカーの代表取締役で、税金対策のために全国に別荘を持っているらしい。佐渡島に気に入られたい高島がお父さんに頼み込んだおかげで、自主制作映画の撮影には不相応なペンションを借りることができたというわけだ。

午後六時三十分。撮影チーム一行は、荷物を持って山を下り、〈望戸荘〉へ戻った。

ペンションの周囲は半径十メートルほどの平地になっていて、あずき色の小石が敷き詰められていた。白い敷石が山道とペンションの玄関をつないでいる。玄関の横の植え込みには細い棒が刺さっていて、鉄製の風車が先っぽでくるくる回っていた。

玄関の前にはハッチバックとハイエースが停まっている。ハッチバックは撮影のために借りたレンタカーだが、ハイエースは佐渡島の私物だ。

「佐渡島さん。ハイエースのドアを開けてください」

ガンマイクを担いだ重岡が言う。

ハイエースには佐渡島が過去の撮影に使った機材や小道具が詰め込まれている。思い出の詰まったロングバンは彼のお気に入りで、車上荒らしを防ぐために窓を強化ガラスに取り替えているという。当然、後輩たちにスペアキーを貸すこともない。

「明日も使うんだから、いちいち車に仕舞わないで、ペンションに置いておけばいいだろ」

佐渡島は顔も見ずに答えて、玄関のポーチをくぐる。現役生たちもあとに続いた。到着後すぐに屋外のシーンの撮影を始めたから、ペンションに入るのは初めてだ。

ペンションはL字形をしていて、長辺の外側に玄関がある。案内図を見ると、玄関の左手に浴室と食堂があり、右手の廊下沿いに客室が並んでいた。

「客室はちょうど七部屋あります。景色がちょっとずつ違ってるんで、好きな部屋を使ってください」

高島はすっかりオーナー気取りだ。

「へー。全部見てから決めてもいい？」

七峰は楽しそうに廊下へ向かうと、一つずつ客室の扉を開けていく。佐渡島もすかさずあとに続いた。このすけべは何としても七峰の隣の部屋を確保したいのだろう。

金田と重岡も、荷物をロビーに置いて廊下へ向かう。撮影担当の結城玲人も続くかと思いきや、一人だけ食堂へ向かい、テーブルでノートパソコンを開いた。

「結城さん、行かないんですか？」

「ぼくはどこでもいいよ。それよりちゃんと撮れてるか確認しないと」

ＳＤカードを差し込み、ヘッドホンをつけて映像を再生する。どうやらこの男、本当に映画が撮りたくて撮影に参加したらしい。

仲木はドブ川で蛍を見つけたような気分で、静かに食堂のドアを閉めた。

午後八時。交代で風呂を浴び、旅館さながらの浴衣に着替えてから、食堂に集まって夕食をとった。この日のために練習したのだろう、高島が焼いたビーフステーキはなかなかの美味だった。

この頃になると、現役生ははっきりと二派に分かれていた。佐渡島へのごますりを続ける高島・重岡の二人と、佐渡島を見限った金田、それに端《はな》から興味のなさそうな結城の二人だ。ごますり派の二人は食事の間も佐渡島へのお世辞と気遣いを繰り返していた。

初めの三十分は、佐渡島が近年活躍している若手映画監督にけちをつけ、高島と重岡がそれに調子を合わせるという不毛なやりとりが続いたのだが、

「あたし、その監督とやったよ。でか過ぎて死ぬかと思った」

ビールで酔いの回った七峰が爆弾を落とし、空気が一変。七峰が業界を股にかけた恋愛遍歴を披露し、現役生は軒並み絶句、そこに佐渡島が無理やり自慢話を挟み込むという、きわめて実りのない時間となった。

「一週間もペンションに缶詰めなんでしょ。あたし、我慢できるかな」

火照り顔の七峰が甘えた声を出し、

「お前ら、撮影中はそういうのは禁止だからな」

佐渡島が声をでかくして、説得力のないことを言う。仲木が苦笑を堪えていると、

「映画では、すぐにヒロインに手を出す男はろくな目に遭わないと決まってますからね」

結城が気の利いたことを言って笑いを誘った。

午後十一時。夕食はようやくお開きになった。

「ゴミはどうしたらいい?」

佐渡島が太鼓腹を撫でながら尋ね、

「調理場にゴミ袋があります。部屋にも一つずつゴミ箱を置いてあるんで、それも使ってください」

高島が間髪入れずに答える。

「煙草は？」

「玄関の外に吸い殻入れがあるんで、そこでお願いします」

「部屋で吸いたいんだけど」

「じゃあ部屋でも大丈夫です。ぼく、一日残って、掃除してから帰る予定なんで」

あまり媚び過ぎるのもいかがなものかと思うが、本人はそこまで頭が回っていないようだ。

「一人じゃ寂しいし、部屋の錠開けとこうかな」

七峰が思わせ振りなことを言って、食堂を出た。残りの面々もばらばらに部屋へ戻っていく。

結城だけは食堂で映像の確認を続けるようで、ふたたびノートパソコンを立ち上げた。

「あ。ぼくの部屋、どこになった？」

食堂を出ようとした高島を呼び止めて言う。

「一号室。すぐそこ」

「さんきゅ」

結城は素っ気なく礼を言って、すぐに映像を再生し始めた。

仲木も食堂を出ると、玄関ロビーを抜けて廊下を進んだ。部屋割りは手前の一号室から、結城、重岡、高島。ここで廊下は左右に分かれ、右から仲木、金田、佐渡島、七峰と続く。仲木の部屋は右に曲がってすぐの四号室だった。

仲木が部屋に入ろうとすると、隣の五号室のドアが開いて、金田が顔を覗かせた。

「どうした」

金田は人差し指を唇に当て、囁《ささや》くような声で言った。

「気になることがあるんだ。少し二人で話せないか」

3

金田に促されるまま、仲木は窓際の肘掛け椅子に腰を下ろした。

五号室のレイアウトは仲木の部屋と同じだった。フランス窓にカーテンはなく、軒先に吊された常夜灯の明かりがベッドまで射し込んでいる。木製のケースから飛び出たティッシュが三角形に畳まれていたり、ベッドサイドでも携帯電話を充電できるように延長コードが取り付けられていたりと、高島が念入りに準備をした形跡がそこかしこに残っていた。

金田がドアノブの真ん中のつまみを捻《ひね》り、錠をかける。客室は中にいるときだけ施錠できる仕組みになっていた。便所の個室と同じだ。

「おれ、仲木に言ってないことがあるんだ。別に隠してたわけじゃないんだけど」

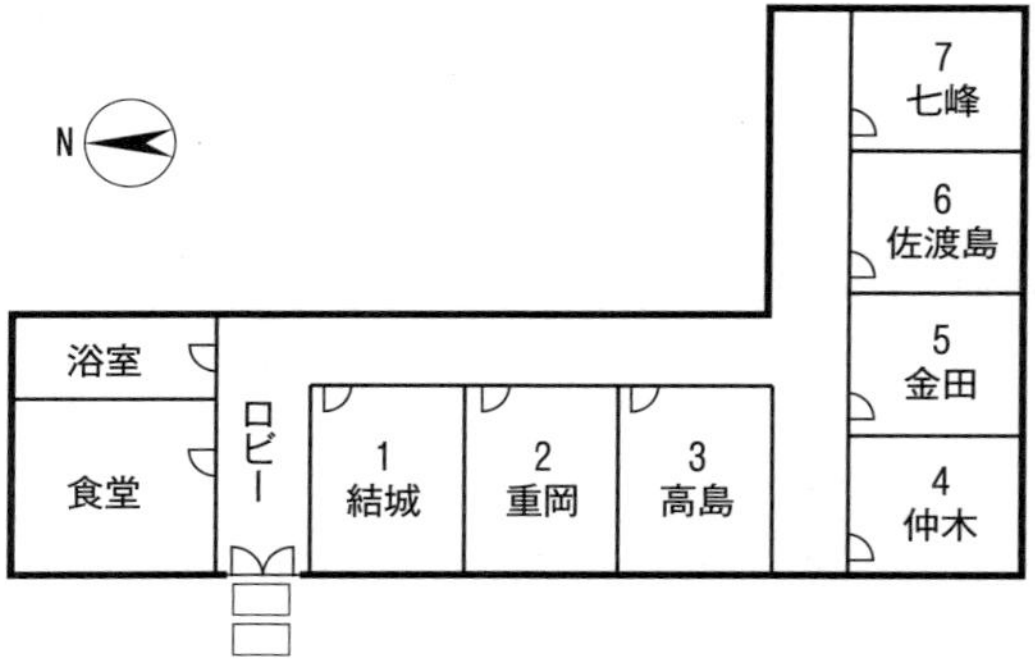

望戸荘　平面図

金田は両手で髪を掻き上げ、ぎこちない動作でベッドに腰を下ろした。

「監督がぽんこつってこと?」

「それじゃない。実は去年の夏、うちのＯＢが自殺したんだ」

そこからは堰《せき》を切ったように喋り始めた。

「小栗《おぐり》さんっていう、佐渡島さんの一年上の先輩なんだけど。卒業後はＷｅｂ制作会社で働きながら、趣味で映画をモチーフにしたハンドメイドのアクセサリーを作って、ネットショップで販売していた。うちのＯＢには珍しく、地に足の着いたやり方で仕事と趣味を両立していた。女っ気はないけど、優しくて頼りになる先輩だった。

それが去年の春、急にネットショップが更新されなくなった。ＯＢ交流会で久しぶりに飲んだときも、ひどく顔色が悪くて、体重も十キロくらい落ちているように見えた。おれ、心配になって、電話で話を聞いてみたんだ。案の定、ひどく落ち込んだ様子だったけど、小栗さんはおれに事情を打ち明けてくれた」

「何があったの」

「ワークショップで仲良くなった十代の女の子を妊娠させちゃったんだってさ。その娘、小栗さんが作ってるアクセサリーのファンで、ちやほやされてころっと行っちゃったんだ。小栗さんは結婚して子どもを育てようとしたんだけど、実家の両親から猛反対されたらしい。そうこうするうちに女の子が流産しちゃって。その娘とは喧嘩別れした挙句、慰謝料を請求される始末。小栗さんは金の工面に追われて、すっかり憔悴《しょうすい》し切っていた。

おれも必死に励《はげ》ましたんだけど、それで状況が変わるなら苦労しない。小栗さんは結局、二カ月後に首を吊って死んじまった」

金田は舌を噛んだみたいに顔を顰《しか》める。

「それは気の毒だけど——」

続く言葉を呑み込んだ。それは気の毒だけど、今回の撮影と何の関係が？

「言いたいことは分かる。ここからは別のOBに聞いた話だから、眉に唾をつけて聞いてほしいんだけど。実は同じワークショップに参加したクリエイターの中に、詐欺に遭った人が何人もいるらしいんだ」

「詐欺？」

「そう。肉体関係を持った相手に妊娠したって嘘を吐いて、中絶費用を騙し取る手口らしい。

そのOBが言うには、小栗さんが寝た女の子も、本当は妊娠なんてしてなかったみたいなんだ。中絶費用をもらって雲隠れするつもりだったのに、小栗さんが本気になっちゃったから引っ込みがつかなくなって、流産したって嘘を吐いたんじゃないかって」

「証拠はあるの?」

「ない――いや、なかった。おれも正直、半信半疑だったんだ。でも今日、気づいちまった。七峰詩織が妙な形のピアスをしてただろ。あれ、小栗さんのショップの商品なんだ」

数時間前に目にしたピアスを思い出す。七峰がなくし、重岡が草むらで見つけたそのピアスは、ドレスを着た少女を象ったものだった。両耳用のピアスなら、同じ形の少女が二人いることになる。それが「シャイニング」に登場する双子の亡霊をモチーフにしていることはすぐに察しがついた。

「あの女、晩飯でセックスの話ばっかりしてただろ。尻の軽い女だと思わせておいて、同じ手口で金を毟《むし》り取ろうとしてるんじゃないかと思うんだ。だからお前に忠告しておこうと思ってさ」

色仕掛けに引っかかる口だと思われたらしい。

「分かった。気を付けるよ」

気が付くと十二時を過ぎていた。明日も朝から撮影がある。仲木は金田に礼を言って五号室を出た。

隣の四号室へ戻ろうとして、ふと足が止まる。右へ少し進めば、七峰のいる七号室だ。

まさか初日からよろしくやっているなんてことはあるまい。そう思いながらも、つい好奇心に突き動かされ、足音を殺して廊下を進んだ。七号室のドアに、そっと耳をつける。

あんっ。あんっ。あんっ。

部屋の中から、微かに女の喘《あえ》ぎ声が聞こえた。

4

二日目の朝。仲木は耳元を飛び交う小蠅の羽音で目を覚ました。

午前七時、煙草とライターを持って部屋を出る。ロビーは撮影機材や特殊メイクの道具、模擬刀、斧、チェーンソー、目玉、内臓などで雑然としていた。食堂に七峰、調理場に高島の姿が見える。「おはよ」と袖を上げる七峰に会釈をして、玄関を出た。

植え込みの前に円柱形の吸い殻入れがあった。敷石を下りて小石を踏むと、じゃりじゃりと乾いた音が鳴る。植え込みの風車が風に揺れていた。

煙草に火を点け、朝の冷気とともに煙を吸い込んだ。

玄関の前にはハッチバックとハイエースが停まっている。ここへ来るまでの間、佐渡島お気に入りのハイエースに乗せてもらえたのは七峰だけだった。必然的に、残りの五人はぎゅうぎゅうのハッチバックに揺られることになり、図体のでかい仲木は肩身の狭い思いを味わった。

頭から追い出そうとしても、どうしても昨夜のことを考えてしまう。あの喘ぎ声、まさか自慰ではあるまい。七峰は昨夜、さっそく誰かを部屋に連れ込んだのだ。

相手は佐渡島だろうか。だが昨日の様子を見る限り、七峰はあまり佐渡島に気がないようだった。初めから金銭が目当てだとしたら、映画監督気取りのフリーターではなく、資産家の息子の高島か、医学部の重岡あたりを狙うはずだ。オタクで女慣れしていない結城も案外狙い目かもしれない。

ふと出来心が芽生えた。〈望戸荘〉の客室のドアは中からしか施錠できない。七峰は食堂にいるから、彼女の部屋には今、錠がかかっていないということになる。朝まで男がいたとすれば、何か痕跡が残っているかもしれない。

仲木はロビーへ戻ると、何食わぬ顔で廊下を引き返した。周囲に誰もいないのを確認して、七号室に忍び込む。

香水の匂いが鼻をついた。レイアウトは仲木や金田の部屋と変わらない。肘掛け椅子にはボストンバッグ、床には折り畳み傘とブーツ、テーブルには化粧ポーチと卓上ミラー、それに「シャイニング」のピアスが並んでいる。延長コードの電源タップには携帯電話の充電器がつながれていた。ベッドサイドのティッシュは三角形のままだ。ベッドに男の靴下が転がっている、なんてことはさすがになかった。

ゴミ箱を覗くと、中に取り付けられたビニール袋に小さなしみがついていた。馴染み深い臭いがする。精液だ。やはり自慰ではなく、誰かとセックスをしていたのだ。

ボストンバッグを開けると、内側のポケットにコンドームの紙箱が入っていた。封はまだ開いていない。昨日は男が持参したのか、あえて使わなかったのか。

さらに一分ほど部屋を探し回ったが、新しい発見はなかった。仲木は七号室を出ると、素知らぬ顔で再び食堂へ向かった。


午前八時半。予定より三十分遅れで朝食をとった。

「おれ、睡眠薬のせいでなかなか起きられないんだよね。明日から先に食っててていいよ」

佐渡島が瞼《まぶた》を擦って呟《つぶや》くと、

「そんなことより、ここのベッド、大き過ぎじゃない？　一人で寝るの寂しかったな」

七峰もさっそくかまし始める。どいつもこいつも自分に酔い過ぎだ。仲木が呆れながらスープを啜《すす》っていると、

「七峰さん、ちょっといいですか」

金田が低い声で言った。思わず鼓動が速くなる。

「なに？」

「去年の夏、小栗和樹《かずき》さんというOBが亡くなりました。七峰さんもご存じですよね」

空気が凍り付くのが目に見えるようだった。いくつもの視線が七峰と金田の間を往復する。

七峰は全員の顔を見回してから、ぷっと吹き出した。

「あははは。さすがにばれるか。そうだよねえ」

「いったいどういうことだ。なぜきみが小栗さんを知ってる」

佐渡島は眠気が吹っ飛んだらしく、椅子から立ち上がって調子の外れた声を出した。

金田は七峰が小栗に妊娠詐欺を働いたこと、彼女の嘘が小栗を死に追いやったことを説明した。

「じゃあきみ、新しい鴨《かも》を捕まえるために撮影に参加したのか」

「そうだよ。クビにする？　煮るなり焼くなり好きにどうぞ」

佐渡島は目を瞬かせると、長髪を掻き回し、唐突にテーブルを叩いた。

「撮影は続ける。今年は絶対に『fufa & kuha』で賞を取るんだ」

冷や水をぶっかけられ、ようやく目が覚めたようだった。


午後から雨が降る予報が出ていたため、二日目は屋内の場面の撮影が進められた。

仲木はガスマスクをかぶって七峰を追い回したり、模擬刀を結城の首に振り下ろしたり、結城の生首を窓から部屋に投げ込んだりと大忙しだった。七峰は女優を自称しているだけあって手を抜いたりはしなかったが、昨日まで佐渡島に好かれようと四苦八苦していた高島と重岡は、人が変わったように大人しくなっていた。

「すみません。みんなの痣《あざ》をつくり過ぎちゃいました」

午後四時。七峰が廊下で襲われる場面の準備をしていたところで、金田が佐渡島に声をかけた。痣のメイクに使う紫色のドーランが底をついてしまったらしい。

「このままでいいんじゃないか」

「いえ、さんざん逃げ回ったのに痣がないのはおかしいですよ」

協議の結果、明日の午前中に金田がドンキへ買い出しに行くことになり、二日目の撮影はそこで打ち切りとなった。


午後六時。昨日よりも二時間早く夕食が振る舞われた。メインはビーフカレーだ。映画談義に花が咲くことも、猥談に熱を上げることもなく、一同は黙々とスプーンを口に運んだ。

「七峰さん、一つだけ聞かせてください」

食事が終わり、高島が食器を片付けようとしたところで、重岡が口を開いた。

「小栗さんを死なせたことに罪悪感はありますか」

「あるよ」七峰は即答した。「死んじゃったときはさすがに落ち込んだし。でも後悔はしてない。そりゃ嘘は吐いたけど、正しいことだけやって生きてるやつなんていないでしょ」

知らぬ間に盗品売買で暮らしていた仲木には耳が痛い台詞だ。重岡は何も答えず、短く息を吐いただけだった。

「食い過ぎた。寝る」

六時四十分。佐渡島が食堂を出たのを皮切りに、一同はばらばらに部屋へ戻った。結城も今日は食堂に残らなかった。

5

三日目の朝。目が覚めるのと同時に、全身にまとわりつくような疲労感を覚えた。

原因は分かっている。昨夜は早々に床に就いたものの、夜半過ぎに降り出した大雨がうるさくて目を覚ましてしまったのだ。そこで妙に神経が高ぶってしまい、それから朝までは浅い眠りと覚醒のくりかえしだった。

時刻は六時過ぎ。朝食まであと二時間もあるが、もう眠れそうにない。仲木は煙草とライターを持って部屋を出た。

廊下を曲がって玄関ロビーへ向かう。さすがにこの時間に人の姿はない。ポーチをくぐって外に出ると、雨と土の臭いが鼻をついた。

ほんのり湿った壁にもたれて、煙草に火を点ける。雨は上がっていたが、空にはまだ影の濃い雲が立ち込めている。

ぼんやりと辺りの景色を眺めていて、ふと違和感を覚えた。数秒考えて、その正体に気づく。玄関の横の植え込みに刺さっていた、鉄製の風車がなくなっていた。昨夜の豪雨で流されてしまったのだろうか――。

おえっと嘔吐《えず》くような音が聞こえた。ひどく弱々しい、病気の仔犬が鳴いたような音だった。

とっさに周囲を見回す。空耳だろうか。

おえっ。同じ音が耳を打つ。

その音は佐渡島のハイエースから洩れていた。助手席の窓が二センチほど開いている。誰かが中にいるのだろうか。仲木は吸いさしの煙草を吸い殻入れに置いて、ハイエースに歩み寄った。小石がじゃりじゃりと音を立てる。

二列目と三列目はスモークフィルムなので、中の様子は見えない。仲木は助手席の窓に顔を近づけた。隙間から暖かい空気が洩れている。少し前までカーエアコンがついていたようだ。

「――――」

運転席と助手席の隙間から、二列目のシートが見える。そこに人間の背中があった。素っ裸の人間がうつ伏せに倒れ、ぶるぶる痙攣《けいれん》している。

「おい、誰だ。大丈夫か」

窓の隙間に向かって叫ぶ。胴回りがほっそりしているから、佐渡島ではなさそうだ。尻に痣のようなものが見えたが、それだけでは誰か分からない。

ふいに背中が大きく痙攣して、そのままぴたりと動かなくなった。

ドアはロックがかかっていて開かない。フロントドアのガラスに肘鉄を食らわせてみたが、罅《ひび》の一つも入らなかった。防犯用の強化ガラスだと佐渡島が自慢していたのを思い出す。

佐渡島にロックを外させるしかない。仲木は〈望戸荘〉へ引き返すと、廊下を駆け抜け、六号室のドアノブをがちゃがちゃと鳴らした。

「佐渡島さん、起きてください！」

ドアが開くまで三十秒もかからなかったが、仲木にはそれが何時間にも思えた。

「なんだよ、騒がしいな」

浴衣姿の佐渡島が、目を擦りながら言う。

「ハイエースで人が倒れてるんです。鍵を貸してください」

「人が？　なんで？」

仲木は返事をせずに、佐渡島が取り出した鍵をひったくった。ふたたび廊下を引き返し、玄関から外へ飛び出す。佐渡島も異常を察したようで、すぐあとについてきた。

仲木はハイエースのロックを外し、二列目のドアを開いた。車内から洩れた暖気が全身を包む。

「うっ」

佐渡島が息を呑む音が聞こえる。

二列目のシートで、全裸の女がうつ伏せに倒れていた。七峰詩織だ。首には電気コードがきつく巻かれていた。

おそるおそる手首に触れる。脈がない。つい先ほどまで生きていたとは思えないほど、肌にも体温がなかった。

首に巻き付いた電気コードを外そうとして、ふと違和感を覚える。コードと赤い索状痕の位置にずれがあった。首を絞めてからコードを外して、もう一度巻き直したようだ。

仲木は七峰の首から電気コードを外し、心臓マッサージを試みたが、七峰が息を吹き返すことはなかった。

気づいたときには、玄関の前に撮影チームの面々が集まっていた。騒ぎに気づいて様子を見にきたのだろう。仲木は一同を見回し、七峰の死体を見つけた経緯を説明した。

誰も取り乱す様子がないのは、映画で何度も似た場面を観てきたからだろうか。そんな中でもっとも動揺していたのが、一番の年長者であり、七峰を撮影に誘った張本人でもある佐渡島だった。

「小栗さんの仇討ちのつもりか。いったい誰がこんなことしたんだ」

「とぼけないでください。あなたがやったんでしょう」

金田が鋭い口調で言い放つ。

「馬鹿言うな。なんでおれが――」

「見れば分かるでしょ。七峰さんが服を着ていないのは、性交の途中に殺されたから。犯人は七峰さんをカーセックスに誘い、ハイエースに連れ込んで、首を絞めて殺したんです。ハイエースの鍵を持っているのは佐渡島さんだけですよね」

言われてみるとその通りだ。撮影中、佐渡島が愛車の鍵を誰かに貸したことは一度もない。

「なるほど。いや、違うんだ」佐渡島は大げさに首を振る。「実は、おれと七峰さん、月に二、三回くらいホテルに行ってたんだ。ちょっと酒を買ってきてもらうときとか、いちいち鍵を貸すのも面倒だろ。だから彼女にはスペアキーを渡してたんだよ。犯人は七峰さんにロックを外してもらって、車の中で彼女を殺したんじゃないかな」

「馬鹿馬鹿しい。誰がそんな話を信じるんですか」

「いや。犯人は佐渡島さんじゃないよ」

口を挟んだのは高島だった。

「お前、まだそんなこと言ってんのか」

「ご機嫌取りで言ってるんじゃない。仲木さんはたまたま煙草を吸いに来て、ここで嘔吐き声を聞き、七峰さんが痙攣しているのを見つけた。そしてすぐに佐渡島さんに鍵をもらいに行った。そうですよね」

「そうだよ」仲木は頷く。

「仲木さんがハイエースを覗いたとき、七峰さんが痙攣していたってことは、彼女は首を絞められた直後だったことになる。つまりこのとき、犯人はまだハイエースの中にいたはずです」

ふいに肌が粟立った。仲木が肘で窓ガラスを割ろうとしたあのとき、車内にはまだ犯人がいたのだ。おそらく三列目のシートの下に身を潜めていたのだろう。

「でも仲木さんが鍵をもらいに行くと、佐渡島さんはすぐに自分の部屋から出てきました。つまり佐渡島さんは犯人ではありえません」

「なるほど。それもそうか」

高島の言葉を反芻《はんすう》するように、金田が二度、三度と頷く。当の佐渡島もほっとした様子だ。

正確に言えば、佐渡島が六号室の窓から部屋に戻り、何食わぬ顔で仲木を出迎えたという可能性もある。〈望戸荘〉の客室には大きなフランス窓があるから、事前に錠を開けておけば外からの出入りも可能だ。だが〈望戸荘〉の外を回り込んで部屋に戻るには、どれだけ急いでも一分はかかるだろう。佐渡島が部屋を出てくるまでにかかった時間はせいぜい三十秒ほどだ。やはりこの男は犯人ではありえない。

「それじゃ犯人はどこに行ったんでしょう」

結城はぼそっと呟いて、ハイエースに目を向けた。左右のドアはすべて開いている。まだ犯人が車内に隠れている、ということはさすがになさそうだ。

「犯人は仲木さんが佐渡島さんを呼びに行った隙に、車を降りて、どこか人目のない場所——浴室か調理場にでも身を隠した。そして騒ぎを聞きつけた振りをして、あとからここに戻ったんだな」

金田が淀みなく答える。つまり犯人は、四人の現役生——金田、高島、結城、重岡の中の誰かということだ。

「動機は小栗さんの仇討ちでしょうね。程度の差はあれ、ぼくたちはみな小栗さんを慕っていましたから」

そんなことを言っている重岡が犯人という可能性もある。

「仲木に現場を見られて、犯人は慌てたはずだ。案外、証拠を残しているかもしれないぞ」

金田はそう呟いてハイエースに首を突っ込んだ。仲木も反対側から車内を覗く。

あらためて観察すると、車内はかなり雑然としていた。カチンコや三脚、レフ板、LED照明といった撮影機材から、キャンプ用の折り畳みチェアやポータブル扇風機などの日用品、それに頭蓋骨や手足の切れ端、引っ込むナイフや血まみれの衣装などの小道具まで、多様な品が詰め込まれている。

とくに三列目のシートは、リサイクルショップの倉庫かと思うほど機材が堆《うずたか》く積み上がっていた。二日前、〈望戸荘〉へ着いて機材を下ろしたときは、こんな状態ではなかったはずだ。犯人が七峰をカーセックスに誘ったとき、二列目にあった荷物を三列目に移したのだろう。

その二列目には七峰の死体が横たわったままだった。三列目と比べると物は少ないが、急ごしらえでスペースをつくったのが明らかで、死体の頭のすぐ先にも三脚や照明機材が置かれている。

死体の顔が天井を向いているのは、仲木が心臓マッサージのために身体を引っくり返したからだ。おっぱいが丸見えでどうも落ち着かないが、かといってうつ伏せにすると尻の痣が見えてしまい、これはこれでばつの悪い気分になる。

「パンツを忘れるほど馬鹿じゃないか」

金田がシートの下を覗き込んで言う。浴衣と女性用の下着が転がっているが、これは七峰が脱いだものだろう。犯人の落とし物はなさそうだ。

「あ」

死体を目にして、ふと疑問がよみがえった。七峰の首に巻き付いた電気コードと、赤い索状痕の位置がずれていたのだ。

金田にそのことを告げると、金田も不思議そうに死体の首元を覗き込んだ。

「七峰さんは首を吊って自殺したのかも。その首に誰かが電気コードを巻き直して、自殺を他殺に見せかけたってことはないかな」

「それはない」仲木のひらめきを、金田は即座に切って捨てる。「ほら、首元に爪で引っ掻いたような痕があるでしょ。七峰さんが首を絞められて、必死に抵抗しようとした証拠だ」

言われてみると、確かに赤い傷が残っていた。

犯人が何らかの理由で、電気コードを巻き直したのは確かだ。だがその理由が分からない。

「無駄ですよ。探偵ごっこはやめて、警察を呼びましょう」

高島が呆れた顔で携帯電話を取り出し、発信画面を開く。それを佐渡島が制した。

「待て。通報はするな」

耳を疑った。

「え?」

「通報したら警察が来るだろ。そしたら撮影は中止だ。映画祭の締め切りに間に合わない」

「主演女優が死んじゃったんですよ」

「撮り終わった部分をつないで、編集でなんとかする」

「正気ですか。人が死んでるのに」

「おれだって『fufa & kuha』に命を懸けてんだよ。お前らだって、どうせ『しねふいる』の仕事が目当てなんだろ。映画が完成したらオヤジに掛け合ってやるから、今はおれの言うことを聞け」

佐渡島の殺し文句に、高島と重岡の心が揺れるのが手に取るように分かった。

「いいか。すべての映画はドキュメンタリーだ。どんな非常事態も映画に活かすのが本物の映画人だろ。『fufa & kuha』は来年一番の話題作になる。これはお前らの才能を知らしめるチャンスでもあるんだ」

今度は金田と結城の目の色が変わった。

「あと、ここで撮影が中止になったら、きみの出演料も支払えなくなるね」

最後に仲木を見て言った。それは困る。

「警察には何て言うんですか」

「死体に気づかなかったことにすればいい。おれたちは主演女優がとんずらしたと思い込んでいたんだ」

「あと四日も気づかないなんて不自然ですよ」

「じゃあ巻きで撮るしかない。やるぞ」

佐渡島は胴間声を張り上げると、勢いよくハイエースのドアを閉めた。

それから三日間、撮影チームは不思議な連帯感を発揮し、急ピッチで撮影を進めた。

撮影五日目。二日前倒しで全場面の撮影を終えると、全員で一本ずつ缶ビールを空けてから、佐渡島が一一〇番に通報した。すぐに警察が押し寄せ、殺人事件として捜査が始まった。

一週間後。警察は殺人の容疑で、撮影チームの一人を逮捕した。被害者の下着から採取された皮脂が決め手となった。

七峰詩織を殺した犯人。それは――

6

「待ってください」

淀川晴郎は手を突き出して、仲木直樹の言葉を遮《さえぎ》った。

「せっかくなんで、わたしに犯人を当てさせてください」

仲木は目を丸くした。午前四時を過ぎ、声にも顔色にも疲労が滲んでいる。

「犯人を当てる？　何を言ってるんですか」

「すみません。わたし、本業は探偵をやってるんです。ちっとも仕事が来ないので、友人に頼んで映画雑誌に記事を書かせてもらってるんですけどね。話を聞いただけで犯人が分かっちゃうんですから、こう見えてけっこう優秀なんです」

自分の言葉に恥ずかしくなって、淀川はぽりぽりと頭を掻いた。

「警察の捜査で判明した情報はまだ話していません。ここまでの内容だけで犯人を当てられるんですか?」

「もちろん。それで提案なんですけどね。もしわたしが犯人を当てられなかったら、事前にお伝えした額の倍の謝礼をお支払いします。その代わり、もしわたしが犯人を当てたら、『fufa & kuha』のフィルムを譲ってほしいんです」

仲木は眉を寄せ、詐欺師を見るような顔をした。

「何かに悪用しようってわけじゃありません。入手困難な作品を集めるのがわたしの趣味なんです」

「本当は犯人を知ってるんじゃないですか?」

「いえ。どれだけ調べても犯人の情報は見つかりませんでした。高島さんのお父さんがマスコミに手を回したんじゃないかと踏んでるんですが、真偽は分かりませんし、関心もありません。

わたしは、今日、あなたに聞いた話だけを基に犯人を当てることができます。ただ一つ条件を挙げるとすれば、あなたがわたしに嘘を吐いていないこと。これだけです。もっともわたしは仲木さんが犯人ではないことを知っている。仲木さんが七峰さんを殺したのなら、たった三年でシャバに出てこられるはずがないですからね。今、この場所にいることが、あなたが犯人でないことを証明している。それならわたしに嘘を吐く理由もないでしょう」

仲木は淀川の言葉を嚙みしめるように、ゆっくりと頷いた。

「ぼくは嘘を吐いていません」

「ではわたしとの賭けに乗る?」

「はい。ぜひ推理を聞かせてください」

淀川は笑みを堪え、げふっと咳払いをした。

「誰が七峰さんを殺したのか？　これは推理小説風に言えばフーダニットの問題です。容疑者は現役生の四人――金田さん、高島さん、結城さん、重岡さんですね」

「はい。犯人はその中にいます」

「わたしの考えでは、この事件は非常にユニークな構造を持っています。フーダニットの問題を解くには、その前にもう一つの問題を解かなければならないんです」

淀川は思わせ振りに言うと、ステージに上り、推理を語り始めた。

【読者への挑戦】謎を解く手掛かりはすべて揃いました。さて、犯人は誰か？

6（承前）

「七峰詩織さんの死体はハイエースの二列目で見つかりました。全裸でうつ伏せに倒れ、首には電気コードが巻き付いていました。一見すると後背位でセックスをしている最中に首を絞められたようですが、そうではありません」

淀川はステージの中央から仲木を見下ろして言った。

「ハイエースの二列目、七峰さんの頭のすぐ先の位置に、三脚や照明機材があったそうですね。後背位でセックスをすると、男性器のピストン運動に合わせて、女性の身体は水平方向に振動します。頭の先に機材を置いたままでは、当然、頭がぶつかってしまう。この場所でセックスをするなら、まず頭が当たらないように機材を動かすか、垂直方向に身体を動かす騎乗位などの体位を選ぶはずです。

もう一つ。一部の特殊な嗜好の持ち主を除いて、人は他人にセックスを見られたり、声や物音を聞かれたりするのを嫌います。でも助手席の窓は開いていました。これでは音が外に洩れてしまいます」

「開いていたといってもほんの数センチですよ。気づかなかっただけじゃないですか」

「いいえ。車内はカーエアコンで暖められていましたから、助手席の窓が開いていたら、冷たい風が入ってきてすぐに気づくはずです。それでも犯人には窓を開けておかなければならない理由があったんです」

仲木が口を挟もうとするのを、淀川は右手で制した。

「いずれにせよ、犯人が本当に七峰さんとカーセックスをしていたとは思えません。ではなぜ七峰さんの服を脱がせ、そこでセックスをしたように見せかけたのでしょうか。

ヒントは首の索状痕です。七峰さんの首に巻き付いた電気コードと、赤い索状痕の位置がずれていたそうですね。犯人が電気コードを巻き直したのは、そうしないとカーセックスの最中に殺されたように見えなかったからです。犯人は別の凶器で七峰さんを絞め殺したあと、車内にあった電気コードで首を絞め直していました。犯人は他の場所で七峰さんを殺してから、死体をハイエースへ運び、彼女がそこで殺されたように見せかけていたんです」

「それはおかしいですね。ぼくはハイエースから洩れた嘔吐き声を聞いていますし、窓から覗いたときにはまだ痙攣が続いていました。犯行現場が車内でないのなら、ぼくは幻聴を聞き、幻覚を見たことになります」

仲木はわざとらしく太い首を傾《かし》げた。もちろん本心ではない。彼はすでに事件の真相を知っているのだから。

「ええ。妥当な反論をありがとうございます。まさにそう思わせるのが犯人の狙いでした。仲木さんが見たのは七峰さんではなく、七峰さんの振りをした犯人だったんです」

「何のためにそんな真似を？」

「犯行現場をハイエースの車内に見せかけ、佐渡島さんに罪を着せるためです。佐渡島さんは映研のメンバーに内緒で、七峰さんに車の鍵を渡していました。犯人はとある理由でそのことを知っていたんです。


犯人は考えました。映研の現役生たちは七峰さんが鍵を持っていることを知らない。七峰さんを殺し、彼女の鍵で死体をハイエースに運び入れ、その鍵を隠してしまえば、佐渡島さんが彼女を殺したとしか思えない状況をつくることができる。もちろん佐渡島さんは七峰さんも鍵を持っていたと言い張るでしょうが、実物がなければ信憑性はありません。七峰さんを裸にしたのは、佐渡島さんと七峰さんがハイエースに乗り込む状況として、もっとも自然なのがカーセックスだったからです」

「でもぼくたちは佐渡島さんを疑いませんでしたよ。むしろ一番に容疑者から除外したくらいです」


仲木の合いの手に、淀川は一気に言葉を紡ぐ。

「はい。ですから犯人の計画は失敗したんです。二日目の朝食のとき、佐渡島さんは睡眠薬を常用していること、そのため朝起きるのが苦手であることを明かしていました。これを聞いた犯人は、発見者が佐渡島さんを呼びに行っても、佐渡島さんはすぐに部屋を出てこないだろうと踏んでいたんです。

佐渡島さんが起きるのが遅ければ遅いほど、彼が七峰さんを殺し、窓から部屋に戻ったのではないかという疑いが濃くなります。またその時間の分だけ、犯人も余裕を持ってハイエースから逃げられるようになります。

ところが犯人の読みは外れました。佐渡島さんはこの日に限ってすぐに目を覚まし、三十秒ほどでドアを開けてしまったんです。犯人はハイエースからはぎりぎり逃げられたものの、佐渡島さんに容疑をかぶせることはできませんでした」

淀川はぱんと手を打って続ける。

「犯人の行動を整理しておきましょう。犯人は本当の犯行現場――おそらく七峰さんの部屋を訪れ、携帯充電用の延長コードで首を絞めて殺害。七峰さんの持っていた鍵でハイエースのロックを解除し、死体を車内へ積み込みました。

といっても死体を引き摺ってペンションの中を歩くのは危ないですから、ハイエースを部屋の外まで移動させて、フランス窓から運び出した死体を車内に引き入れたんだと思います。玄関の前から時計回りに建物を回り込めば、どの部屋の窓の前も通ることなく、七峰さんの部屋の窓まで移動することができます。さいわい事件の夜は猛烈な豪雨だったので、エンジン音に気づかれる心配もありません。ペンションの周囲は小石が敷き詰めてあるので、轍《わだち》が残ることもありませんでした。

犯人はハイエースを玄関の前に戻すと、死体の服を脱がせて、時間が過ぎるのを待ちます。

やがて夜が明け、誰かが食堂や玄関ロビーへやってくる。もし誰も来なければ、クラクションでも鳴らして、人が来るように仕向けるつもりだったんだと思います。

犯人は嘔吐き声を上げ、車内に人がいることに気づかせます。窓を数センチ開けておいたのは、しっかりと声が洩れるようにするためです。

犯人は素っ裸で二列目のシートに倒れると、車内を覗いた人物に、痙攣する振りをしてみせます。映研の現役生は四人ともひょろひょろなので、体毛を剃ってうつ伏せになり、シートの裏に頭を隠せば、七峰さんの振りをすることができました。

このとき犯人が恐れたのが、発見者が窓を割って、無理やりドアを抉《こ》じ開けようとすることです。といってもハイエースの窓は防犯用の強化ガラスですから、力ずくで割ることはできません。犯人が植え込みに刺さっていた風車を隠しておいたのは、発見者が窓の隙間から棒を差し込んで、ロックを外そうとするのを恐れたからでしょう。

痙攣していた人物を助けるには鍵を持ってくるしかない。発見者はそう考えて、六号室へ佐渡島さんを呼びに行きます。犯人はその隙に、三列目のシートの下から本物の死体を取り出し、二列目のシートに載せます。そして裸のまま車を降りると、人目につかない浴室か調理場に身を隠し、準備しておいた衣服を身に着けます。

一方、発見者は佐渡島さんから鍵を受け取ると、その鍵でハイエースのドアを開け、七峰さんの死体を見つけます。人が来る直前まで暖房をつけておいたのは、できるだけ死体の体温の低下を遅らせ、発見者が疑問を持たないようにするためです。

犯人は玄関の前に人が集まるのを待って、何食わぬ顔でそこへ加わり、後から駆けつけた振りをしました。以上が犯人の取った行動です」

「お見事です」

拍手をする仲木の顔には、驚きと悔しさが入り交じっていた。

「ぼくたちが警察に教えられた事件の真相は、淀川さんの推理した通り――犯人が被害者の振りをし、犯行現場をハイエースの車内に見せかけていたというものでした。でも問題は、誰がそれをやったのかですよね」

「もちろんです。本題はここからですよ」

淀川はふたたび咳払いをして、埃っぽい空気を吸い込んだ。

「ここまでの推理では説明できていないことが一つあります。それは七峰さんの尻の蒙古斑です。仲木さんがハイエースを覗いたとき、うつ伏せに倒れていた人物の尻には痣がありました。でもこのとき倒れていたのは七峰さんではなく犯人です。犯人は七峰さんの尻の痣を知っていて、自分の尻にもドーランを塗って偽の蒙古斑をつくっていたんです。

犯人が七峰さんを絞め殺したとき、撮影道具の中に痣用のドーランはありませんでした。二日目の午後の撮影中に金田さんが使い切ってしまったからです。犯人が七峰さんを絞め殺したあと、服を脱がせて初めて尻の痣に気づいたのだとすると、ドーランを手に入れることはできません。犯人はそれより前にドーランを盗んでいた。つまり七峰さんを殺す前から、彼女の尻に痣があるのを知っていたことになります」

仲木は椅子に座ったまま、なぜか右の尻を押さえた。

「ではなぜ犯人は七峰さんの痣を知っていたのか。何度もホテルに行っていたという佐渡島さんはさておき、映像研究会の四人は七峰さんと初対面ですから、彼女の秘密を知っていたとは思えません。撮影中はオーバーオールの衣装、それ以外の時間は浴衣を着ていたそうですから、ふとした拍子にお尻が見えてしまうこともありません。でも一人だけ、犯行前に尻の痣を知ることができた人物がいました。撮影初日の夜、七峰さんの部屋でセックスをした人物です」

「ということは――」

仲木がごくりと喉を鳴らす。

「七峰さんを殺した犯人は、初日の夜に彼女とセックスをした人物です。『すぐにヒロインに手を出す男はろくな目に遭わない』という結城さんの名台詞がありましたが、まさにその通り。初日の夜に七峰さんに手を出した男は、二日後に彼女を殺《あや》め、全裸で死体の振りをする羽目に陥っていたんですから。

少し話が戻りますが、犯人は七峰さんがハイエースの鍵を持っていることを知っていました。これも初日の夜、犯人と七峰さんがベッドをともにした際、七峰さんが口を滑らせたんでしょう。

ではあらためて、初日の夜に七峰さんとセックスをしたのが誰だったのかを考えてみます。Who done it? の謎を解くために、Who fucked her? の謎を考えてみようというわけです」

仲木は一瞬、思春期の中学生みたいな笑みを浮かべ、すぐにそれを嚙み殺した。淀川は見て見ぬ振りをして四本の指を立てる。

「四人の現役生のうち、まず除外できるのが金田さんです。金田さんは初日の夜、仲木さんを五号室に招き、七峰さんへの疑念を打ち明けました。仲木さんが七峰さんの部屋の前で喘ぎ声を聞いたのはこの日の深夜、金田さんの部屋を出た直後のことです。その直前まで同じ部屋にいた金田さんは、七峰さんのセックスの相手ではありえません」

淀川が人差し指を折る。残りは三本。

「次に、二日目の朝、七峰さんの部屋に忍び込んだときのことを思い出してください。ゴミ箱に取り付けられたビニール袋に精液が付着していたそうですね。精液を包んだ何かが捨てられたせいで、そこからこぼれた精液がビニールに残ってしまったんでしょう。考えられるのはコンドームかティッシュくらいですが、ベッドサイドのティッシュが使われていなかったことから、捨てられたのはコンドームだと推測できます。犯人は射精した後、外したコンドームを一度、ゴミ箱に捨てた。でも後になってそれを拾い直し、どこかに隠した。そのためコンドームから洩れた精液だけがビニールに残ってしまったんです。

犯人がコンドームを隠したのは、七峰さんとセックスをしたことを秘密にしておきたかったからでしょう。ゴミ箱をそのままにしておけば、撮影終了の翌日に高島さんが掃除をするとき、コンドームが見つかってしまう。犯人はそれが気まずかったんです。七峰さんは肉体関係を隠す気などさらさらなかったようですから、コンドームを隠したのは犯人で間違いありません。

でももしセックスの相手が高島さん本人だったとしたら、コンドームを隠す必要はなかったはずです。撮影終了後、部屋の掃除をするのは自分ですからね。つまり高島さんは七峰さんのセックスの相手ではありません」

「ちょっと待ってください」仲木は大粒の唾を飛ばした。「犯人は高島さんではなく警察の目を気にしたのかもしれませんよ。捜査員に精液の入ったコンドームを発見されれば、DNA鑑定で被害者との肉体関係が立証されてしまう。そこから疑いをかけられないようにコンドームを隠したんじゃないでしょうか」

「いいえ。仲木さんがゴミ箱の精液を見つけたのは、七峰さんが朝食の席で、小栗さんの自殺への関わりを認める前のことです。この時点で犯人が殺意を持っていたとは思えませんし、ましてや警察の介入を見越して行動していたはずがありません。犯人はただ、映研の仲間に七峰さんとの関係を隠したかったんです」

淀川は言葉を切った。仲木が頷くのを待って、中指を折る。残りは二本。

「ところで、この二人はどんな経緯で性行為に至ったのでしょうか。七峰さんが持ち込んでいたコンドームは未開封のままでした。でもゴミ箱のビニール袋に精液が付いていたこと、ベッドサイドのティッシュが使われていなかったことから、犯人がコンドームを使ったのは間違いありません。七峰さんが誘い込んだメンバーが、たまたまコンドームを持っていたというのは偶然が過ぎるでしょう。犯人は『錠開けとこうかな』という七峰さんの言葉を信じ、自前のコンドームを携え、自分から彼女の部屋を訪れたんです。

初日に部屋割りを決めたとき、結城さんは一人で食堂に残って映像のチェックをしていました。また夕食後、結城さんが自分の部屋はどこかと尋ねたとき、高島さんは結城さんの部屋の場所だけを答えました。つまり結城さんは、初日の夜の時点で、七峰さんの部屋の場所を知らなかったことになります。

厳密に言えば、七峰さんが気まぐれに部屋を出たところを見かけて、彼女の部屋の場所を知った可能性もあります。でも七峰さんの部屋は、結城さんの部屋から廊下を進み、角を曲がった先でした。結城さんが偶然、出入りを見かけることはありません。

部屋がどこか知らなければ、コンドームを携えて夜這いをかけることもできません。つまり結城さんは、七峰さんのセックスの相手ではありません」

淀川は薬指を折る。最後に小指だけが残った。

「残る容疑者は一人だけ。初日の夜に七峰さんとセックスをした人物——すなわち彼女を殺した犯人は、重岡さんです」

仲木がおもむろに腰を上げる。午前五時。早朝の劇場に、拍手の音が響いた。

「お見事です。淀川さんの恋人は、絶対に浮気はできませんね」

「やはり彼が七峰さんを?」

「ええ。犯人は重岡で間違いありません。被害者の下着から皮脂が検出されたことを知ると、彼はすぐに犯行を自供しました。

撮影初日に顔を合わせたときから、重岡は七峰さんに惚れていたそうです。でも二日目の朝、金田の告発で彼女の本性を知り、自分が小栗さんと同じ轍《てつ》を踏みかけていたことに気づきます。

あとは可愛さ余って憎さ百倍というやつでしょう。七峰さんを殺したのは、小栗さんの仇討ちというより、自分のプライドを傷つけられたのが許せなかったから、ということのようです」

淀川はゆっくりと言葉を嚙みしめると、もっともらしい顔で映写窓を見上げた。

「つまり重岡さんも、まだ尻が青かったということですね」

本書は、二〇二一年に小社より刊行された作品の文庫化です。

あなたも名探偵

2025年1月10日　初版
2025年2月21日　再版

著　者　市川《いちかわ》憂人《ゆうと》・米澤《よねざわ》穂《ほ》信《のぶ》・
東川《ひがしがわ》篤《とく》哉《や》・麻《ま》耶《や》雄《ゆ》嵩《たか》・
法月《のりづき》綸《りん》太《た》郎《ろう》・白《しら》井《い》智之《ともゆき》

発行所　（株）東京創元社
代表者　渋谷健太郎

162-0814 東京都新宿区新小川町 1-5
電　話　03・3268・8231-営業部
03・3268・8201-代　表
URL　https://www.tsogen.co.jp
組　版　キャップス
暁印刷・本間製本

乱丁・落丁本は、ご面倒ですが小社までご送付ください。送料小社負担にてお取替えいたします。

ISBN978-4-488-40066-8　C0193

鮎川哲也短編傑作選 I

BEST SHORT STORIES OF TETSUYA AYUKAWA vol.1

五つの時計

鮎川哲也　北村薫 編

創元推理文庫

◆

過ぐる昭和の半ば、探偵小説専門誌〈宝石〉の刷新に
乗り出した江戸川乱歩から届いた一通の書状が、
伸び盛りの駿馬に天翔る機縁を与えることとなる。
乱歩編輯の第一号に掲載された「五つの時計」を始め、
三箇月連続作「白い密室」「早春に死す」
「愛に朽ちなん」、花森安治氏が解答を寄せた
名高い犯人当て小説「薔薇荘殺人事件」など、
巨星乱歩が手ずからルーブリックを附した
全短編十編を収録。

◆

収録作品＝五つの時計，白い密室，早春に死す，
愛に朽ちなん，道化師の檻，薔薇荘殺人事件，
二ノ宮心中，悪魔はここに，不完全犯罪，急行出雲